中华传统文化国粹
经典文库

名家导读版

西厢记

〔元〕王实甫 ◎ 著
周传家 ◎ 导读

中国民族文化出版社
北京

图书在版编目（CIP）数据

西厢记 /（元）王实甫著；周传家导读 . — 北京：中国民族文化出版社有限公司，2023.11（2024.1 重印）

（中华传统文化国粹经典文库：名家导读版）

ISBN 978-7-5122-1568-9

Ⅰ . ①西… Ⅱ . ①王… ②周… Ⅲ . ①杂剧—剧本—中国—元代 Ⅳ . ① I237.1

中国国家版本馆 CIP 数据核字（2023）第 055951 号

西厢记
XI XIANG JI

作　　者	〔元〕王实甫
导 读 者	周传家
责任编辑	钟晓云
责任校对	李文学
装帧设计	宋双成
出 版 者	中国民族文化出版社　地址：北京市东城区和平里北街 14 号
	邮编：100013　联系电话：010-84250639　64211754（传真）
印　　装	三河市南阳印刷有限公司
开　　本	710mm×1000mm　16 开
印　　张	16
字　　数	200 千
版　　次	2023 年 4 月第 1 版
印　　次	2024 年 1 月第 2 次印刷
标准书号	ISBN 978-7-5122-1568-9
定　　价	29.80 元

版权所有　侵权必究

中华传统文化国粹经典文库

品文化经典　通古今智慧

李继勇

策划人、出版人、北京书香文雅图书文化有限公司董事长。专业从事图书策划，儿童文学、儿童阅读推广，国内文化交流等。已成功策划"儿童文学光荣榜"系列、"爱阅读课程化丛书"系列、"文学百年·名家散文典藏"系列、"科幻文学群星榜"系列、"绘本里的世界"系列、"童诗百年"系列等多种类型出版物。

于润琦

中国现代文学馆研究员、中国作家协会会员。总主编《插图本百年中国文学史》（3卷），主编《清末民初小说书系》（10卷）、《海派作家作品精选》（16册），校、注古典小说《型世言》《金屋梦》《中国古典文学海外珍稀本文库》30余种，参与编选《明、清、民国时期珍稀老北京话历史文献整理与研究》（30册）、《中国现代文学百家》（116册），以及《北京的门礅》《老北京的门楼》北京民俗著述多种。

（按姓名音序排列）

◎ 薄克礼
文学博士，天津城建大学教授。攻文史，好四书。

◎ 陈鹏程
历史学博士，天津师范大学文学院副教授。

◎ 陈世旭
当代作家，曾任中国作家协会主席团委员、江西省文联主席兼作家协会主席。

◎ 陈喜儒
作家，著名翻译家，曾任中国作家协会外联部副主任、中国外国文学学会日本文学研究分会会长。

◎ 冯　蒸
首都师范大学文学院教授，博士生导师，北京国际汉字研究会理事、副会长。

◎ 官　铎
管子思想理论和应用资深研究学者。

◎ 关四平
哈尔滨师范大学文学院教授，博士生导师。主要从事中国古代小说及戏曲等研究。

◎ 韩小蕙
著名作家，中国作家协会会员，中国散文学会副会长，南开大学文学院兼职教授。

◎ 侯忠义
北京大学教授，曾任北京大学图书馆古籍整理研究室主任。主要从事先秦两汉文学史、文言小说研究。

◎ 李海涛
天津师范大学历史文化学院教授，天津市孙子兵法研究会荣誉会长。

◎ 李瑞兰
天津师范大学历史文化学院教授，曾任中国先秦史学会理事。

◎ 李树果
资深《易经》研究者，中国散文诗学会理事，《中华时报》记者。

◎ 李硕儒
作家，著名编剧。合著长篇历史小说《大风歌》获重庆市"五个一工程奖"。

◎ 廉玉麟
天津中医药大学第一附属医院主任医师，教授。

◎ 林海清
天津师范大学国际教育交流学院副教授，天津市红楼梦研究会副秘书长兼理事，中国三国演义学会、中国水浒学会会员。

◎ 林 骅
天津师范大学文学院教授，曾任古典文献研究所所长，天津市红楼梦研究会顾问。

◎ 马文大
首都图书馆研究馆员、北京地方文献中心主任，北京史研究会副会长。

◎ 孟昭连
南开大学文学院中国语言文学系教授，中国东方文化研究会理事。

◎ 宁稼雨
南开大学英才教授、博士生导师，2017年度国家社科基金重大项目"全汉魏晋南北朝小说辑校笺证"首席专家。

◎ 宁宗一
南开大学学术委员会委员、中国武侠文学学会名誉会长、中国儒林外史学会副会长。

◎ 牛 倩
天津大学国际教育学院副教授，硕士研究生导师。

◎ 欧阳健
福建师范大学文学院教授，曾任《明清小说研究》杂志主编。

◎ 潘务正
安徽师范大学文学院教授，教育部人文社会科学重点研究基地安徽师大学中国诗学研究中心副主任，中国韵文学会赋学专业委员会（中国辞赋学会）副会长。

◎ 乔卉林
中国城乡金融报社记者。其作品曾多次获得奖项。

◎ 尚学峰
又名尚学锋。文学博士，北京师范大学文学院教授。

◎ 邵永海
北京大学中文系教授。主要从事汉语史方面的教学和研究工作。

◎ 石定果
北京语言大学人文学院教授，汉语言文字学博士。著有《说文会意字研究》等多部作品。

◎ 石 厉
原名武砺旺。著名诗人，文艺理论家。《诗刊》编委，《中华辞赋》杂志总编辑，中华诗词学会副会长。

◎ 石 麟
湖北师范大学文学院教授。中国水浒学会会长。

◎ 孙立仁
曾任《中国老年报》社长，发表多篇小说、诗歌、散文、报告文学等。当代篆刻家。

◎ 孙钦善
北京大学中文系教授，全国高等院校古籍整理研究工作委员会委员，中华炎黄文化研究会理事。

◎ 田秉锷
江苏省文艺评论家协会顾问，徐州市孔子学会顾问，江苏师范大学客座教授。

◎ 王建新
中国历史文献研究会理事，中原传媒集团出版部副主任。

◎ 王 蒙
著名作家、学者，文化部原部长。茅盾文学奖获得者。多年来致力于传统文化研究。2019年获"人民艺术家"国家荣誉称号。

◎ 王晓华
民国史专家，中国第二历史档案馆研究馆员。中央广播电视总台、北京电视台、湖北卫视等多个栏目主讲嘉宾。

◎ 吴 波
湖南农业大学教授、党委委员、副校长，中国儒林外史学会副会长，湖南省古代文学学会副会长。

◎ 武道房
安徽师范大学中国诗学研究中心教授。

◎ 徐 刚
诗人，作家。曾获鲁迅文学奖、郭沫若散文奖、中国报告文学终身成就奖等。

◎ 俞 前
中国作家协会会员，苏州市吴江区南社研究会会长，苏州南社文化研究院副院长。

◎ 查洪德
文学博士，南开大学中国语言文学系教授，博士生导师。内蒙古元代文学学会会长。主要从事元明清文学与文献研究。

◎ 张秋升
曲阜师范大学历史文化学院教授，主要研究儒家史学理论。

◎ 张世林
新世界出版社编审，著有《大师的侧影》等著述。

◎ 张弦生
中州古籍出版社编审、副总编辑。

◎ 郑铁生
天津外国语大学教授，原中国三国演义学会常务副会长兼秘书长，曾任中国红楼梦学会学术委员会委员、北京曹雪芹学会副会长。

◎ 周传家
北京联合大学应用文理学院教授，中国昆剧古琴研究会副会长，中国戏剧文学学会顾问，中国戏曲学会常务理事。

◎ 卓 然
原名王坤元，笔名卓然。作家，诗人。著有中短篇小说集《我记忆中的河》、散文集《天下黄河》等作品。

名家导读

"王西厢":"北曲压卷之作"

我国不仅是诗的大国、散文的大国、小说的大国,更是戏剧的大国。中国戏剧称为戏曲,源远流长,有如"黄河之水天上来"[①],经过山重水复路漫漫的积淀和汇流,至宋、金成型并独树一帜,至元则呈喷涌之状。

元曲包括散曲、套曲和剧曲,与《诗经》《楚辞》、汉赋、唐诗、宋词并称于世,是我国戏剧史上的第一个黄金时期,恢宏壮美,气象万千,名家辈出,佳作如林。元曲有两大主调:其一,倾吐时代与民族的整体性郁闷和愤怒,控诉黑暗邪恶势力对真美善的侵凌,以悲剧为主,具有强烈的现实性;其二,讴歌人世间非正统的美好追求,表现真善美与假恶丑的对峙和斗争,以正剧、悲喜剧和喜剧居多,风格温情而浪漫。[②]前者以关汉卿的《窦娥冤》为代表,后者则是王实甫的《西厢记》。

爱情是人类天经地义、自然美好的天性之一,是人类最为隐秘而宝贵的情感,是人生燃烧的双重火焰,具有超越美与丑、超越门第差异、超越金钱关系和生理残疾、超越政治环境的巨大压力、超越人鬼殊途生死大限的伟大力量。正因为人生中不能缺少爱情,所以爱情成了文学艺术永恒的主题。《西厢记》是一部爱情名剧,堪称中国人的爱情典范。曾有人把《西厢记》与印度迦梨陀娑的梵剧《沙恭达罗》、英国莎士比亚的音乐剧《罗密欧与朱

---

① 李白诗《将进酒》有"君不见黄河之水天上来,奔流到海不复回"之句。
② 余秋雨. 中国戏剧文化史述[M]. 长沙:湖南人民出版社,1985 年.

丽叶》并称为"世界三大古典爱情名剧"。《西厢记》以五本五楔子二十折的宏大规模演绎张生和崔莺莺这对青年男女追求自由爱情与自主婚姻的故事,不仅题材引人喜爱,情节曲折动人,而且人物丰满细致,再配以与浪漫的内容相称的秀丽优雅而又生动活泼的语言,更显得诗意盎然,喜剧色彩浓郁,有一种不同寻常的魅力。故而此剧一经问世,便在当时的文坛和剧坛引起轰动,有"新杂剧,旧传奇,《西厢记》天下夺魁"的赞誉,被称为"北曲压卷之作"[①]。《西厢记》既可作为经典文学作品在案头阅读而流传,又能在舞台上不断改编上演,感染征服一代又一代观众。它不仅在中国影响巨大,而且流传到世界各地,在不同种族、不同国籍、不同肤色、不同宗教文化背景的读者和观众中引起共鸣,展示出经久不衰的艺术魅力。

一、《西厢记》的来龙去脉

《西厢记》并不是王实甫的原创作品,也不是突如其来的急就章。追根溯源,《西厢记》的源头是唐传奇《莺莺传》(即《会真记》),本是唐代诗人元稹所写自传体小说。元稹以张生自寓,回忆偶遇美貌女子崔莺莺,两人私下相恋,坠入爱河。后来,张生为了前程,遗弃了崔莺莺,对崔莺莺"始乱之,终弃之",而崔莺莺的结局则是嫁给了他人。没想到事后张生竟然抒发了一通"女人祸水"的感慨,骂崔莺莺是"尤物""妖孽",并认为自己的薄情遗弃乃明智之举,是"善于补过",被鲁迅批评为"文过饰非,遂堕恶道"[②]。《莺莺传》的思想内容并无可取之处,然而由于它运用优美而感伤的文辞表现青年男女在恋爱上的大胆行为而具有吸引力和感染力,因此不胫而走,广为流传,成为唐传奇的代表作,不断被历代文人改编加工、反复歌咏,流传于勾栏瓦舍。譬如,唐李绅有《莺莺歌》,宋晏殊有《浣溪沙》,宋苏轼有《雨中花慢》,秦观、毛滂(pāng)均有《调笑转踏》,赵令畤有《商调蝶恋花》鼓子词等,但上述曲艺作品因受样式限制,无法展开

[①] 王世贞. 艺苑卮言[M]. 南京:凤凰出版社,2010年.
[②] 鲁迅. 中国小说史略[M]. 上海:上海古籍出版社,2019年.

情节，人物故事比较简单，主题也难以得到深化，直到《西厢记诸宫调》问世，才顿然改观。

《西厢记诸宫调》的作者是董解元，生平事迹已不可详考。"解元"是金、元时期对读书人的尊称。从董解元《西厢记诸宫调》卷首【仙吕调】和【般涉调】自叙曲中透露出的消息来看，他生在"太平多暇，干戈倒载闲兵甲"的年代，为人狂放不羁，蔑视礼教，熟悉唐代传奇、宋代诗词和民间诸宫调。元末明初的钟嗣成在《录鬼簿·卷上》"前辈已死名公有乐府行于世者"中，将董解元列居第一名。

诸宫调是一种用弦乐器琵琶和弹拨乐器筝伴奏的说唱艺术，因集若干套不同宫调的曲子轮递歌唱，故名"诸宫调"，或"诸般宫调"。又因为它用琵琶等乐器伴奏，故又称"弹词"或"弦索"。诸宫调由韵文和散文两部分组成，演唱时采取歌唱和说白相间的方式，基本上属叙事体，但其中唱词有接近代言体的部分。据宋人王灼《碧鸡漫志》记载，诸宫调为北宋熙宁至元祐年间泽州（今山西晋城）人孔三传首创。将唐宋以来的大曲、词调、缠令、缠达、唱赚以及当时北方流行的民间乐曲，按其声律高低归入各个不同的宫调，用以说唱长篇故事，不仅容量大，而且状物写景，绘声绘色，语言通俗生动，在艺术上超越了以往的各种说唱艺术，深受人们喜爱。《西厢记诸宫调》把一篇不满3000字的文言小说改编为5万多字的讲唱文学作品，使它在主题思想、人物形象、艺术结构、语言特点等方面呈现出崭新的面貌。

《西厢记诸宫调》又称《弦索西厢》或《西厢挡弹词》，俗称"董西厢"。从内容来看，它抛弃了元稹《莺莺传》的陈腐说教，以新的是非标准和道德观念改造了崔、张故事的传统情节和"始乱终弃"的结局：从肯定张生抛弃崔莺莺的"忍情""善补过"，污蔑崔莺莺为"尤物"，变成了对张生和崔莺莺争取自由的爱情与婚姻的赞美，以及两人私奔出走的结局，使唐代元稹的《莺莺传》的性质发生了根本性的改变，歌颂了青年追求婚姻自由的斗争，突出了反封建主题。与此同时，《西厢记诸宫调》成功地塑造了两组有着复杂联系而又互相对立的人物形象。张生不再是对女性"始乱终弃"

的薄幸儿。崔莺莺仍然温柔美丽，但已不再屈从于命运，形象较之《莺莺传》更为丰满。红娘、法聪和白马将军是崔、张的同情者和支持者。这几个有血有肉、各具特征的人物的出现，既突出了崔、张斗争的正义性，又使胜利结局显得有说服力。特别是将红娘这一个居于奴婢地位的少女形象塑造得富有光彩，尤为难得。与上述人物相对立的崔夫人、郑衙内、孙飞虎则作为反面形象在作品中出现。

"董西厢"结构宏伟，针线绵密，熟练地运用了夸张、比喻、烘托、倒叙等多种表现手法，从普救寺崔、张巧遇写起，经过闹斋、寺警、法聪递信、将军解围、西厢待月、客馆拷红、长亭送别、草桥惊梦、郑恒传谣、崔张二人出走，到最后两人终成眷属的结局止。虽然情节并无神奇怪异，但波澜起伏，曲折有致，引人入胜，具有很强的戏剧性。"董西厢"以爱情为主线，用交叉描写男女主人公的方式来表现他们在相爱过程中的性格发展，同时巧妙而自然地穿插其他人物的活动，有说有唱，曲多白少。"董西厢"扎根于民间艺术的沃土，吸取诗词中富有表现力的词汇，与民间口语熔为一炉，运用了包括14种宫调的193套组曲，是今存宋金诸宫调中最完整的作品。有数种明刻本，如黄嘉惠刻本、屠隆刻本、汤显祖评本、嘉靖三十六年张羽序刻本、闵遇五《六幻西厢记五剧笺疑》本等。暖红室刊本即据闵本翻刻。人民文学出版社凌景埏校注的《董解元西厢记》以《六幻西厢记五剧笺疑》本为底本，参校多种版本排印。

"董西厢"标志着金元时期民间文艺的最高水平，通过它的改造定型，为王实甫创作杂剧《西厢记》奠定了基础。"董西厢"的出现，直接影响了王实甫《西厢记》杂剧的产生。这两部作品文学样式不同，语言风格各异，但各有所长，是中国古典文学中表现同一题材的双璧。

二、"王西厢"天下夺魁

元杂剧《西厢记》，因作者是王实甫，故又称"王西厢"。王实甫系大都人，名德信，与关汉卿为同代人，由金入元。从他的散曲《退隐》可以窥知，他早年居官，后退职在家，至少享有60岁寿命。[①] 元末明初，贾仲明在增补本《录鬼簿》【凌波仙】吊词中这样评价他：

> 风月营，密匝匝列旌旗；莺花寨，明飙飙排剑戟；翠红乡，雄赳赳施谋智。作词章，风韵美。士林中，等辈伏低。新杂剧，旧传奇，《西厢记》天下夺魁。

从贾仲明的吊词来看，王实甫经常出入"风月营""莺花寨""翠红乡"等艺妓聚居之所，混迹于教坊勾栏间，在士林中有很高的声望。他的杂剧辞藻华丽，韵致优美，令人叹服，特别是他的《西厢记》，更是独占鳌头，成为北曲的"压卷之作"，被誉为"天地妙文""古今至文""第六才子书"；家传户诵，四处搬演，改编者不计其数，花样翻新，先后出现了《南西厢》《新西厢》《续西厢》《翻西厢》《锦西厢》《后西厢》等几十种版本。清代金圣叹的删本变喜剧为悲剧。而阐释、研究《西厢记》的著述则汗牛充栋、不胜枚举，对《西厢记》的注释、研究、考证俨然成为"西厢学"。

其实，王实甫《西厢记》的故事并不复杂，说的是唐代崔相国过世后，崔老夫人携女儿崔莺莺、丫鬟红娘扶灵从京城长安回崔相国桑梓之地博陵安葬，途经河中府普救寺暂住。父母双亡、书剑飘零的洛阳才子张君瑞进京赶考，因欲与同窗白马将军杜确相会，绕道蒲州。在游普救寺时，与崔莺莺邂逅，为崔莺莺的美貌倾倒。崔莺莺乍见翩翩少年，也不禁深情地回眸一瞥。两个青年男女隔墙吟诗，互表心迹，同做道场，增进了解，默默相爱。土匪孙飞虎兵围普救寺，欲抢崔莺莺做压寨夫人。危机之中，老夫人许诺：能退贼兵者招为婿。张生投书白马将军退兵解围，老夫人却食言赖婚。张生和崔莺莺在红娘的同情和帮助下，书来柬往，花园幽会，终于偷吃禁果，共度佳期。老夫人恼羞成怒，拷打红娘，却被红娘说得哑口无言，只好承认现实；

---

① 王实甫. 高宴丽春堂[M]. 北京：商务印书馆，1958年.

但又逼张生进京赶考，求取功名。深秋黄昏，长亭之上，张生与崔莺莺依依惜别，柔情缱绻。后来，张生高中荣归凯旋，终于和崔莺莺结为眷属。

王实甫的《西厢记》以《西厢记诸宫调》为基础，一方面删减了许多多余的枝叶和臃肿部分，以及庸俗、色情情节（如张生与红娘有染），增添了大量曲折动人的细节描写，使结构更加完整，情节更加集中；另一方面，也是更重要的，强化了戏剧冲突：让剧中人物更明确地坚守各自的立场——老夫人在严厉监管女儿、坚决反对崔张二人的自由结合、维持"相国家谱"的清白与尊贵上毫不松动；张生和崔莺莺在追求爱情的自由上毫不让步。他们与红娘为一方，与老夫人一方的矛盾冲突变得更加激烈。这样，不仅增加了剧情的紧张性和吸引力，也使得全剧的主题更为突出、人物形象更为鲜明。作者以细腻、委婉的笔触，再加上优美而极富于表现力的语言绘声绘色地谱写出崔、张之间一幕又一幕动人心扉的爱情故事，打破一般才子佳人故事的格局和套路，成为精致的典范之作。

《西厢记》内容丰富充实，结构宏伟，体制创新。突破了元杂剧一本四折的通例，根据剧情的需要扩展到五本①五楔二十折；也打破了元杂剧一人主唱一唱到底的通例，除崔莺莺外，红娘、张生也唱，甚至由三人对唱，为元杂剧中所仅见。《西厢记》超越了一般的才子佳人戏，它关注的是封建社会中青年男女的爱情命运，张扬的是"有情人终成眷属"的爱情理想。它细腻而真实地描写了张生与崔莺莺突破封建礼教，摆脱精神负担，追求爱情和幸福的心路历程；歌颂了他们的叛逆行为，展示出爱情本身的美好与魅力，张扬了"永老无离别，万古常完聚"的婚姻观。

《西厢记》立意鲜明，"反封建礼教"。但作者却很少从观念的冲突上着笔，而是直接切入生活本身，来描绘青年男女对自由的爱情的渴望，情与欲的不可遏制和正当合理，以及青年人的生活愿望与出于现实利益考虑的家长意志之间的冲突。可以说，作者把反对礼教的主题充分生活化了，写出

---

① 五本分别是：《张君瑞闹道场》《崔莺莺夜听琴》《张君瑞害相思》《草桥店梦莺莺》《张君瑞庆团圆》。

了生活在压抑中的女性的青春苦闷和莫名的惆怅以及客观存在着的非出于己愿的婚约的阴影。而张生初见崔莺莺时所唱的一段《元和令》，更是非常直率甚至是放肆地表述了男子对于美丽女性天然的渴望与倾慕，以及女子对这种渴慕的自然回应："颠不刺的见了万千，似这般可喜娘的庞儿罕曾见。则著人眼花撩乱口难言，魂灵儿飞在半天。他那里尽人调戏䤶著香肩，只将花笑捻。"这段唱词里并没有也不需要多少深刻的思想，而是在人物自然天性的基础上大胆地表现出青年男女之间一见钟情的爱悦，引起读者或观众的共鸣。这在今天仍然有着巨大的现实意义。

《西厢记》人物形象鲜明，闺阁少女崔莺莺是封建礼教的叛逆者，具有雍容温润的风度，矜持文雅的气质，锦心绣口的才华，缠绵悱恻的心绪，外冷内热、绵中有刚的个性。《西厢记》丝丝入扣地揭示了她复杂微妙的内心世界，特别是她的"假意儿"，笔触达于至隐至深的人性层次，像"花落水流红，闲愁万种，无语怨东风"的惆怅，"半晌抬身，几回搔耳，一声长叹"的倦态等，可谓传神之笔。

张生风流倜傥，儒雅多情，志向远大，且对爱情执着专一。他对崔莺莺一见钟情，一往情深，毅然放弃功名利禄，足见是"性情中人"。为了得到崔莺莺的爱，他诚挚投入，饱受折磨，无怨无悔，表现出纯洁无瑕的个人品行和内心操守。他把得到爱情视为幸福，比功名更为重要，所以当强盗孙飞虎兵围普救寺时他挺身而出，以书信招兵退敌。在老夫人赖婚后，他不顾礼法，吟诗抚琴，传书递简，翻墙越垣，贪夜潜行，终于在红娘的帮助下，与崔莺莺私下结合。最后，他被迫赴京应试金榜题名后，也没有对异乡花草栖迟流连。多么老实忠厚的"至诚种"！至于他身上的那几分"迂呆""风魔"的"傻气"，倒显示出他鲜明的个性特征。

红娘热情、爽朗、果敢、机敏，富有正义感和同情心，是一个"忤奴"形象，具有强烈的平民意识。她从崔莺莺的"行监坐守"，变成崔莺莺的助手和智囊，居然和老夫人展开了面对面的斗争，实在大快人心。

老夫人是封建势力的代表。她恪守礼教，背信弃义，冷酷无情，始终是崔、张爱情的对立面。她还虚弱胆小，碍于门第家声，终于被聪明的红娘制服。因此，这个人物形象很丰满，对戏剧冲突的构成和发展起了重要作用。

《西厢记》善于组织戏剧冲突，全剧有四对矛盾冲突交织并行，即：

1. 崔、张、红与老夫人的矛盾冲突。主要围绕反对礼教与维护礼教、争取爱情的斗争展开，是全剧最主要的矛盾冲突。老夫人许婚、赖婚，反反复复，最终不得不许婚。

2. 崔、张一见钟情，相思相爱，但也曾产生过一系列的误会和试探。赖简酬简，大离大合，波折不断，枝节横生，最终才得团圆。

3. 崔、张、红之间的矛盾：红娘从"行监坐守"到暗里相助；崔莺莺从心存戒备到央求帮助；张、红之间红娘假意生气、真心感激，红善意嘲弄、诚心尊重。

4. 孙飞虎与众人间的矛盾。孙飞虎逼亲，反面促成崔、张婚姻，又引出白马将军和赖婚等情节，全剧结束时由白马将军主婚。

王实甫的艺术风格被誉为"花间美人"。他的《西厢记》才情丰沛，文采飞扬，辞藻华丽，风致幽雅，珠玑满眼，美不胜收。既熔铸了古典诗词，又吸收提炼了民间口语，语言优美典雅又生动活泼，如《西厢记·长亭送别》一折中的"碧云天，黄叶地"源于范仲淹词《苏幕遮》，"晓来"两句从"董西厢"化用而来，"一春鱼雁无消息"出自秦观词《鹧鸪天》，最后写愁从李清照词《武陵春》化来。另外，举案齐眉、司马青衫等典故也增强了文学色彩。这折戏没有曲折复杂的戏剧情节，其艺术魅力在于：通过情景交融的表现手法，用凄清悲凉的秋景来表现和烘托离愁，为全篇渲染了缠绵哀婉的气氛。语言雅俗相济：既华美典雅，含蓄蕴藉，颇具古典诗词的韵致；又浅俗本色，有浓厚的生活气息，符合人物的身份和性格。民间口语如车儿马儿、被儿枕儿等，再加上熬熬煎煎、娇娇滴滴、昏昏沉沉等一连串叠词和排比，语言生动活泼，带有强烈的节奏感和音乐美。

《西厢记》问世以来，注家蜂起，版本极多，据不完全统计，竟有百余种之多。如明代王骥德《新校注古本西厢记》、陈继儒《鼎镌陈眉公先生批评西厢记》、凌濛初《西厢记五本解证》、闵遇五《六幻西厢记五剧笺疑》；清代毛奇龄《毛西河论定西厢记》以及当代王季思先生《西厢记注》、张燕瑾先生《西厢记注》、傅晓航先生校点《冠华堂第六才子书西厢记》、《西厢记集解》等。这些版本各有千秋，拥有广泛读者。

三、从《西厢记》到《红娘》

古往今来，王实甫的《西厢记》被许多声腔剧种搬演，久演不衰，誉满梨园，其中，荀慧生参照王实甫《西厢记》和昆曲《拷红》编演的《红娘》最负盛名。《红娘》主角唱段可以说精彩绝伦，加之荀派的表演绘声绘色，所以历来演出最多、流传最广、影响最大，名列荀派"六大喜剧"之首，成为广大观众喜闻乐见的荀派代表剧目。荀慧生扮演的红娘造型妩媚娇丽，娇憨活泼，注重做工和神采。眼神的运用达到出神入化的境界，手势指法的讲究无与伦比。[①]红娘一出场就显得轻快飘逸，面带喜悦，有种春风拂柳、婀娜轻盈的感觉。在"逾（跳）墙"一场，荀慧生毅然决然地删掉老本子中为了争取廉价笑料而编织的猥亵语言、粗俗动作和不健康的科诨，在借鉴传统的采花捕蝶舞的基础上，别具匠心地创造了西皮快板《棋盘舞》。红娘一边唱着"叫张生隐藏在棋盘之下"的流水板，一边有节奏地舞动棋盘，且歌且舞，舞随唱起，唱在舞中，洒脱、泼辣、奔放、有趣，生动贴切地表现出红娘性格的多侧面以及张生急切、兴奋的心态，把戏剧氛围推向高潮，令人目不暇接。

荀慧生在《红娘》中做得好，舞得好，自然灵活，生活气息浓郁，又不失大家风范。唱得也好，板头灵活，尺寸多变，刚柔相济，柔媚婉转，流丽俏拔，既有活泼多姿、秀丽精巧的喜剧性旋律，又有委婉缠绵、深沉细腻的悲剧性色彩。

[①] 荀慧生常用手势指法有：直指、侧、眉、栽、圈、腮、双胸、划、反手下、反手三、反手招、摇手、双手平压等。参见孙毓敏著《孙毓敏谈艺录》，华文出版社，1995年，第16页。

《西厢记》还先后被翻译成英文、法文、德文、意文、俄文、日文、拉丁文、印地文、越南文、朝鲜文等文字,形象地向全世界推介了中国戏曲,深受各国人民欢迎。

周传家

目录

西厢记五剧第一本
张君瑞闹道场杂剧

楔　子 / 002

第一折 / 008

第二折 / 020

第三折 / 034

第四折 / 043

西厢记五剧第二本
崔莺莺夜听琴杂剧

第一折 / 052

楔　子 / 062

第二折 / 074

第三折 / 081

第四折 / 092

西厢记五剧第三本
张君瑞害相思杂剧

楔　子 / 102

第一折 / 105

第二折 / 112

第三折 / 126

第四折 / 136

西厢记五剧第四本

草桥店梦莺莺杂剧

楔　子 / 146

第一折 / 149

第二折 / 156

第三折 / 165

第四折 / 173

西厢记五剧第五本

张君瑞庆团圆杂剧

楔　子 / 182

第一折 / 186

第二折 / 197

第三折 / 208

第四折 / 221

西厢记五剧第一本

张君瑞闹道场杂剧

楔 子①

原文

（外②扮老夫人上开）老身姓郑，夫主姓崔，官拜③前朝相国④，不幸因病告殂⑤。只生得个小姐，小字莺莺，年一十九岁，针黹⑥女工，诗词书算，无不能者。老相公在日，曾许下老身之侄，乃郑尚书之长子郑恒为妻。因俺孩儿父丧未满，未得成合。又有个小妮子，是自幼伏侍孩儿的，唤作红娘。一个小厮儿⑦，唤做欢

---

① 楔（xiē）子：元代及明朝初期，一段戏曲的第一首曲子往往被称为"楔子"。著名戏曲理论家王骥德曾谈到，戏曲的第一首曲子，北方称为楔子，南方称为引子。"楔子"本指在制作木工的过程中，让木制品更加紧凑的小木片，后来被引用到元杂剧中，让剧情更加紧凑。楔子比较简单，一般不使用套曲，只使用几个单曲，并且任何角色都可以唱。楔子的主要作用是交代正戏之外的故事情节，并简单介绍人物。

② 外：一般在元杂剧中，有正旦（女主角）、正末（男主角），除此之外的角色都可以叫作"外"。并且，"外"既不局限于男女，也不受年龄的限制，最常见的就是外旦、外末。在本剧中，外旦扮演的是崔莺莺的母亲老夫人。

③ 拜：古代指授予官职。

④ 前朝：一般指上一个皇帝统治时期。相国：官职名，即宰相。

⑤ 殂（cú）：意为死亡。

⑥ 针黹（zhǐ）：缝纫、刺绣。

⑦ 小厮儿：在古代戏曲中，小男孩一般称为小厮儿。

郎。先夫弃世之后，老身与女孩儿扶柩①至博陵②安葬，因路途有阻，不能得去。来到河中府，将这灵柩寄在普救寺③内。这寺是先夫相国修造的，是则天娘娘香火院，况兼法本长老④，又是俺相公⑤剃度⑥的和尚，因此俺就这西厢⑦下一座宅子安下。一壁⑧写书附京师去，唤郑恒来，相扶⑨回博陵去。我想先夫在日，食前方丈⑩，从者数百，今日至亲则这三四口儿，好生伤感人也呵。

---

① 柩（jiù）：一般指装着尸体的棺材。古代没有装尸体的叫作棺，只有把尸体放进去才叫柩。
② 博陵：唐代的郡名，治所在今天的河北定州。在唐代，相传有五大名门，博陵崔氏就是其中的一家，而崔莺莺的未婚夫郑恒郑氏也是其中的一家。
③ 普救寺：修建年代已经不可考，位于山西省永济市。据史料记载，普救寺在隋朝已经存在，在各代僧人的不断努力下，才成为古代名刹。
④ 长老：此处指对佛教住持僧人的称呼。
⑤ 相公：此处指妻子对丈夫的敬称。
⑥ 剃度：指佛教弟子出家时的一种受戒仪式。佛教认为剃发既是受戒的一种方式，又能度越生死。此处指官府向出家人发放度牒。
⑦ 西厢：在中国传统建筑中，四合院坐北朝南为正房，东西两侧的房子都叫厢房，西厢指的就是西面的房子，是朝向最差的房子。
⑧ 一壁：一边的意思。
⑨ 相扶：就是相依、相辅的意思。
⑩ 方丈：此处指一丈见方的意思。

【仙吕①】【赏花时②】夫主京师禄命③终,子母孤孀④途路穷⑤,因此上旅榇⑥在梵王宫。盼不到博陵旧冢,血泪洒杜鹃红⑦。

今日暮春⑧天气,好生困人。不免唤红娘出来分付⑨他⑩。红娘何在?(旦俫⑪扮红见科)(夫人云)你看佛殿上没人烧香呵,和小姐闲散心耍⑫一回去来。(红云)谨依严命。(夫人下)(红云)小姐有请。(正旦扮莺莺上)(红云)夫人著⑬俺和姐姐佛殿上闲耍一回去来。(旦唱)

---

① 仙吕:宫调名。宫调就是我国古乐曲的调式。它的主要作用就是限定声调,以此来体现乐曲的情感色彩。
② 赏花时:是一种曲调名字,属于仙吕调。在每个宫调的下面又分别设置若干曲子,这些曲子被称为曲调,赏花时就是仙吕调下面的曲子。
③ 禄命:古代相术术语。相术认为,人的寿命、贵贱、祸福和盛衰等都是由天定,禄命终即死亡。
④ 孤孀:即寡妇的意思。
⑤ 穷:意指艰难窘迫。
⑥ 旅榇(chèn):指未入祖坟暂时寄放在外面的灵柩。
⑦ 杜鹃红:杜鹃鸟啼叫,声音凄凉哀怨,又因其口腔和舌头都是红色的,常被误认为啼叫得满嘴流血,文学作品中常有"杜鹃啼血"这样的说法。
⑧ 暮春:指春季的末尾阶段,也就是农历三月。
⑨ 分付:即吩咐,口头命令或者指示。
⑩ 他:按现代用法,此处应为"她",但古时无她、它、他之分,俱用他。下同。
⑪ 旦俫(lái):旦即红娘扮演的小旦,俫即戏曲中扮演少年儿童的角色,后来这一角色被称为小末。
⑫ 耍:玩的意思。
⑬ 著(zhuó):同"着"。下同。

【幺篇①】可正是人值②残春蒲郡东，门掩重关萧寺中。花落水流红③，闲愁④万种，无语怨东风。（并下）

精彩解说

前朝崔相国因病去世，夫人郑氏和女儿莺莺扶灵柩前往博陵安葬，因路上出现意外情况，暂到普救寺安身。崔老夫人膝下有一女，女儿年方十九，琴棋书画样样精通，许配给郑尚书的公子郑恒为妻，因崔相国丧期未满，还未成婚。另有丫鬟红娘是服侍小姐的，小厮欢郎尚在年幼。普救寺本是崔相国所修，寺内住持也是相国生前发放度牒。于是，崔老夫人就带着莺莺暂住在西厢下的宅子里。等一切事务安排妥当后，崔老夫人就给郑恒写信，希望他能帮助她们母女二人扶灵柩到博陵安葬。以前家里仆人众多，现在主仆只有三四个人，崔老夫人很伤感。

智慧解析

元代的戏曲和唐宋诗词有很多相通之处，都比较重视发端。古人就曾把作曲比作造房子，工人师傅在造房子之前，必须先规划好，先是门，再是大厅，之后是堂楼，最后才是东西厢房，等大致的结构规划完成后，再设计苑榭、廪庾等，尽管还未施工，但是房屋的一切构造都已了然于胸。作曲也是如此，作者在写作之前，必先把段落分好。故事如何开头，如何发展，何时达到高潮，又如何收束都要先规

---

① 幺（yāo）篇：即后篇，在元杂剧中，一旦遇到同牌，那么第二支曲子就叫作幺篇。

② 值：遇到，逢着。

③ 红：此处指落花。

④ 闲愁：指无缘无故的愁。

划好，当整个故事结构清楚明了之后，才能下笔。北宋文学家苏轼也认为，在写作之前要定下全部的格局，这样才能做到一气呵成。元杂剧一般是由四折和一个楔子组成，相较于明代的传奇而言，篇幅更小，文笔更为简练。王实甫作为"元曲四大家"之一，在《西厢记》的体制上有所突破。《西厢记》分成五本，每一本都由四折和一个楔子组成，和传统的杂剧相比，情节更为丰富，内容更为复杂。

《西厢记》的故事发端于唐朝文学家元稹的《莺莺传》，该传奇自问世以来就引起了巨大的轰动，吟咏崔、张爱情的作品层出不穷，其中以鼓子词《西厢记诸宫调》最为出名。不管是唐代的传奇，还是金代的鼓子词，都是从张生的视角来展开叙述，而王实甫则突破了这一点，他从张生和崔莺莺两个人的角度分别叙述，两条线索互相补充，形成一个完整的故事。也正因为这一点，《西厢记》成为元杂剧的典范，被后世的人赞为"千古绝调"。第一本的楔子由老夫人交代了整个故事的背景，是作者精心设计的内容。崔莺莺的父亲是前朝宰相，并且是唐代五大名门之一；老夫人姓郑，也是唐代五大名门之一。随着崔相国的去世，崔氏一族逐渐衰落。崔莺莺正值青春年华，琴棋书画样样精通，已许郑恒为妻，只是尚未出嫁。崔相国的灵柩在回家安葬的路上遇到困难，崔老夫人一家暂时寄居在普救寺。这时的郑恒还在京城。孤儿寡母想起往日的繁华，生出无限感伤。《西厢记》的情节一波三折，主要是因为崔老夫人根深蒂固的门第观念。其实在楔子部分，已经透露出崔老夫人特别重视家世背景，这就为之后情节的发展埋下伏笔。

在楔子部分，崔相国的灵柩还未安置妥当，在这将安未安之际，崔莺莺第一次出场，她虽是妙龄少女，却受到礼教制度和门户婚姻的双重约束，面对院内的片片落红、点点新绿，莺莺无语怨东风。她看着自然界万物的美好，为暮春而感伤，也为逝去的青春而哀怨。正如潘廷章所言，莺莺的愁和怨是该曲的灵魂，她正值妙龄，春心方动，但是情又不知寄托于何处，只好用"闲愁"二字来表达，万般无奈之下只能怨东风。

【幺篇】的绝妙之处在于情景交融，让人看不到丝毫矫揉造作。无论是写景，还是抒情，都是自然而然的。清代的金圣叹、王国维都对此曲给予较高的评价，读者可由此曲的情和景自然地想象出崔莺莺的绝代风华。

普救寺虽然设有重重门禁，但依然阻挡不了春光的进入，正是这点点的春光勾起了崔莺莺的诸多愁绪，也为以后故事的发展提供了契机。崔莺莺虽然出身富贵之家，从小衣食无忧，但面对满园的春色，依然有着种种闲愁。

第一折①

原文

（正末扮骑马引俫人上开）小生姓张，名珙，字君瑞，本贯②西洛③人也。先人④拜礼部尚书，不幸五旬之上因病身亡。后一年丧母。小生书剑飘零⑤，功名未遂，游于四方。即今贞元⑥十七年二月上旬，唐德宗即位⑦，欲往上朝取应⑧，路经河中府，过蒲关上，有一人姓杜，名确，字君实，与小生同郡同学，当初为八拜

---

① 折：折在元杂剧中，是后来才兴起的。刚开始杂剧是以剧中人物上下场为界限，以此分成若干场。随着元杂剧不断发展，场逐渐被折代替，一宫调一套曲为一折，逐渐摆脱了时间和空间的限制，一折里面可以有很多场。后来逐渐形成了固定的模式，即四折一楔子，但也有作品是例外，不过毕竟是少数。到明中期刊印的剧本，折才正式被沿用，后世一直沿用至今。
② 本贯：就是原籍的意思。
③ 西洛：即现在的河南省洛阳市。
④ 先人：此处指已死的父亲。
⑤ 书剑飘零：书指书籍，剑即宝剑，意思是带着书籍和宝剑四处漂泊。此处的书剑泛指文人需要的各种用具。
⑥ 贞元：唐德宗李适的年号，使用时间为785—805年。
⑦ 即位：此处指在位，唐德宗即位是在建中元年（780年）。
⑧ 取应：应举，也就是参加科举考试。

之交①,后弃文就武,遂得武举②状元③,官拜征西大元帅,统领十万大军,镇守著蒲关。小生就望哥哥一遭,却④往京师求进。暗想小生萤窗⑤雪案⑥,刮垢磨光⑦,学成满腹文章,尚在湖海飘零,何日得遂大志也呵!万金宝剑藏秋水,满马春愁压绣鞍。

【仙吕】【点绛唇】游艺⑧中原⑨,脚根无线、如蓬转⑩。望眼连天,日近长安远⑪。

【混江龙】向诗书经传,蠹鱼⑫似不出费钻研。将棘围⑬守暖,

---

① 八拜之交:指异姓结为兄弟。八拜,形容见面时的礼节比较隆重。
② 武举:选拔将才的考试,武则天执政时设置,到清朝时改称武科。
③ 状元:科举时代殿试的第一名称为状元。
④ 却:此处为再的意思。
⑤ 萤窗:晋代人车胤少年时期因为家里贫穷,没有钱买灯油,在夏天的时候,他就捉了很多萤火虫放在囊里,利用萤火虫的光亮照着读书。后来就用这个典故来形容学习刻苦。
⑥ 雪案:晋代人孙康家境贫寒,晚上利用雪光映照伏案读书,后来就用这个故事来形容勤学苦读。
⑦ 刮垢磨光:刮垢即刷削污秽,磨光指用磨料磨物使之光滑。此处指张生每天深入地钻研学问,力求学问更加精湛。
⑧ 游艺:即游学讲艺。
⑨ 中原:又称为中土、中州,主要指以洛阳至开封一带为中心的黄河中下游地区,狭义上指今天的河南省。
⑩ 蓬转:蓬草随风飞转。比喻流离转徙,四处飘零。
⑪ 日近长安远:字面的意思是帝都比太阳遥远,难以到达。长安指代功名,张生用此典故比喻自己空有一身才华,尚未取得功名。
⑫ 蠹(dù)鱼:又称为书虫、衣虫。张生把自己比作蠹鱼,钻在书里,刻苦学习。
⑬ 棘(jí)围:封建时代科举考试时,为了防止作乱或作弊,用荆棘围在试院的围墙上。

把铁砚磨穿①。投至得云路鹏程九万里②,先受了雪窗萤火二十年。才高难入俗人机,时乖③不遂男儿愿。空雕虫篆刻,缀断简残编。④

行路之间,早到蒲津。这黄河有九曲⑤,此正古河内之地,你看好形势也呵!

【油葫芦】九曲风涛何处显,则除是此地偏。⑥这河带齐梁分秦晋隘幽燕。雪浪拍长空,天际秋云卷;竹索缆浮桥,水上苍龙偃;东西溃九州,南北串百川。归舟紧不紧如何见?却便似弩箭乍离弦。

【天下乐】只疑是银河落九天。渊泉、云外悬,入东洋不离此径穿。滋洛阳千种花,润梁园万顷田,也曾泛浮槎⑦到日月边。

话说间早到城中。这里一座店儿,琴童,接下马者。店小二哥⑧那

---

① 铁砚磨穿:铁砚,金属砚的一种,西汉时期开始用铁铸砚,所以称铁砚。后用铁砚磨穿比喻读书人刻苦学习,不考中功名不罢休的决心。
② 鹏程九万里:鹏,相传是一种大鸟,能飞万里路程。出自《庄子·逍遥游》:"鹏之徙于南冥也,水击三千里,抟扶摇而上者九万里。"后来简化成一个成语鹏程万里,表示前程远大。
③ 乖:背离的意思。
④ "空雕虫"二句的意思是张生刻苦学习,到现在仍然一事无成。
⑤ 九曲:九不是一个确数,指黄河河道的弯曲处很多。
⑥ "九曲"二句:黄河的九曲风涛在什么地方最能显现?在蒲郡这一带。则除,意为只有。
⑦ 浮槎(chá):传说中往来于海上和天上的木筏。
⑧ 小二哥:旧时称旅馆饭店或者是茶楼酒肆中打杂的人。

里?(小二上云)自家①是这状元店里小二哥。官人②要下呵,俺这里有干净店房。(末云)头房里下,先撒和③那马者。小二哥你来,我问你:这里有甚么闲散心处?名山胜境、福地宝坊皆可。(小二云)俺这里有一座寺,名曰普救寺,是则天皇后香火院,盖造非俗:琉璃殿相近青霄,舍利塔④直侵云汉。南来北往,三教九流⑤,过者无不瞻仰⑥,则除⑦那里可以君子游玩。(末云)琴童,料持下晌午饭,那里走一遭,便回来也。(童云)安排下饭,撒和了马,等哥哥回家。(下)(法聪上)小僧法聪,是这普救寺法本长老座下弟子。今日师父赴斋⑧去了,著我在寺中,但有探长老的,便记著,待师父回来报知。山门下立地,看有甚么人来。(末上云)却早来到也。(见聪了,聪问云)客官⑨从何来?(末云)小生西洛至此,闻上刹⑩幽雅清爽,一来瞻仰佛像,二来拜谒⑪长老。敢问长老在么?(聪云)俺师父不在寺中,贫僧

---

① 自家:意思是自己、本身。
② 官人:本意是做官的人,此处是对为官之人的尊称。妻子也称丈夫为官人。
③ 撒和:指休息或调停。此处引申为喂饲马匹。
④ 舍利塔:指存放舍利子的塔。舍利子,原指释迦牟尼遗体焚烧之后结成的珠状物,后来也泛指佛教修行者死后火化的剩余物。
⑤ 三教九流:三教指儒教、佛教和道教;九流指儒家、道家、阴阳家、法家、名家、墨家、纵横家、杂家和农家。三教九流泛指宗教、学术中的各种流派,也指社会上各行业或各类人。
⑥ 瞻仰:指怀着崇高的敬意,严肃而恭敬地看着某人或某物。
⑦ 则除:唯有,只有。
⑧ 赴斋:指和尚出去做功德等佛事。
⑨ 客官:旧时店家、船家对顾客、旅客的尊称。
⑩ 上刹:对佛寺的敬称。
⑪ 拜谒:指拜访,拜见。

弟子法聪的便是。请先生方丈①拜茶。（末云）既然长老不在呵，不必吃茶。敢烦和尚相引瞻仰一遭，幸甚。（聪云）小僧取钥匙，开了佛殿、钟楼、塔院、罗汉堂、香积厨，盘桓②一会，师父敢待③回来。（末云）是盖造得好也呵！

【村里迓鼓】随喜④了上方佛殿，早来到下方僧院。行过厨房近西、法堂北、钟楼前面。游了洞房⑤，登了宝塔，将回廊绕遍。数了罗汉⑥，参了菩萨，拜了圣贤。

（莺莺引红娘捻花枝上云）红娘，俺去佛殿上耍去来。（末做见科）呀！

正撞五百年前风流业冤⑦。

【元和令】颠不剌⑧的见了万千，似这般可喜娘的庞儿罕曾见。则著人眼花撩乱⑨口难言，魂灵儿飞在半天。他那里尽人调戏⑩军著香肩，只将花笑捻。

---

① 方丈：此处指一丈四方之室，也指寺院住持及住持的居室。
② 盘桓：逗留；徘徊。
③ 敢待：就要、将会的意思。
④ 随喜：佛教用语，谓欢喜之意随瞻拜佛像而生。此处指游览寺院。
⑤ 洞房：本指深邃的内室。此处指佛殿。
⑥ 数了罗汉：传统习俗。通过数罗汉来预测未来，这个活动普遍流行在中国的民间，预卜一年的吉凶祸福。
⑦ 业冤：指似恨而实爱的人。例如元代张国宾《合汗衫》第四折："休提起俺那业冤。他剔腾了我些好家缘。"
⑧ 颠不剌：颠是顶的意思；不剌是语气助词，整个词的意思是上等的。
⑨ 撩乱：同缭乱。
⑩ 调戏：这里指的是张生看到美貌的崔莺莺而心生爱慕，随之神魂颠倒，眼睛不由自主地随莺莺来回地看。

【上马娇】这的是①兜率宫②,休猜做了离恨天③。呀,谁想著寺里遇神仙!我见他宜嗔宜喜春风面,偏、宜贴翠花钿④。

【胜葫芦】则见他宫样眉儿新月偃,斜侵入鬓云边。

(旦云)红娘,你觑⑤:寂寂僧房人不到,满阶苔衬落花红。(末云)我死也!

未语人前先腼腆⑥,樱桃红绽,玉粳白露⑦,半响恰方言。

【幺篇】恰便似呖呖莺声花外啭,行一步可人怜⑧。解舞腰肢娇又软,千般袅娜⑨,万般旖旎⑩,似垂柳晚风前。

(红云)那壁⑪有人,咱家去来。(旦回顾觑末下)(末云)和尚,恰怎么观音现来?(聪云)休胡说!这是河中开府崔相国的小姐。(末云)世间有这等女子,岂非天姿国色乎?休说那模样儿,则那一对小脚儿,价值百镒之金。(聪云)偌远地,他在那壁,你在这壁,系著长裙儿,你便怎知他脚儿小?(末云)法

---

① 的是:的确是。
② 兜率(lǜ)宫:兜率一词本出自佛经,意思是"具有欢喜",是上足、知足、喜足的意思。兜率宫指兜率天的内院,弥勒菩萨居住的净土。
③ 离恨天:佛教用语,本指佛经中一世界,后被道教借用,指第三十三重天阙,在这三十三层天中,离恨天是最高的;而四百四十病中,相思病最苦。此处指男女相思苦的境界。
④ 翠花钿:指镶嵌着珠宝翡翠的金花首饰。
⑤ 觑:瞧、看的意思。
⑥ 腼腆:因羞涩或胆怯而神色不自然的样子。
⑦ 玉粳白露:玉粳指光洁如玉的粳米,这里比喻洁白的牙齿。
⑧ 可人怜:令人心生怜爱的意思。
⑨ 袅娜:形容女子体态柔美轻盈。
⑩ 旖旎:本义为旌旗随风飘扬的样子,在这里比喻女子柔媚的样子。
⑪ 那壁:那边的意思。

聪，来、来、来，你问我怎便知，你觑：

【后庭花】若不是衬残红芳径软，怎显得步香尘底样儿浅。且休题眼角儿留情处，则这脚踪儿将心事传。慢俄延①，投至到栊门儿前面，刚那了一步远。刚刚的打个照面，风魔了张解元②。似神仙归洞天，空余下杨柳烟，只闻得鸟雀喧。

【柳叶儿】呀，门掩著梨花深院，粉墙儿高似青天。恨天、天不与人行方便，好著我难消遣③，端的④是怎留连。小姐呵，则被你兀的⑤不引了人意马心猿⑥。

（聪云）休惹事，河中开府的小姐去远了也。（末唱）

【寄生草】兰麝⑦香仍在，佩环⑧声渐远。东风摇曳垂杨线，游丝牵惹桃花片，珠帘⑨掩映芙蓉面。你道是河中开府相公家，我道是南海水月观音⑩现。

"十年不识君王面，始信婵娟⑪解误人。"小生便不往京师去应举也罢。（觑聪云）敢烦和尚对长老说知，有僧房借半间，早晚温

---

① 俄延：拖延、迟延的意思。
② 解元：古代科举考试中，乡试第一名称为"解元"。宋元以后用于对读书人的通称或者尊称。在本文中是称呼读书人。
③ 消遣：消闲解闷。
④ 端的：果然、的确的意思。
⑤ 兀的：怎么的意思，表示感叹。
⑥ 意马心猿：形容心思不定，好像猴子跳、马奔腾一样控制不住。
⑦ 兰麝：兰与麝皆为香料，此处指崔莺莺佩戴的香物。
⑧ 佩环：指玉制的环形佩饰物，后多指女子所佩的饰物。
⑨ 珠帘：意思是珍珠穿成一串或缀饰珍珠的帘子，具有装饰的作用。
⑩ 水月观音：在佛经中，观音菩萨有33个不同形象的法身，画作观水中月影状的就称为水月观音，后来经常用来比喻人物仪容清丽俊美。
⑪ 婵娟：姿态美好，此处指代美丽的女子。

习经史，胜如旅邸内冗杂①。房金依例拜纳。小生明日自来也。

【赚煞】饿眼望将穿，馋口涎空咽，空著我透骨髓相思病染，怎当他临去秋波②那一转。休道是小生，便是铁石人也意惹情牵。近庭轩，花柳争妍，日午当庭塔影圆。春光在眼前，争奈③玉人不见，将一座梵王宫疑是武陵源。（下）

精彩解说

第一折称为"佛殿奇遇"。已故礼部尚书之子张珙要进京赶考，路经好友杜确任职之地，打算去拜访。在客店逗留之时，去普救寺内拜谒长老。正好长老不在寺内，张生在寺内游玩之际，偶遇崔莺莺。崔莺莺在婢女红娘的陪伴下去佛殿玩耍。张生一见崔莺莺就被其迷住，魂不守舍。想接近崔莺莺却又不能，张生顿时为之疯魔。于是就打算在寺院内借住，想借此来接近崔莺莺。张生虽然有雄心壮志，但是面对美艳的崔莺莺，却忘记了赶考的初衷。

智慧解析

该折又可以叫作"佛殿奇遇"，主要由男主角张生来唱。楔子中女主角崔莺莺因为回博陵受阻，暂时居住在普救寺；而张生因为参加科举考试路过此地，要去拜访义兄杜确也暂时来到此地。张生在本折的开头部分就交代了自己的身世：父亲也曾做过礼部尚书，只因为父母双亡，他失去了依靠。恰好这次赶考要拜访义兄杜确，于是逗留蒲关。去普救寺拜访住持，住持有事外出，却偶然遇见了崔莺莺。这本是无意之举，与后文中孙飞虎的行为构成鲜明的对比。孙飞虎因为崔

---

① 冗杂：形容事情繁杂，缺乏统一协调。
② 秋波：秋水之波，比喻美女的眼睛或眼神。
③ 争奈：怎奈、无奈的意思。

莺莺貌美，所以慕名而来，该折中交代张生杜确的情节，也为后面白马解围埋下了伏笔。张生虽是一介白衣，但器宇轩昂、满腹才华，只因还未求取功名，所以暂时清闲地在此地游玩。本折中的【点绛唇】【混江龙】借历史典故来讲述张生此时的处境，尽管才华横溢，但是功名未就，心中不免有抑郁之情。张生也曾"棘围守暖"，也曾"铁砚磨穿"，也曾"雪窗萤火二十年"，十数年如一日地苦读诗书，期待有一天能够榜上有名，实现自己的理想抱负。但是"才高难入俗人机，时乖不遂男儿愿"，这也是他对自己处境最贴切的评价，更是他对世态炎凉的概括总结。

【油葫芦】一曲情感上发生了变化，由原来的沉郁之情转为雄豪之情。张生由眼前之景，逐渐从抑郁不得志的情感中走出，开始转向豪迈之情，接着他又以物自比，抒发了自己的雄心壮志。面对大自然的美景，张生想到十数年的埋头苦读，更加坚定了此次科考必胜的信心。

【天下乐】一曲，张生由眼前近景逐渐地转向远景，他想象着美好的洛阳、梁园，情感也逐渐由喷薄而出的雄心壮志转向平静。"润梁园万顷田"等句子，不仅写出了张生心怀天下的伟大志向，还写出他希望未来仕途顺遂的美好愿望。"泛浮槎到日月边"一句化用了前人浮槎天河的典故，起到点铁成金的作用。而这个典故也不是王实甫第一次用，早先刘禹锡《浪淘沙》中就使用过该典故。不过值得一提的是，王实甫不愧是大家，他把这个典故和张生的地位处境联系起来，经过一番雕琢，让此曲更具一种壮阔美，不仅看不出是翻用别人的典故，反而让人觉得这个典故只适合用在此处，因此这首曲子被后世人称赞。金圣叹在《贯华堂第六才子书西厢记》中曾认为：张生的志向，可以经由张生的口唱出来；但是张生的品质却需要他人来说明，那么谁可以来说明他的志向，作者王实甫就借用眼前的黄河景象，这是前所未有的写法，是天下第一奇文。

张生虽然未中功名，但他确是一大才子，而才子就需要佳人来配。崔莺莺暂居在普救寺，张生来到此地后本来居住在小客店，却因为店小二三言两语的介绍，欣然前往普救寺拜访。

【村里迓鼓】一曲，主要写张生到普救寺游玩，看似对整个剧情的发展无关紧要，但是却起到欲扬先抑的作用，为以后遇见崔莺莺做了铺垫。张生正在佛殿内虔诚地参拜菩萨，却在抬头间看到了莺莺。莺莺与佛殿内的菩萨形成鲜明的对比，菩萨是一本正经地普度众生，而莺莺是一个鲜活的美人，正是于山穷水尽处尽现柳暗花明。张生不禁"呀！正撞着五百年前风流业冤"，一个语气词"呀"唱出了张生此处的惊喜、心神荡漾，而后一句既写出了张生与莺莺的邂逅是偶然的，又写出张生对崔莺莺的一见钟情，真是千古妙语。

器宇轩昂、才华绝世的张生遇到貌美的崔莺莺，马上疯魔了。王实甫的这段唱词也写得特别有韵味，本来张生很有才华，却在这段唱词中出现了"颠不剌""可喜娘"等俗语，这与人物的心情非常契合。尽管张生很有才华，但是见到莺莺后开始变得神志不清、语无伦次，于是说出来的话也就不经思考。金圣叹先生在评论此曲时，很欣赏"尽人调戏"一句。崔莺莺身为大家闺秀，心思单纯，没有和外人接触过，所以心无嫌隙。面对陌生男子的张望，能够做到娴雅大方，毫无扭捏之态。而从张生的视角去看莺莺，她体态曼妙，眼波流动，似有万种风情。作者的妙处正在于：崔莺莺只是在佛堂玩耍，对于张生的到来以及张望完全不知，所以莺莺能够落落大方；而于张生而言，莺莺的无意之举都仿佛是在传达某种信息，这完全是他的想象。这和《汉书》记载李夫人的事迹如出一辙。当年李夫人病逝，汉武帝思念过甚，就命方士设法召李夫人来见。方士在夜里设帷帐、摆酒肉，让汉武帝在其他帷帐中观看。隐隐看到体态样貌酷似李夫人的女子，汉武帝想上前叙话，却又不得，更加思念李夫人。于是就写了一首诗，命乐府传唱。而张生初见崔莺莺和汉武帝思念李夫人是一样的情况。写美人的方法很多，如果一开始就实实地来写莺莺的美，那读者就没有期待感。作者选择先虚写莺莺的美貌，并且从张生的角度来写，这样更能吊起观众的胃口，对莺莺有更多的期待。正如李白诗句所描述的那样"美人如花隔云端"，之后再慢慢地、渐渐地走近莺莺，让莺莺的美展现在观众的面前。

张生见到莺莺后，先是一阵狂喜，随后他就开始怀疑眼前的美人是不是真的，好像自己身处兜率宫一样；等莺莺慢慢地走近，张生开始细细地观察她。但是不管是写妆扮，还是她的发饰，作者仍是采用虚写的方式。而莺莺发出一声娇语，这清脆的声音更让张生如痴如醉。作者笔下的莺莺，不仅让张生神魂颠倒，更让读者生出无限爱怜。莺莺面对眼前的美景，不禁一阵感慨，顿生伤春之意，一丝淡淡的哀愁笼罩在眉目间。舞台上，莺莺和红娘在随意地玩赏春色，而另一边张生不顾法聪的劝告，在疯疯癫癫地自言自语。一个舞台，莺莺娇羞沉静，张生完全失去书生的气度，疯疯癫癫，带来的反差让读者忍俊不禁。

在张生的注视下，莺莺的形象由远及近，红娘的呼唤，莺莺回头一看，作者让情节戛然而止，为后面的情节做了铺垫。莺莺离开时，回头看了一眼张生，似是无情也似是有情。她是无意地一瞥呢，还是对张生有意，观众不得而知。戏曲评论家金圣叹先生对此情节做了改动，他删去莺莺临走时的回头一看，改成莺莺见有陌生男子，主动提出去看望母亲。他认为这个时候莺莺只是看见了一个陌生的男子，长期受到礼教熏陶的她，是不会对张生有任何触动的。其实按照生活习惯来讲，莺莺和红娘在外面玩耍，红娘告诉莺莺那边有人，作为一个正常人的反应，必定会回头看一眼，这才符合常理。如果红娘已经提醒有人，莺莺却不理不睬，自顾自地回去，这样的情节似乎不合常理。而正是这一瞥，为以后的情节发展埋下伏笔。因此，后人认为作者让莺莺临走时的回头一看，情节设置得非常巧妙。就剧本而言，此时是由张生主唱的，他的唱词完全是自己想象出来的；就莺莺本人而言，这匆匆一瞥未必动情，而从张生的角度来看，他已认定莺莺小姐回头一看是对自己有情，从而让他更加疯魔。金圣叹先生是站在道德礼教的角度去改动这一情节，但不符合人之常情。

莺莺容貌清丽行态风流，即使是穿着素服、化着淡妆，依然难掩她的绝世容颜。经红娘的提醒，莺莺带着红娘离开了。这时的张生如大梦初醒，刚想起来身边还有法聪相伴，马上向他询问为何观音现世——在张生看来，莺莺如水月观音一样美丽——却被法聪呵斥，告诉他这是崔相国家的千金小姐。彼时的张生才相信眼前的一切是真的，世间竟有这样的美人。可是此时的莺莺已经离开，张生望着眼前的美景，顿觉索然无味，于是沿着莺莺游玩的踪迹继续前行。

红娘和莺莺佛殿一行，来去匆匆，却给张生留下深刻的印象，让张生陷入疯魔中。尽管景色还是原来的景色，但随着莺莺的离去，张生觉得景色黯淡无光。虽然还能闻到淡淡的兰麝香，环佩声却渐渐远去，张生只能"饿眼望将穿，馋口涎空咽"，陷入无限的惆怅中。当张生发现法聪在身边时，马上就想通过法聪来了解情况，并想到借厢房的主意。还未等法聪应允，张生就说"明日自来"，可见张生心情的急迫。这时的张生头脑渐渐清醒，一抬头才发现已近正午。虽然春光依然美丽，但张生心中只期盼玉人再现。张生在依依不舍中下场，虽然人已走，但已经为以后的"借厢"做了情感铺垫。

本折写张生和莺莺在佛殿初遇，叙事、写景、抒情浑然一体。前半折写张生抒发自己的豪情壮志，但"十年不识君王面，始信婵娟解误人"，为以后张生借厢弃考做了铺垫，这让后面的弃考情节显得更合情合理。

第二折

原文

（夫人上白）前日长老将钱①去与老相公做好事②，不见来回话。道与红娘，传著我的言语，去问长老，几时好与老相公做好事？就著他办下东西的当③了，来回我话者。（下）（净扮洁上）老僧法本，在这普救寺内做长老。此寺是则天皇后盖造的，后来崩损④，又是崔相国重修的。见今崔老夫人领著家眷⑤，扶柩回博陵，因路阻暂寓本寺西厢之下，待路通回博陵迁葬。老夫人处事温俭⑥，治家有方，是是非非，人莫敢犯。夜来⑦老僧赴斋，不知曾有人来望老僧否？（唤聪问科）（聪云）夜来有一秀才，自西洛而来，特谒我师，不遇而返。（洁云）山门外觑著，若再来

---

① 将钱：将，拿、取的意思，将钱就是拿着钱去。
② 好事：文中指给崔相国超度的法事活动。
③ 的当：稳妥的意思。
④ 崩损：残破损坏的意思。
⑤ 家眷：指妻子儿女等。
⑥ 温俭：指性情温和，不浪费。比喻稳重有度，处事得体。
⑦ 夜来：昨天的意思。

时，报我知道。(末上云)昨日见了那小姐，到①有顾盼②小生之意。今日去问长老借一间僧房，早晚温习经史；倘遇那小姐出来，必当饱看一会。

【中吕】【粉蝶儿】不做周方③，埋怨杀你个法聪和尚。借与我半间儿客舍僧房，与我那可憎才④居止处门儿相向⑤。虽不能勾⑥窃玉偷香，且将这盼行云眼睛儿打当⑦。

【醉春风】往常时见傅粉的委实⑧羞，画眉的敢是⑨谎。今日多情人一见了有情娘，著小生心儿里早痒、痒。迤逗⑩得肠荒，断送得眼乱，引惹得心忙。

(末见聪科)(聪云)师父正望先生来哩，只此少待⑪，小僧通报去。(洁出见末科)(末云)是好一个和尚呵！

【迎仙客】我则见他头似雪，鬓如霜，面如童，少年得内养。貌堂堂，声朗朗，头直上只少个圆光，却便似捏塑来的僧伽⑫像。

(洁云)请先生方丈内相见。夜来老僧不在，有失迎迓。望先生

---

① 到：同"倒"。
② 顾盼：眷顾、爱慕的意思。
③ 周方：周全、方便的意思；也指帮助、关照。
④ 可憎才：意思是可爱的人。
⑤ 相向：相对的意思。
⑥ 能勾：同"能够"，"勾"同"够"。
⑦ 打当：是准备的意思。
⑧ 委实：确实，实在。
⑨ 敢是：大概是。
⑩ 迤逗：挑逗；引诱。
⑪ 少待：稍等的意思。
⑫ 僧伽：借指观音大士或其塑像。

恕罪。（末云）小生久闻老和尚清誉①，欲来座下听讲，何期昨日不得相遇。今能一见，是小生三生有幸矣。（洁云）先生世家何郡？敢问上姓大名，因甚至此？（末云）小生姓张，名珙，字君瑞。

【石榴花】大师一一问行藏②，小生仔细诉衷肠③，自来西洛是吾乡，宦游④在四方，寄居咸阳。先人拜礼部尚书多名望⑤，五旬上因病身亡。

（洁云）老相公弃世，必有所遗。（末唱）

平生正正直直无偏向，止留下四海一空囊。

（洁云）老相公在官时浑俗和光⑥。（末唱）

【斗鹌鹑】俺先人甚的是浑俗和光，衠⑦一味风清月朗。

（洁云）先生此一行，必上朝取应⑧去。（末唱）

小生无意求官，有心待听讲。

小生特谒长老，奈路途奔驰，无以相馈——

量著穷秀才人情则是纸半张。又没甚七青八黄⑨，尽著你说短论长，一任待掂斤播两。

---

① 清誉：指清白的声誉，美好的名声。
② 行藏：指一个人的底细或来历。
③ 衷肠：指心里的话。
④ 宦游：指为求做官而出外奔走。
⑤ 名望：指名声、威望。
⑥ 浑俗和光：浑俗指与世俗浑同，和光指混合各种色彩，意思是不露锋芒，与世无争。
⑦ 衠（zhūn）：正，真。
⑧ 取应：指应举，参加科举考试。
⑨ 七青八黄：指钱财。

径禀①：有白银一两，与常住公用，略表寸心，望笑留是幸。（洁云）先生客中，何故如此？（末云）物鲜不足辞，但充讲下一茶耳。

【上小楼】小生**特来见访**，大师**何须谦让**。

（洁云）老僧决不敢受。（末唱）

这钱也难买柴薪，不勾斋粮，且备茶汤。

（觑聪云）这一两银，未为厚礼。

你若有主张，对艳妆，将言词说上，我将你众和尚死生难忘。

（洁云）先生必有所请。（末云）小生不揣②有恳。因恶③旅邸冗杂，早晚难以温习经史，欲假④一室，晨昏听讲，房金按月任意多少。（洁云）敝寺颇有数间，任先生拣选。（末唱）

【幺篇】也不要香积厨，枯木堂。远著南轩，离著东墙，靠著西厢。近主廊，过耳房，都皆停当⑤。

（洁云）便不呵，就与老僧同处何如？（末笑云）要怎么？

你是必⑥休题⑦著长老方丈。

（红上云）老夫人著俺问长老，几时好与老相公做好事，看得停当回话。须索⑧走一遭去来。（见洁科）长老万福⑨。夫人使侍

---

① 径禀：也可以写作谨禀，是个敬词，禀告的意思。
② 不揣：谦词，意思是不自量。
③ 恶：厌恶的意思。
④ 假：是借的意思。
⑤ 停当：是就绪、妥当的意思。
⑥ 是必：是务必、必须的意思。
⑦ 题：同"提"。
⑧ 须索：必须的意思。
⑨ 万福：是古代汉族妇女行的敬礼。

妾①来问，几时好与老相公做好事，著看的②停当了回话。（末背云）好个女子也呵！

【脱布衫】大人家③举止端详，全没那半点儿轻狂。大师行④深深拜了，启朱唇语言的当。

【小梁州】可喜娘的庞儿浅淡妆，穿一套缟素⑤衣裳。胡伶渌老⑥不寻常，偷睛望，眼挫里抹张郎。

【幺篇】若共他多情的小姐同鸳帐，怎舍得他叠被铺床。我将小姐央，夫人快，他不令许放，我亲自写与从良⑦。

（洁云）二月十五日可与老相公做好事。（红云）妾与长老同去佛殿看了，却回夫人话。（洁云）先生请少坐，老僧同小娘子⑧看一遭便来。（末云）何故却⑨小生？便同行一遭，又且何如？（洁云）便同行。（末云）著小娘子先行，俺近后些。（洁云）一个有道理⑩的秀才。（末云）小生有一句话说，敢道么？（洁云）便道不妨。（末唱）

【快活三】崔家女艳妆，莫不是演撒⑪你个老洁郎？

---

① 侍妾：此处指丫鬟、侍女。
② 的：按现行标准，此处应用"得"，古时"的"同"得"。本书也有"的"与"得"俱用的情况，只是未严格区分，为尊重作品原貌，未改，故注。
③ 大人家：是大户人家、官宦人家的意思。
④ 大师行（háng）：大师这里。行，用于人称之后，意为这里、那里。
⑤ 缟素：缟和素都是白色的生绢，后引申为白色，这里指丧服。
⑥ 胡伶：即鹘鸰，一种猛禽；渌老，眼睛的俗称。形容明亮机灵的眼睛。
⑦ 从良：此处指奴婢役满被释放或者赎身为自由百姓。
⑧ 小娘子：古代对少女的通称。
⑨ 却：推辞、拒绝的意思。
⑩ 道理：在这里是规矩的意思。
⑪ 演撒：方言，勾搭、引诱的意思。

（洁云）俺出家人那有①此事？（末唱）既不沙②，却怎睃趁着你头上放毫光？打扮的特来晃③。

（洁云）先生是何言语！早是④那小娘子不听得哩，若知呵，是甚意思！（红上佛殿科）（末唱）

【朝天子】过得主廊，引入洞房，好事从天降。

我与你看着门儿，你进去。（洁怒云）先生，此非先王之法言！岂不得罪于圣人之门乎？老僧偌大年纪，焉肯作此等之态！

（末唱）

好模好样忒莽撞。

没则罗便罢，

烦恼则么耶唐三藏？

怪不得小生疑你，

偌大一个宅堂，可怎生别没个儿郎，使得梅香⑤来说勾当⑥？

（洁云）老夫人治家严肃，内外并无一个男子出入。（末背云）这秃厮⑦巧说！

你在我行、口强，硬抵着头皮撞。

（洁对红云）这斋供道场都完备了，十五日请夫人小姐拈香⑧。

（末问云）何故？（洁云）这是崔相国小姐至孝，为报父母之

---

① 那有：哪有。表疑问时，那有、那里，同现代的哪有、哪里。下同。
② 既不沙：既不是。
③ 特来晃：特别漂亮。
④ 早是：幸亏。
⑤ 梅香：古时候大多以"梅香"作为婢女的名字，后来"梅香"就成为婢女的代名词。
⑥ 勾当：事情。
⑦ 秃厮：对僧人的讥嘲之称呼。
⑧ 拈香：指上香。

恩。又是老相公禫日①，就脱孝服，所以做好事。（末哭科云）"哀哀父母，生我劬劳，欲报深恩，昊天罔极。"小姐是一女子，尚然有报父母之心；小生湖海飘零数年，自父母下世②之后，并不曾有一陌纸钱相报。望和尚慈悲为本，小生亦备钱五千，怎生带得一分儿斋③，追荐④俺父母咱。便夫人知，也不妨，以尽人子之心。（洁云）法聪，与这先生带一分者。（末背问聪云）那小姐明日来么？（聪云）他父母的勾当，如何不来？（末背云）这五千钱使得有些下落⑤者！

【四边静】人间天上，看莺莺强如做道场。软玉温香，休道是相亲傍；若能勾汤他一汤⑥，到与人消灾障。

（洁云）都到方丈吃茶。（做到科）（末云）小生更衣⑦咱。（末出科云）那小娘子已定出来也，我则在这里等待问他咱。（红辞洁云）我不吃茶了，恐夫人怪来迟，去回话也。（红出科）（末迎红娘祗揖⑧科）小娘子拜揖。（红云）先生万福。（末云）小娘子莫非莺莺小姐的侍妾么？（红云）我便是，何劳先生动问？

（末云）小生姓张，名珙，字君瑞，本贯西洛人也。年方二十三岁，正月十七日子时建生。并不曾娶妻……（红云）谁问你来？

（末云）敢问小姐常出来么？（红怒云）先生是读书君子，孟

---

① 禫（dàn）日：按照古时的礼仪，父母去世后二十七个月时的祭礼，称为"禫祭"，禫祭以后就可以脱去孝服。禫日就是指禫祭那一天。
② 下世：此处是去世、死亡的意思。
③ 斋：此处指诵经、祈祷求福的活动。
④ 追荐：指请僧道诵经祭奠，超度死者。
⑤ 下落：着落的意思。
⑥ 汤：方言，擦、摸的意思。
⑦ 更衣：此处是上厕所的委婉说法。
⑧ 祗揖（zhī yī）：见面时行的一种礼。

子曰:"男女授受不亲,礼也。"君子"瓜田不纳履,李下不整冠"。道不得个"非礼勿视,非礼勿听,非礼勿言,非礼勿动"。俺夫人治家严肃,有冰霜之操①。内无应门五尺之童,年至十二三者,非呼召,不敢辄入中堂②。向日③莺莺潜出闺房,夫人窥④之,召立莺莺于庭下,责之曰:"汝为女子,不告而出闺门,倘遇游客小僧私视,岂不自耻。"莺立谢⑤而言曰:"今当改过从新,毋敢再犯。"是他亲女,尚然如此,何况以下侍妾乎!先生习先王之道,尊周公之礼,不干己事,何故用心?早是妾身,可以容恕。若夫人知其事呵,决无干休!今后得问的问,不得问的休胡说!(下)(末云)这相思索是害也。

【哨遍】听说罢心怀悒怏⑥,把一天愁都撮在眉尖上。说"夫人节操凛冰霜,不召呼,谁敢辄入中堂"?自思想,比及你心儿里畏惧老母亲威严,小姐呵,你不合临去也回头儿望。待扬下教人怎扬⑦?赤紧⑧的情沾了肺腑,意惹了肝肠。若今生难得有情人,是前世烧了断头香⑨。我得时节手掌儿里奇擎⑩,心坎儿里温

---

① 冰霜之操:指像冰雪和秋霜一样的操守。后比喻人的操守高洁清廉。此处指崔老夫人操守高洁。
② 中堂:指正中的厅堂。后用做官名。
③ 向日:往日、从前的意思。
④ 窥:本义是从小孔或缝隙里看,后引申为暗中察看。
⑤ 谢:在此处是认错、道歉的意思。
⑥ 悒怏(yì yàng):忧郁不快乐的意思。
⑦ 扬:抛开、丢开。
⑧ 赤紧:亦写作"吃紧"。真个、当真的意思。
⑨ 断头香:意思是断折的香或棒香。按照古人的迷信说法,如果用断头香供佛,来世就会遭到报应,要么会妻离子散,要么会断子绝孙,所以一般不烧断头香。
⑩ 奇擎:捧护。奇,语气助词;擎,举、捧。

存，眼皮儿上供养。

【耍孩儿】当初那巫山远隔如天样，听说罢又在巫山那厢。业身躯虽是立在回廊，魂灵儿已在他行。本待要安排心事传幽客①，我子②怕漏泄春光与乃堂。夫人怕女孩儿春心荡，怪黄莺儿作对，怨粉蝶儿成双。

【五煞】小姐年纪小，性气刚。张郎倘得相亲傍，乍相逢厌见何郎粉，看邂逅③偷将韩寿香。才到是未得风流况，成就了会温存的娇婿，怕甚么能拘束的亲娘。

【四煞】夫人忒④虑过，小生空妄想，郎才女貌合相仿。休直待眉儿浅淡思张敞⑤，春色飘零忆阮郎⑥。非是咱自夸奖，他有德言工貌，小生有恭俭温良。

【三煞】想着他眉儿浅浅描，脸儿淡淡妆，粉香腻玉搓咽项。翠裙鸳绣金莲小，红袖鸾销玉笋长。不想呵其实强，你撇下半天风韵，我拾得万种思量。

却忘了辞长老。（见洁科）小生敢问长老：房舍何如？（洁云）

塔院侧过西厢一间房，甚是潇洒⑦，正可先生安下，见收拾下了，

---

① 幽客：是幽闺客的简称，这里是张生对莺莺的称呼。
② 子：同"只"。
③ 邂逅：指不期而遇或者偶然相遇。
④ 忒（tuī）：太的意思。
⑤ 张敞：汉朝人，相传他官居京兆尹，但没有官架子，经常在散朝后步行回家。他和夫人感情很好，夫人因幼时受伤，眉角有疤，于是张敞每天都会为夫人画眉，然后再去上朝，一时传为美谈。后用来比喻夫妻恩爱情深。
⑥ 阮郎：本指阮肇，相传汉明帝永平五年，会稽郡剡县刘晨、阮肇一起到天台山采药，遇到两位仙女，被邀请到家中，并被招为夫婿。后指与丽人结缘的男子。
⑦ 潇洒：本意自然大方，有韵致，不拘束，这里引申为幽雅自如随意的意思。

随先生早晚来。（末云）小生便回店中搬去。（洁云）既然如此，老僧准备下斋，先生是必便来。（下）（末云）若在店中人闹，到好消遣；搬在寺中静处，怎么捱这凄凉也呵！

【二煞】院宇深，枕簟①凉。一灯孤影摇书幌。纵然酬得今生志，著甚支吾此夜长！睡不著如翻掌，少可有一万声长吁短叹，五千遍倒枕槌床②。

【尾】娇羞花解语，温柔玉有香。我和他乍③相逢记不真娇模样，我则索手抵着牙儿慢慢的想。（下）

精彩解说

在上一折的"佛殿偶遇"后，张生决定暂时不去京城参加科举考试，他要借住到寺院，试图接近崔莺莺。在得到寺院长老的允许后，张生正式住进西厢房。红娘按照老夫人的吩咐，询问长老何时能为崔相国做法事，在佛殿门口遇到张生。张生认出红娘是莺莺的丫鬟，不等红娘说话，就马上自报家门。结果受到红娘的一番奚落。红娘告诉他，老夫人治家严谨，莺莺是大家闺秀，试图让张生打消念头，不要再惦记莺莺。张生听到红娘的话，顿时黯然神伤，感觉一片黑暗，更加思念莺莺。

智慧解析

本折起到承上启下的作用，由张生主唱。在上一折里，张生到寺院游玩，遇到美貌的崔莺莺，一见钟情，试图接近莺莺，便想在寺院借间厢房，但因住持外出，张生未能如愿。在本折中，张生得到长老

---

① 枕簟（diàn）：枕席，后泛指卧具。
② 倒枕槌床：倒枕，翻转枕头；槌床，敲打床，形容非常烦躁。
③ 乍：初，开始的意思。

的允许后，正式住进西厢房，为以后和莺莺的感情发展做了铺垫。老夫人命红娘向住持询问做法事一事，恰好张生也在住持身边，这就为后面张生附斋一事提供了契机。看似很小的一个事件，却为张生接近莺莺提供了机会和场所，推动了故事情节的发展。

第一次见到莺莺后，张生彻夜未眠，考虑怎样才能接近莺莺。在经过长时间的思考后，张生决定去寺院借一间厢房，这样就能经常见到心上人。但借房计划，法聪和尚不成全，计划就白费。因此张生会唱到"不做周方，埋怨杀你个法聪和尚"，真真把张生的心情表现得淋漓尽致。他把所有的希望都寄托在借僧房这件事情上，如果能借到僧房，即便不能接近莺莺，能好好看看莺莺也能解他的相思之苦。莺莺回头一瞥让他彻夜难眠，思量美人是否有意。这种爱而不得的情感，让他心生怨恨。看到法本和尚的装束和行为，张生竟然能说出和尚是"老洁郎"这样的词语，引得法本一阵怪罪。法本被张生误会，是张生以己度人，认为法本和尚也有想法。王实甫没有按照正常的发展顺序来写，而是直接写张生离开寺院后的辗转反侧，表现张生的一片痴情。

张生在第一折就曾唱到"往常时见傅粉的委实羞，画眉的敢是谎"，而如今见到貌美的崔莺莺后，却"颠不剌的见了万千，似这般可喜娘的庞儿罕曾见"。从这两处唱词，看出张生对于莺莺并不是俗人眼中的"见色起意"，而是真正建立在情的基础上。莺莺是他多年来第一次动心的女子，并不仅仅是因为莺莺的美貌。作者在【醉春风】一曲中，生动形象地写了张生的疯魔之状。《西厢记》的故事蓝本在唐朝就已经出现，元稹的《莺莺传》把张生塑造成一个表里不一、始乱终弃的人。在后来流传的过程中，各个作家也都在不同程度上对张生的性情进行丰富补充，但都没有做根本的改变，张生始终是一个负心人。而王实甫在张生人物形象的塑造上做了极大的调整，张生开始由负心人的形象转变为一个痴情种，他在剧本中所有的行为都是为情服务的，而张生的痴情在戏中得到了充分的体现。一个从来没有得过相思病的人，在见到心仪的女子后，才会辗转反侧、彻夜难眠。这些异于寻常的行为更加体现出张生的痴情。

张生拜见法本和尚一节，看似多余，实则非常关键。在法本和尚的询问下，张生交代了自己的身世，"先人拜礼部尚书多名望，五旬上因病身亡"，"风清月朗"是张父的性格，在这样的言传身教下，张生也是这样。这就把张生的出身风范做了详细的交代。最后，张生说到自己"无意求官""有心待听讲"。

这时，红娘按照老夫人的吩咐前来询问何时做法事一事，法本和尚与张生的戏谑场面才得以收场。红娘给张生的第一印象是"大家举止""言语得当"，并且比一般人家的丫鬟聪慧、伶俐。在这个酸书生的眼里，丫鬟红娘居然都这么可爱。当他见到红娘后就开始自报家门，红娘面对这个酸腐书生，抢白了几句，张生黯然伤神。

张生初见莺莺时，被弄得神魂颠倒，见到红娘，也被惊艳了，但更多的是一种怜惜之情。他甚至会生出这样的想法，想去央求老夫人和莺莺，为眼前的红娘赎身，让她恢复自由身，不再在大户人家做丫鬟。

作者用【脱布衫】等三曲写出了红娘的不凡，更以红娘的聪明伶俐衬托出莺莺的不凡。在张生的眼里，虽然红娘也很美，并且聪明伶俐，但是却无法和心上人莺莺相比，这也写出了张生的痴情、专情。

金圣叹在《贯华堂第六才子书西厢记》中也写到，作者用空灵之笔写出了红娘的与众不同，丫鬟尚且如此，何况小姐。张生随着法本和尚去佛殿，崔家要为崔相国办法事，张生为了能够接近莺莺，也要随一份斋，这样就为崔、张二人感情的进一步发展做了铺垫。张生表面上是要追荐父母，真实目的是为了接近莺莺，取得跟莺莺说话的机会。

　　当张生得以单独面见红娘的时候，他就失去了书生该有的样子，开始自报家门，而红娘却在他面前大谈孔孟之道，又说老夫人治家严谨，除了侍妾之外没有人能够接近小姐。本来这番大道理该是张生这样的读书人说的，而现在却让一个丫鬟说出来，确实有点不符合常理。但是仔细想想却又是合情合理的，张生初见莺莺后陷入疯魔中，好不容易有机会见到她身边的丫鬟，所以才会急切地说出不合常理的话，这也更突出张生的痴情。而红娘虽然是崔家的侍女，但是长期跟小姐在一起，必然会受到礼教制度的熏陶，能说出这样的话也不是偶然的。

　　张生遭到红娘的一顿抢白，这是他追求爱情道路上遇到的第一个障碍，红娘看似是一个小丫鬟，她说出的话其实代表的是崔府，是治家严肃的老夫人。这时的张生还没有彻底看明白，其实真正阻碍他和莺莺在一起的是老夫人。本来他想在寺院借一间厢房，这样就能够见到日思夜想的心上人，却不料崔家"不召呼，谁敢辄入中堂"。张生顿时陷入忧愁不安、郁郁寡欢中，他不埋怨自己对莺莺动了真情，反倒埋怨莺莺"不合临去也回头儿望"。此时的张生陷入胡思乱想中，他一会儿想自己上辈子烧了断头香，使得这辈子不能和心上人在一起；一会儿又想如果能和心上人在一起，要"手掌儿里奇擎，心坎儿里温存，眼皮儿上供养"。张生的心态被描写得淋漓尽致，一个多情、痴情的书生形象清晰地展现在读者的面前。

　　作者用【耍孩儿】等数曲写尽了张生的满腹心事：他怨红娘不把心事传给莺莺；怨老夫人治家严谨，让他不得接近小姐；又担心莺莺年纪小，完全被母亲拘束住，让他没有机会和心上人在一起。张生转念一想，不知不觉又乐观起来，他想到自己"有德言工貌，有恭俭温良"，正好和莺莺是郎才女貌。想起来莺莺的音容笑貌，他又陷入幻想中无法自拔。张生刚刚尝到爱情的滋味，开始变得喜怒无常、患得患失，完全不能用正常人的思维来衡量。

在受到红娘一番抢白之后，张生正处于伤心抑郁中，法本和尚却像通了人情一般，把西厢房指给张生读书用，这让张生又有了一线希望。西厢房和莺莺居住的庭院是紧邻，这怎能不让张生高兴？张生躺在床上辗转反侧，思念佳人。虽然和佳人只有一墙之隔，但却仿佛隔着千山万水。想着那人"娇羞花解语，温柔玉有香"，也许是张生思念过度，反而想不起来莺莺的真模样，即便想不起来佳人的样子，张生依然会"手抵着牙儿慢慢的想"，希望能想起来莺莺的模样。这一夜张生就这样度过了，以后的夜晚又该如何度过？

【尾】曲给本折做了结，这一折中的"记不真""慢慢的想"为第三折的"花阴酬韵"做了铺垫。

第三折

原文

（正旦上云）老夫人著红娘问长老去了，这小贱人不来我行回话。（红上云）回夫人话了，去回小姐话去。（旦云）使你问长老，几时做好事？（红云）恰①回夫人话也，正待回姐姐话。二月十五日请夫人、姐姐拈香。（红笑云）姐姐，你不知，我对你说一件好笑的勾当。咱前日寺里见的那秀才，今日也在方丈里。他先出门儿外，等著红娘，深深唱个喏②道："小生姓张，名珙，字君瑞，本贯西洛人也，年二十三岁，正月十七日子时建生，并不曾娶妻。"姐姐，却是谁问他来？他又问："那壁小娘子，莫非莺莺小姐的侍妾乎？小姐常出来么？"被红娘抢白③了一顿呵回来了。姐姐，我不知他想甚么哩，世上有这等傻角！（旦笑云）红娘，休对夫人说。天色晚也，安排香案④，咱花园内烧香去来。（下）（末上云）搬至寺中，正近西厢居址。我问和尚每⑤来，小

---

① 恰：才、刚刚的意思。
② 唱个喏：古代的一种交际礼节。通常指男子一边作揖一边嘴里念叨颂词。
③ 抢白：指奚落、指责。
④ 香案：放置香炉烛台的条桌。
⑤ 每：们的意思。

姐每夜花园内烧香。这个花园，和俺寺中合著。比及①小姐出来，我先在太湖石畔墙角儿边等待，饱看一会。两廊僧众都睡著了，夜深人静，月朗风清，是好天气也呵！正是：闲寻方丈高僧语，闷对西厢皓月吟。

【越调】【斗鹌鹑】玉宇无尘，银河泻影，月色横空，花阴满庭。罗袂②生寒，芳心自警。侧著耳朵儿听，蹑著脚步儿行：悄悄冥冥③，潜潜等等④。

【紫花儿序】等待那齐齐整整，袅袅婷婷，姐姐莺莺。一更⑤之后，万籁无声⑥，直至莺庭。若是回廊下没揣的⑦见俺可憎⑧，将他来紧紧的搂定；则问你那会少离多，有影无形。

（旦引红娘上云）开了角门⑨儿，将香桌出来者。（末唱）

【金蕉叶】猛听得角门儿"呀"的一声，风过处花香细生。蹑著脚尖儿仔细定睛：比我那初见时庞儿越整。

（旦云）红娘，移香桌儿，近太湖石畔放者。（末做看科云）料想春娇厌拘束，等闲飞出广寒宫。看他容分一捻⑩，体露半襟，鞾

---

① 比及：等到的意思。
② 罗袂（mèi）：原指丝罗的衣袖，后来指华丽的衣着。
③ 悄悄冥冥：比喻静悄悄的，一声不响。
④ 潜潜等等：指静静地暗中等待。
⑤ 一更：更为旧时夜间计时单位，一夜有五更，每更约为两小时，一更相当于晚八点至晚十点。
⑥ 万籁无声：形容周围环境非常安静，一点儿声响也没有。
⑦ 没揣的：突然，没料到的意思。
⑧ 可憎：在这里是可爱的意思，常用于男女之间。
⑨ 角门：一般指正门两侧的小门。设在靠近建筑物的近角上，故称角门、旁门。
⑩ 一捻：一点点，形容小或纤细。

香袖以无言,垂罗裙而不语。似湘陵妃子^①,斜倚舜庙朱扉;如月殿嫦娥,微现蟾宫^②素影。是好女子也呵!

【调笑令】我这里甫^③能、见娉婷^④,比著那月殿嫦娥也不恁般撑^⑤。遮遮掩掩穿芳径,料应来小脚儿难行。可喜娘的脸儿百媚生,兀的不引了人魂灵!

（旦云）取香来。（末云）听小姐祝告^⑥甚么。（旦云）此一炷香,愿化去先人,早生天界;此一炷香,愿堂中老母,身安无事;此一炷香……（做不语科）（红云）姐姐不祝这一炷香,我替姐姐祝告:愿俺姐姐早寻一个姐夫,拖带^⑦红娘咱!（旦再拜云）心中无限伤心事,尽在深深两拜中。（长吁科）（末云）小姐倚栏长叹,似有动情之意。

【小桃红】夜深香霭散空庭,帘幙^⑧东风静。拜罢也斜将曲栏凭,长吁了两三声。剔团圞^⑨明月如悬镜,又不是轻云薄雾,都则是香烟人气,两般儿氤氲^⑩得不分明。

---

① 湘陵妃子:指湘妃,舜帝有两位妃子,分别是娥皇、女英。传说她们是湘水之神,所以后人也称她们为湘妃。
② 蟾宫:月亮。此指嫦娥居住的月宫。
③ 甫:刚刚的意思。
④ 娉婷:形容女子姿态美好的样子。
⑤ 撑:美丽。
⑥ 祝告:是祷告于神灵。
⑦ 拖带:带挈、提挈的意思。
⑧ 帘幙:是窗帘和帷幕的合称,一般用于遮阳或隔绝视线。
⑨ 剔团圞(luán):剔是很的意思,团、圞同意,都是圆的意思。
⑩ 氤氲:烟云弥漫的样子。

我虽不及司马相如①，我则看小姐颇有文君②之意。我且高吟一绝，看他则甚：月色溶溶夜，花阴寂寂春。如何临皓魄③，不见月中人？（旦云）有人墙角吟诗！（红云）这声音，便是那二十三岁不曾娶妻的那傻角。（旦云）好清新之诗！我依韵④做一首。（红云）你两个是好做一首！（旦念诗云）兰闺久寂寞，无事度芳春。料得行吟者，应怜⑤长叹人。（末云）好应酬得快也呵！

【秃厮儿】早是那脸儿上扑堆著可憎，那堪那心儿里埋没着聪明。他把那新诗和得忒应声⑥，一字字诉衷情⑦，堪听。

【圣药王】那语句清，音律轻，小名儿不枉了唤做莺莺。他若是共小生、厮觑⑧定，隔墙儿酬和到天明，方信道惺惺的自古惜惺惺。

我撞出去，看他说甚么。

【麻郎儿】我拽起罗衫欲行，（旦做见科）他陪着笑脸儿相迎。不做美的红娘忒浅情，便做道谨依来命。

---

① 司马相如：西汉文学家，他在政治上不得意，回到四川临邛，生活清贫。临邛富人卓王孙仰慕他的才华，便设宴款待。卓王孙的女儿在屏风后偷窥相如，相如在席间弹奏一曲《凤求凰》，来传达对卓文君的爱意，后成就一段佳话。
② 文君：即卓文君，西汉时期蜀郡临邛人，被誉为古代四大才女之一。她姿色娇美，通音律，善抚琴，做诗《白头吟》："愿得一人心，白头不分离。"流传到现在，与西汉辞赋家司马相如为夫妻。
③ 皓魄：指明月。
④ 依韵：指按照他人诗歌的韵部作诗。韵脚所用的字要求和原诗同韵，但不用同字。
⑤ 应怜：应该怜惜的意思。
⑥ 应声：指随着声音，形容非常迅速。
⑦ 衷情：衷，内心；指内心的情感。
⑧ 厮觑：是相看、观看的意思。

（红云）姐姐，有人！咱家去来，怕夫人嗔①著。（莺回顾下）

（末唱）

【幺篇】我忽听、一声、猛惊，元来是扑剌剌②宿鸟飞腾，颤巍巍花梢弄影，乱纷纷落红满径。

小姐你去了呵，那里发付③小生！

【络丝娘】空撇下碧澄澄苍苔露冷，明皎皎花筛月影。白日凄凉枉耽病，今夜把相思再整。

【东原乐】帘垂下，户已扃④。却才个悄悄相问，他那里低低应。月朗风清恰二更，厮徯幸⑤，他无缘，小生薄命。

【绵搭絮】恰寻归路，伫立空庭，竹梢风摆，斗柄云横⑥。呀，今夜凄凉有四星，他不瞅人待怎生！虽然是眼角传情，咱两个口不言心自省。

今夜甚睡到得我眼里呵！

【拙鲁速】对著盏碧荧荧短檠⑦灯，倚著扇冷清清旧帏屏。灯儿又不明，梦儿又不成；窗儿外淅零零的风儿透疏棂⑧，忒楞楞⑨的纸条儿鸣；枕头儿上孤另，被窝儿里寂静。你便是铁石人，铁石

---

① 嗔：责怪、怪罪。
② 扑剌剌：象声词，多形容禽鸟拍打翅膀的声音。
③ 发付：打发的意思。
④ 扃（jiōng）：指关门用的门闩、门环等。
⑤ 徯幸：在此是希望的意思。
⑥ 斗柄云横：此处指夜已深。斗，即北斗七星，斗柄所指的方向变化能反映出时间的早晚。
⑦ 檠（qíng）：灯架，烛台。
⑧ 疏棂：指窗格稀疏的窗子。棂：旧式房屋的窗格。
⑨ 忒楞楞：这是一个拟声词。形容鸟飞的声音、风吹的声音。

人也动情。

【幺篇】怨不能，恨不成，坐不安，睡不宁。有一日柳遮花映，雾障云屏，夜阑①人静，海誓山盟②——恁时节风流嘉庆③，锦片也似前程；美满恩情，咱两个画堂春自生。

【尾】一天好事从今定，一首诗分明照证。再不向青琐闼④梦儿中寻，则去那碧桃花树儿下等。（下）

精彩解说

　　红娘回禀老夫人之后，回来见到莺莺，把寺院内张生的言行述说一遍。莺莺听后笑而不语，且告诉红娘不要让老夫人知道，并让红娘安排晚上烧香的事。张生搬到寺院后，打听到莺莺每晚都会在花园烧香，于是等僧人们睡熟之后，便蹑手蹑脚地来到花园。只听到角门声响，莺莺和红娘来到花园。张生按捺不住激动心情，随口吟了一首诗。莺莺听到后，正自纳闷，红娘向她解释吟诗人的身份。莺莺想到自己的满腹忧愁，也吟了一首诗。张生正待进一步说话，红娘提醒莺莺回闺房，随后莺莺就以最快的速度离开了花园，只留下怅然若失的张生。

智慧解析

　　本折是崔、张爱情的发展阶段，主要由张生主唱，金圣叹先生认为该折是"绝世奇文"。本折的主要情节是"酬韵"，在此之前先写了红娘向莺莺回禀做法事的事情，并顺带说到见张生的经过，还绘声

---

① 夜阑：夜深，夜将尽的意思。
② 海誓山盟：指男女相爱时立下的誓言，爱情要像山和海一样永恒不变。
③ 嘉庆：吉祥喜庆，也指喜庆的事。
④ 青琐闼（tà）：官门，借指皇宫、朝廷。

绘色地转述张生的话。一改在上一折中一本正经的形象，让我们看到一个全新的红娘。而莺莺听到红娘描述事情经过后只是一笑，并叮嘱红娘不要对老夫人讲这件事情。这不禁让人想起老夫人的治家严谨。随后莺莺便吩咐红娘晚上布置香案，要在花园内烧香，这又让观众猜想，莺莺晚上出去烧香，是故意给张生留机会，还是本就打算烧香？而张生那个"傻角"又知道莺莺晚上烧香吗？清代词曲家李渔认为：编戏好像缝衣服，每编一折都要瞻前顾后，"瞻前"指的是照应前面的内容，"顾后"指的是为后文埋下伏笔，只有做到这些，才能让剧本浑然一体。而《西厢记》的针脚之缜密，是一般剧本做不到的。

张生顺利搬到西厢房后，就向和尚打听莺莺的生活习惯，当得知莺莺每天晚上会在园内烧香后，心中暗喜，决定晚上"饱看一会"。晚上等僧众熟睡之后，张生就趁着月色来到花园，看着周围的景色，张生心情好极了。他刚来到蒲郡是在贞元十七年二月上旬，而法本定在二月十五为崔相国做法事。按照这个时间来计算，酬韵一事定发生在做法事前不久。这个时候月色横空，花阴满庭，如此良辰美景正适合赏心乐事。一更之后，寺院变得异常安静，张生第一次近距离接触莺莺，不禁战战兢兢。他蹑着脚往前走，"悄悄冥冥，潜潜等等"，这些词语把张生刻画得生动形象，马上就要见到莺莺，他既兴奋又忐忑。等他来到墙根下，情绪已经变得非常激动。

王实甫在【越调】【斗鹌鹑】这支曲中，连续使用很多叠字，非常贴切地唱出了张生忐忑又兴奋的心情。

张生知道莺莺和红娘是在花园内烧香，他希望能够和莺莺近距离地接触，以便让他"饱看一会"。他在花园一边等，一边胡思乱想。正在他想得出神的时候，角门开了，红娘和莺莺来到了花园内。虽然开门的声音不大，但在夜深人静之时，又是在张生屏气息神静听的时候，所以开门声音即使不大，也把张生惊了一下。"风过处花香细生"，莺莺人还没有来到，香气已经飘了过来，月色朦胧，清风徐徐，莺莺似月宫仙子一般出现在花园内。她拈香祝祷，前两炷香莺莺都念念有词，待到第三炷香，却默不作声，拜完后长叹不已。张生看着眼前伤感的莺莺，不禁月下吟诗，以期能够引起莺莺的注意。"月色溶溶夜，花阴寂寂春"，这是两个人在夜晚共同看到的景象。紧接着张生借月中的嫦娥来抒发自己的情感，这就让他显得不那么轻率。莺莺听到有人吟诗，惊诧之余，红娘点出吟诗人的身份，就是白天那个"傻角"。于是莺莺望着天上的明月，吟出"兰闺久寂寞，无事度芳春"，道出自己深居闺房的寂寞和青春易逝的感慨，既是感慨自己，又是酬答对方。平时评价一首好诗可能有多重标准，但是对于戏曲中的诗歌，只要符合人物的身份、心境，就是一首完美的诗。张生和莺莺在花园中所吟之诗即是如此，虽然都是五言绝句，但与人物的心境契合，读起来更能了解人物的内心世界。这次酬韵，使张生和莺莺对彼此的认识不再停留在表面，而是一次更深层的欣赏，为以后的情感发展奠定了基础。

张生听到莺莺的酬韵，正在思考进一步接触，正要出去和莺莺见面，不料红娘却以"有人""怕夫人嗔著"为由唤莺莺回去。张生还在迟疑中，莺莺却早已不见踪影，只留下月下徘徊的"傻角"。而莺莺在离开的时候，再次回头，给观众留下了悬念。

在上一个画面中，张生在太湖石边的墙角悄悄地问，莺莺在太湖石另一侧低声地回；下一个画面却只剩下张生独自徘徊。张生仿佛从火山之中瞬间跌入了冰谷，他还没有反应过来，莺莺已经悄然离去。"扑剌剌宿鸟飞腾，颤巍巍花梢弄影，乱纷纷落红满径"，声音震醒怅然若失的张君瑞。看着满园的春色，张生心中倍感凄凉。

初次见莺莺，张生不知道莺莺的心意，晚上辗转反侧难以成眠，思量着莺莺临走时的那次回头；月下酬韵，张生与莺莺的心意已通，归来后却更加惆怅,看着眼前的孤枕,更是彻夜未眠。

【拙鲁速】等曲子先写了张生的一片愁情,之后又用了许多叠词、拟声词,紧接着出现了满篇的踌躇满志之文,把张生的心境描绘得淋漓尽致,不得不让人惊叹《西厢记》的词曲之美。

第四折

（洁引聪上云）今日二月十五日开启，众僧动法器①者！请夫人小姐拈香。比及夫人未来，先请张生拈香，怕夫人问呵，则说道②贫僧③亲者。（末上云）今日二月十五日，和尚请拈香，须索走一遭。

【双调】【新水令】梵王宫殿月轮高，碧琉璃瑞烟笼罩。香烟云盖结，讽咒海波潮。幡影飘飘，诸檀越④尽来到。

【驻马听】法鼓金铙⑤，二月春雷响殿角；钟声佛号⑥，半天风雨洒松梢。侯门不许老僧敲，纱窗外定有红娘报。害相思的馋

---

① 法器：又可以叫作佛器、法具等。在寺院里，凡是用于祈请、修法、供养等各类宗教事务的器具，都可以称为法器。这里指为崔相国做法事用的器具。
② 说道：道和说同义，说道就是说的意思。
③ 贫僧：僧人对自己的谦称。
④ 檀越：梵语音译，是施主的意思。
⑤ 法鼓金铙：鼓与铙都是佛教法器。在法堂之上设置二鼓，东北角方向的称为法鼓，西北角方向的称为茶鼓。铙是一种金属制成的乐器，由柄和铃舌组成，用手摇动能发出声音。此处名词活用为动词，是击鼓摇铙的意思。
⑥ 佛号：指宗教界佛教诸佛及大菩萨的名号。此处用作动词，意为呼佛名号。

眼脑①,见他时须看个十分饱。

（末见洁科）（洁云）先生先拈香，恐夫人问呵，则说是老僧的亲。（末拈香科）

【沉醉东风】惟愿存在的人间寿高，亡化的天上逍遥。为曾祖父先灵②，礼佛法僧三宝。焚名香暗中祷告：则愿得红娘休劣③，夫人休焦，犬儿休恶。佛啰，早成就了幽期密约④。

（夫人引旦上云）长老请拈香，小姐，咱走一遭。（末做见科）

（觑聪云）为你志诚⑤呵，神仙下降也。（聪云）这生却早两遭儿也。（末唱）

【雁儿落】我则道这玉天仙⑥离了碧霄，元来是可意种来清醮⑦。小子多愁多病身，怎当他倾国倾城⑧貌。

【得胜令】恰便似檀口点樱桃，粉鼻儿倚琼瑶⑨。淡白梨花面，轻盈杨柳腰。妖娆，满面儿扑堆着俏；苗条，一团儿衠是娇。

（洁云）贫僧一句话，夫人行敢道么？老僧有个敝⑩亲，是个饱学

---

① 馋眼脑：指贪看的眼睛。
② 先灵：指祖先的神灵。
③ 劣：在此处是顽劣的意思。
④ 幽期密约：指男女青年秘密会面。
⑤ 志诚：用情专一的意思。
⑥ 玉天仙：指天上的仙女。
⑦ 清醮(jiào)：打醮的一种。此处指为超度崔相国做的法事活动。
⑧ 倾国倾城：原指因女色而亡国，后来形容女子容貌极美。
⑨ 琼瑶：是美玉的意思。
⑩ 敝：对自己或自己一方的谦称。

的秀才，父母亡后，无可相报，对我说，央及①带一分斋，追荐父母。贫僧一时应允了，恐夫人见责②。（夫人云）长老的亲，便是我的亲，请来厮见③咱。（末拜夫人科）（众僧见旦发科）

【乔牌儿】大师年纪老，法座上也凝眺④；举名的班首真呆偻⑤，觑着法聪头做金磬敲。

【甜水令】老的小的，村的俏的⑥，没颠没倒，胜似闹元宵。稔色人儿，可意冤家，怕人知道，看时节泪眼偷瞧。

【折桂令】著小生迷留没乱，心痒难挠。哭声儿似莺啭乔林，泪珠儿似露滴花梢。大师也难学，把一个发慈悲的脸儿来朦著。击磬的头陀⑦懊恼，添香的行者⑧心焦。烛影风摇，香霭云飘，贪看莺莺，烛灭香消。

（洁云）风灭灯也。（末云）小生点灯烧香。（旦与红云）那生忙了一夜。

---

① 央及：恳求，请托的意思。
② 见责：责备我。
③ 厮见：相见的意思。
④ 凝眺：注目远望。
⑤ 呆偻（láo）：元代时的口语，是痴呆懵懂的意思。
⑥ 村的俏的：村指蠢傻；俏指聪明伶俐。
⑦ 头陀：梵语，本意是抖擞、浣洗烦恼，佛教僧侣修的苦行。后用来指代僧人。
⑧ 行者：通常指行路人或者行人，在此指修行佛道的人。

【锦上花】外像儿风流，青春年少；内性儿①聪明，冠世才学。扭捏着身子儿百般做作，来往向人前卖弄②俊俏。

（红云）我猜那生——

【幺篇】黄昏这一回，白日那一觉，窗儿外那会镬铎③。到晚来向书帏里比及睡著，千万声长吁捱不到晓。

（末云）那小姐好生顾盼小子！

【碧玉箫】情引眉梢，心绪你知道；愁种心苗，情思我猜著。畅④懊恼，响铛铛云板敲，行者又嚎，沙弥又哨，恁须不夺人之好。

（洁与众僧发科）（动法器了）（洁摇铃跪宣疏了，烧纸科）

（洁云）天明了也，请夫人小姐回宅。（末云）再坐一会也好，那里发付小生也呵！

【鸳鸯煞】有心争似无心好，多情却被无情恼。劳攘⑤了一宵，月儿沉，钟儿响，鸡儿叫。唱道是玉人⑥归去得疾，好事收拾得早。道场毕诸人散了，酩子里⑦各归家，葫芦提⑧闹到晓。

（并下）

---

① 内性儿：是内心的意思。
② 卖弄：故意显示，炫耀。
③ 镬铎（huò duó）：形容喧闹。
④ 畅：很、非常的意思。
⑤ 劳攘：劳碌的意思。
⑥ 玉人：在此指莺莺。
⑦ 酩（mǐng）子里：宋元俗语，昏暗糊涂的意思。
⑧ 葫芦提：糊里糊涂的意思。

【络丝娘煞尾】则为你闭月羞花①相貌，少不得剪草除根②大小。

题目　老夫人闭春院　崔莺莺烧夜香
正名　小红娘传好事　张君瑞闹道场

西厢记五剧第一本终

精彩解说

本折又被称为"闹斋"，紧接着上一折酬韵之后。在上折中，张生得知莺莺有烧香的习惯，就在花园内等候。张生见到月色中的莺莺情不自禁吟诗，莺莺在花园内酬韵，二人心意渐通，随着莺莺的离去，张生又陷入新一轮的相思中。他急切地盼望二月十五的到来，希望能够近距离地见到莺莺。法本和尚一再叮嘱，让张生说是自己的远亲，可见崔夫人治家严谨。莺莺来到道场，和尚们乱了分寸，张生更是陷入到痴狂中，做法事顿时成为一场闹剧。在经过了一夜的法事之后，莺莺离去，张生再次陷入无尽的相思中。

智慧解析

张生在经历过"酬韵"之后，更加思念莺莺，他急切地盼望二月十五做法事。而这一天既有严肃的法事，也有温馨的爱情。在崔老夫人没来之前，法本和尚一再叮嘱张生，不要造次以免惹恼崔老夫人，让观众为张生莺莺的感情发展捏了一把汗。

本折由张生主唱，唱词先是给观众描述了当时的景色：皓月当

---

① 闭月羞花：使月亮躲藏，使花儿羞惭。形容女子容貌美丽。
② 剪草除根：比喻彻底清除，不留后患。

空,肃穆的禅院正在做法事,禅院内笼罩着团团香云,僧侣的诵经声响彻上空,善男信女仿佛被包围在佛国的光辉里。诸檀越还没有到来,其实在众人的心中是莺莺还没有到来,大家都在等着。

张生早早地来到佛殿,他在崔老夫人到来之前就已经拈香,这也是法本和尚提前吩咐的,并一再叮嘱他说是自己的远亲。"法鼓金铎,二月春雷响殿角;钟声佛号,半天风雨洒松梢",唱出了张生焦急的心情。这时的张生如热锅上的蚂蚁,焦躁不安,他急切地想见到莺莺,甚至出现了幻觉,仿佛这个时候老夫人等三人已经来到佛殿,莺莺已经出现在他的面前。一想到这次能够近距离地看到莺莺,他不禁又激动又忐忑。而法本长老一再叮嘱他,更让他感到紧张不安。他默默地祝告:"则愿得红娘休劣,夫人休焦,犬儿休恶。佛啰,早成就了幽期密约。"张生在极其紧张的情况下,把祝祷的次序都颠倒了,更让观众感到啼笑皆非。

也许是张生的志诚,莺莺终于来了,如仙女一样降临了佛殿。此时,张生已经是第三次见到莺莺:第一次是瞥见了莺莺,在匆忙中必定没有看清楚;第二次是在晚上借着月光看到莺莺,也没有看清楚;至此他才真正清楚地看到莺莺。张生把莺莺上上下下打量个遍,从头到脚都细致地看了一遍,他不禁为莺莺的美貌惊艳。而佛殿中的和尚们,本来都在认真地诵经,只因莺莺的到来,个个变得神魂颠倒、魂不守舍。王实甫从侧面写出了莺莺的惊世美貌。和尚们的荒唐行径也使得佛殿成为一个闹场,本来庄严肃穆的法事,瞬间变得热热闹闹。如果一个人觉得莺莺美貌,那可能是情人眼里出西施,但是众和尚都为莺莺的美貌倾倒,那莺莺必定是绝代佳人。作者为了写出莺莺的美,运用了不同的视角把莺莺的美写得淋漓尽致。而张生在佛殿里更是忙前忙后:一会儿拈香,一会儿点灯……红娘都觉得他格外殷勤。

正是在不断的努力下，张生成功地引起了莺莺的注意，惹得小姐"顾盼"。此时，外界虽然热热闹闹，但是张生和莺莺的眼里只有彼此。在一对有情人的眼里，外界的喧闹与他们毫无关系，他们完全沉浸在自己的情感世界中。

时间过得很快，法事结束了。和尚们离开了道场，一对有情人也要各自归家，但是对于他们而言，总觉得时间太短，总希望能够把时间留住。本来是为崔相国做法事，实际上却为崔、张二人的爱情提供了发展的空间。二人经过前两次的铺垫之后，至此才真正地见到对方，也真正地心意相通。本折由热闹开场，由冷清结束。张生的心中泛起种种不安，这也为后面"孙飞虎围攻寺院"埋下了伏笔。

西厢记五剧第二本

崔莺莺夜听琴杂剧

第一折

原文

（净①扮孙飞虎上开）自家姓孙，名彪，字飞虎。方今上②德宗③皇帝即位，天下扰攘④。因主将丁文雅失政⑤，俺分统五千人马，镇守河桥。近知先相公崔珏之女莺莺，眉黛青颦⑥，莲脸生春，有倾国倾城之容，西子太真⑦之颜，见在河中府普救寺借居。我心中想来，当今用武之际，主将尚然不正，我独廉何为？大小三军，听吾号令：人尽衔枚⑧，马皆勒口⑨，连夜进兵河中府，掳莺莺为

---

① 净：元杂剧的主要角色大致可分为末、旦、净、杂，净是角色之一。净俗称"花脸""花面"，有净、副净、二净之分。

② 今上：帝制时代称当代的皇帝为今上。

③ 德宗：唐德宗李适（kuò），唐朝第十一位皇帝。

④ 扰攘：吵闹混乱的暴动、纷乱。

⑤ 失政：政治失当，局面混乱。

⑥ 眉黛青颦：黛：青黑色的颜料，古代女子用来画眉；颦：皱着眉头。形容女子多愁美丽。

⑦ 西子：春秋时期，越国美女西施。太真：即唐代的杨玉环，后被册封为贵妃。

⑧ 衔枚：古代军队秘密行动时，让士兵口中横衔着像筷子一样的东西，防止士兵说话，以免被敌人发觉。

⑨ 勒口：以绳索或口罩套住嘴，使之不能发声。

妻,是我平生愿足。(法本慌上)谁想孙飞虎将①半万贼兵,围住寺门,鸣锣击鼓,呐喊摇旗,欲掳莺莺小姐为妻。我今不敢违误,即索报知夫人走一遭。(下)(夫人慌上云)如此却怎了?俺同到小姐卧房里商量去。(下)(旦引红上云)自见了张生,神魂荡漾,情思不快,茶饭少进。早是离人伤感,况值暮春天道②,好烦恼人也呵!好句有情怜夜月,落花无语怨东风。

【仙吕】【八声甘州】恹恹③瘦损,早是伤神,那值残春④。罗衣宽褪⑤,能消⑥几度黄昏?风袅篆烟⑦不卷帘,雨打梨花深闭门⑧;无语凭阑干⑨,目断⑩行云。

【混江龙】落红成阵,风飘万点正愁人⑪;池塘梦晓,阑槛辞春⑫。蝶粉轻沾飞絮雪⑬,燕泥香惹落花尘。系春心情短柳

---

① 将:统率,指挥。
② 天道:这里指气候。
③ 恹(yān)恹:萎靡不振的样子。
④ 那:况且,更加。残春:指百花凋残的暮春。
⑤ 宽褪(tùn):因瘦损而觉衣服肥大。
⑥ 消:坚持,熬过。
⑦ 篆烟:缭绕弯曲如篆字形状的轻烟;也指制做成弯曲盘旋,状如篆字的熏香。
⑧ "雨打"句:深闭房门听窗外雨打梨花的声音,暗喻虚度青春年华。
⑨ "无语"句:倚靠着栏杆沉默不语。
⑩ 目断:一直望到看不见。
⑪ "落红"二句:风把成千上万的花打落在地,怎不令人发愁?
⑫ "池塘"二句:借眼前残春落花时节的景色,抒发对情人的思念、惆怅之情。"池塘梦晓"意指春光易逝。"阑槛辞春",阑槛就是栏杆,这里指凭栏眺望,送别春光。
⑬ "蝶粉"句:是指飘悬在空中的柳絮沾在蝴蝶身上,就好像是落了一层白雪。蝶粉:蝶翅上的天生粉屑,指代蝴蝶。

丝长,隔花阴人远天涯近。①香消了六朝金粉②,清减了三楚精神③。

(红云)姐姐情思不快,我将被儿薰得香香的,睡些儿。
(旦唱)

【油葫芦】翠被生寒压绣裀④,休将兰麝薰;便将兰麝薰尽,则索⑤自温存。昨宵个锦囊佳制⑥明勾引,今日个玉堂人物⑦难亲近,这些时坐又不安,睡又不稳,我欲待登临又不快,闲行又闷,每日价情思睡昏昏⑧。

【天下乐】红娘呵,我则索搭伏定鲛绡枕头儿上盹⑨,但出闺门,影儿般不离身。

(红云)不干红娘事,老夫人著我跟著姐姐来。(旦云)俺娘也好没意思。

---

① "系春心"二句:柳条短,但比互相爱慕的情思长;天涯远,但比仅隔着一道花阴的情人要近一些。春心:两性互相爱慕的心情。
② "香消"句:是说无心梳妆,身上的脂粉香气消失。金粉,女人打扮时用的脂粉。六朝风气奢华,遂称六朝金粉。
③ "清减"句:意即精神萎靡。三楚,即东楚、南楚、西楚。三楚在此代指楚地。三楚精神,指屈原的精神。屈原的精神是一种"雅怨",他心忧家国,德行高洁,节操高尚,这是三楚精神的实质。此处指因专注于情爱的世界,冲淡了其他的思虑想法,忘记了家国情怀等。
④ 绣裀(yīn):带有刺绣的夹衣,借指莺莺。
⑤ 则索:只好;只得。
⑥ 锦囊佳制:指语言优美的诗句。
⑦ 玉堂人物:多指显贵的文士,此处指张生。
⑧ "每日"句:意思是情思缠绵而睡意昏沉。价,虚词,无意,相当于说"每日里"。
⑨ "我则索"句:搭伏定,伏在……之上。鲛绡,传说南方有鲛人,像鱼一样,生活在水里,流出的眼泪是珠子,织出的绡入水不湿。后来将质地轻而薄的优质丝织物称为"鲛绡"。

这些时直恁般堤防①著人！小梅香伏侍的勤，老夫人拘系的紧，则怕俺女孩儿折了气分②。

（红云）姐姐往常不曾如此无情无绪；自曾见了那生，便却心事不宁，却是如何？（旦唱）

【那吒令】往常但见个外人，氲的③早嗔；但见个客人，厌的倒褪④；从见了那人，兜的⑤便亲。想著他昨夜诗，依前韵，酬和得清新。

【鹊踏枝】吟得句儿匀，念得字儿真，咏月新诗，煞强似织锦回文⑥。谁肯把针儿将线引⑦，向东邻⑧通个殷勤。

【寄生草】想著文章士，旖旎人。他脸儿清秀、身儿俊，性儿温克⑨情儿顺，不由人口儿里作念心儿里印。学得来一天星斗焕文章⑩，不枉了十年窗下无人问⑪。

（飞虎领兵上围寺科）（下）（卒子内高叫云）寺里人听者：限你每三日内，将莺莺献出来，与俺将军成亲，万事干休。三日之

---

① 直恁般：竟然如此。直，竟然。堤防：防范、防备。
② 折了气分：丢失了体面。气分，指身份，面子，气场。
③ 氲的：本意指气或光色混合动荡的样子。此处指因害羞脸色变红。
④ 厌的：意为猛地、忽然。倒褪：后退。
⑤ 兜（dǒu）的：马上，即刻。
⑥ 煞强似：超过，比……强很多。织锦回文：又称璇玑图，指像珠玉一样优美的诗文彩句。回文，是顺读回读均可的同一语句或诗文，修辞手法之一。
⑦ 针儿将线引：意思是使线的一头通过针眼，比喻从中联系。
⑧ 东邻：本意多指多情少女，此处指张生。张生在寺中，正好住在莺莺的东边。
⑨ 温克：本意指醉酒后能自持，此处指温和恭俭。
⑩ 一天星斗焕文章：形容文章像满天星斗一样光彩夺目。
⑪ 十年窗下无人问：指十余年苦读诗书，不为世上的人所知。

后不送出，伽蓝①尽皆焚烧，僧俗寸斩，不留一个。（夫人、洁同上，敲门了，红看了云）姐姐，夫人和长老都在房门前。（旦见了科）（夫人云）孩儿，你知道么，如今孙飞虎将半万贼兵围住寺门，道你眉黛青颦，莲脸生春，似倾国倾城的太真，要掳你做压寨夫人②。孩儿，怎生是了也？（旦唱）

【六幺序】听说罢魂离了壳，见放著祸灭身。将袖梢儿③揾不住啼痕。好教我去住无因，进退无门。可著俺那坬儿里人急偎亲④？孤孀子母无投奔，赤紧的先亡过了有福之人。耳边厢金鼓⑤连天振，征云冉冉，土雨纷纷。

【幺篇】那厮每风闻⑥，胡云，道我眉黛青颦，莲脸生春，恰便似倾国倾城的太真。兀的不送⑦了他三百僧人！半万贼军，半霎儿敢剪草除根。这厮每于家为国无忠信，恣情的掳掠人民。更将那天宫般盖造焚烧尽，则⑧没那诸葛孔明，便待要博望烧屯⑨。

---

① 伽（qié）蓝：梵语僧伽蓝摩译音的略称，本意为僧众居住的庭园，后指代寺院。

② 压寨夫人：指山寨头领的妻子。

③ 袖梢儿：衣袖边。

④ "那坬（guō）儿里"：方言，如同现在的这儿、那儿。人急偎亲：人因急迫而相互依傍。

⑤ 金鼓：古代两军交战时，用以控制军队进退的器具。敲鼓表示进攻，鸣金表示收兵。

⑥ 风闻：经传说得知。

⑦ 送：断送，送死。

⑧ 则：却。

⑨ 博望烧屯：历史典故。故事本意为刘备在博望火烧屯子，迷惑并打败曹操的大将。后来戏曲小说将此事演化为诸葛亮火攻夏侯惇，被称为诸葛亮初出茅庐第一功。

（夫人云）老身年六十岁，不为寿夭；奈孩儿年少，未得从夫①，却如之奈何？（旦云）孩儿有一计：想来只是将我与贼汉为妻，庶可免一家儿性命。（夫人哭云）俺家无犯法之男，再婚之女，怎舍得你献与贼汉，却不辱没②了俺家谱？（洁云）俺同到法堂两廊下，问僧俗有高见者，俺一同商议个长便③。（同到法堂科）

（夫人云）小姐，却是怎生？（旦云）不如将我与贼人，其便④有五：

【后庭花】第一来免摧残老太君；第二来免堂殿作灰烬；第三来诸僧无事得安存；第四来先君灵柩稳；第五来欢郎虽是未成人，

（欢云）俺呵，打甚么不紧⑤。（旦唱）

须是崔家后代孙。莺莺为惜己身，不行从著乱军；著僧众污血痕，将伽蓝火内焚，先灵为细尘，断绝了爱弟亲，割开了慈母恩。

【柳叶儿】呀，将俺一家儿不留一个龆龀⑥，待从军又怕辱没了家门。我不如白练套头儿寻个自尽，将我尸榇⑦，献与贼人，也须得个远害全身⑧。

---

① 从夫：指出嫁。
② 辱没：败坏，玷污，使不光彩。
③ 长便：长久方便之计；长远利益。这里指最好的应对之策。
④ 便：有利于，适合。
⑤ 打甚么不紧：当时的口头语，没有什么紧要的。
⑥ 龆龀（tiáo chèn）：本指垂髫换齿之时；此处借指孩童。龆，通"髫"。
⑦ 尸榇：指尸体和棺柩。
⑧ 远害全身：意思是保全自身远离祸害。

【青歌儿】母亲，都做了莺莺生忿①，对傍人一言难尽。母亲，休爱惜莺莺这一身。

恁孩儿别有一计：

不拣②何人，建立功勋，杀退贼军，扫荡妖氛③，倒陪家门④，情愿与英雄结婚姻，成秦晋⑤。

（夫人云）此计较可。虽然不是门当户对，也强如陷于贼中。长老，在法堂上高叫：两廊僧俗，但有退兵之策的，倒陪房奁⑥，断送⑦莺莺与他为妻。（洁叫了，住⑧）（末鼓掌上云）我有退兵之策，何不问我？（见夫人了）（洁云）这秀才便是前日带追荐的秀才。（夫人云）计将安在？（末云）重赏之下，必有勇夫⑨；赏罚若明，其计必成。（旦背云）只愿这生退了贼者。（夫人云）恰才与长老说下，但有退得贼兵的，将小姐与他为妻。（末云）既是恁的，休了我浑家⑩，请入卧房里去，俺自有退兵之策。（夫人云）小姐和红娘回去者。（旦对红云）难得此生这一片好心。

---

① 生忿：忤逆，不孝顺。
② 不拣：意思是不管，不论。
③ 妖氛：意思是不祥的云气。
④ 倒陪家门：倒陪，指倒贴。家门，物资财产。倒陪家门，意为不仅不要彩礼，还倒贴陪送家财。
⑤ 成秦晋：本指春秋时期秦晋两国因政治需要而联姻，后来渐渐将男女之间的婚姻也称作结为秦晋之好。
⑥ 房奁(lián)：妆奁，嫁妆。
⑦ 断送：陪送，发送。
⑧ 住：戏剧舞台上，因剧情需要而出现暂停音乐或说白的场面。
⑨ "重赏"二句：意思是在丰厚赏赐的激励之下，一定会有勇敢的人主动接受挑战任务。
⑩ 浑家：妻子。

【嫌煞】诸僧众各逃生，众家眷谁偢问①。这生不相识横枝②儿著紧。非是书生多议论，也堤防著玉石俱焚③，虽然是不关亲，可怜见命在逡巡④。济不济⑤权将秀才来尽。果若有出师表文⑥，吓蛮书信⑦，张生呵，则愿得笔尖儿横扫了五千人。（下）

精彩解说

叛将孙飞虎听说崔莺莺有"倾国倾城之容，西子太真之颜"，率领五千人马，将普救寺层层包围，威胁老夫人三日之内交出莺莺做他的"压寨夫人"，否则斩杀所有僧众，焚烧寺院，不留活口。全寺上下万分恐慌，大家束手无策。莺莺听说贼匪是冲着她来的，更是胆战心惊。莺莺感念客居外地，且因自己连累全寺约三百僧众，心里非常难过。无奈之下，莺莺献计自愿牺牲自己一人，保全大家。老夫人否定了莺莺的计策。莺莺又出一策："将我尸榇，献与贼人。"崔莺莺是位刚烈女子，她宁可死了，也不愿被那贼人抢了去。危急之下，莺莺提议，老夫人应允："不管是什么人，只要能杀退贼军，扫荡妖氛，就将莺莺许配给他。"

智慧解析

本折又叫"寺警"，是由旦角莺莺主唱。通过二月十五的斋醮仪

---

① 偢问（chǒu wèn）：关心过问，探问。
② 横枝：指旁支，比喻不相干的人。
③ 玉石俱焚：意思是美玉和石头一同烧毁，比喻好坏同归于尽。
④ 命在逡（qūn）巡：很快就可能丢失性命。逡巡，时间非常短暂的一会儿。
⑤ 济：办成，办妥。
⑥ 出师表文：指三国时期，诸葛亮出师伐魏前上呈蜀后主刘禅的奏表。
⑦ 吓蛮书信：传说李白为唐玄宗起草的答渤海国国王可毒的书，后世称为"吓蛮书"。出师表文、吓蛮书信，都是文人用兵退敌的典型案例。

式,张生与莺莺之间相互爱慕之情进一步加深。由于已有莺莺婚约在前,张生欲成好事,仍是阻碍重重。孙飞虎镇守河桥,听说崔相国之女莺莺有倾国倾城之容貌,垂涎莺莺美色,连夜带兵围困普救寺,想要强掳莺莺为妻。飞来横祸,满寺恐慌,却为张生与莺莺的好事创造了契机和条件,引出下文的莺莺献计、张生出策调兵解围、老夫人毁约、红娘牵线私下约会等情节。剧情跌宕起伏,引人入胜。

【油葫芦】【天下乐】由写虚转为写实,把莺莺想念张生时的神态、行为等表现得淋漓尽致。莺莺心里想念张生,却又不得见,因此茶饭不思、寝睡不安,待在屋里憋闷,出门游玩也不痛快。此处重在莺莺"睡"上做文章,想入睡,但又忘不了张生,因此埋怨红娘形影不离、母亲看管得紧。本曲写莺莺在闺阁害相思,与第一本里写张生在书房整宿害相思相呼应,衬托出两人是心有灵犀、两情相悦,也更彰显出作者妙笔生花细节描写的功力!

红娘辩白质问让莺莺陷入沉思:张生有什么好?他英俊潇洒,才华出众,性情温和,总之是无所不好,因此才会惹得莺莺情不自禁地心相随。在封建社会,男人讲究功成名就、出人头地;婚姻讲究郎才女貌。但是作者在处理张生与莺莺的爱情上,没有功名显达等方面的描写或阐述,只是从两个男女一见钟情的角度写开去。作者突破了封建婚姻观的局限性,大胆写出男女为获得爱情自由与封建世俗的抗争,写进了妙龄男女的心里,称得上是封建社会自由爱情的宣言,因此曾一度被列为"禁书"。

【寄生草】概括了莺莺和张生之间情意的深刻和真挚,披露了两人恋情的进一步深化,为日后二人经过重重挫折而终成眷属奠定了基础。随着情节的发展,孙飞虎贼匪登台亮相,老夫人、长老及其他僧众皆惊慌失措,整个伽蓝面临灭寺之灾。

乱军的目的:掳莺莺与将军成亲,且三日为限,否则斩杀所有僧众，焚烧寺院。莺莺感念父亲去世，客居外地，孤孀母女，无依无助，且因自己连累全寺约三百僧众，心里非常难过。无奈之下，莺莺自愿牺牲自己一人，保全大家。老夫人否定了莺莺的计策。法本提议与僧众共同商议对敌之策。莺莺看到这个情况，坚持要将自己献给贼人，并陈述了五条便利。莺莺将舍己救众思路利弊说清后，老夫人却以辱没家门为由，拒绝采纳。莺莺又出一策："将我尸榇，献与贼人，也须得个远害全身。"到此不难看出，莺莺不但有容貌之美，"眉黛青颦，莲脸生春，似倾国倾城的太真"，而且还有舍己救人的心灵之美。面对飞来横祸，她仁、孝、智、勇全体现出来。捐身下策被拒，献尸下下策被拒，看着母亲悲痛心伤，莺莺又想到一个计策："不拣何人，建立功勋，杀退贼军，扫荡妖氛，倒陪家门，情愿与英雄结婚姻，成秦晋。"老夫人比较三条计策，权衡利弊之后，认为"此计较可"。

长老法堂高声宣布悬赏条件，但是无人应征，此时张生闪亮登场。在手法处理上，先吊起观众胃口，烘托出紧张的气氛，挑起观众的心弦，然后安排高人解难，让观众舒一口长气。这样的情节安排既扣人心弦，又能衬托张生的英勇才智。张生应声出场，胸有成竹，器宇轩昂，腹有退敌良策，但须兑现承诺。崔夫人当众承诺："但有退得贼兵的，将小姐与他为妻。"见机会成熟，张生出面献策。

莺莺看到心仪的人出面献策救急，既高兴又激动："难得此生这一片好心。"俗话说："患难与共方见情真意切。"张生与莺莺虽是一见钟情，但莺莺对张生托付终身的信任还需要经过生死患难的情节处理，方能顺理成章。然而，围困未除，救兵未到，果能如张生所说的化险为夷吗？欲知后事如何，且听下回分解。

楔 子

原文

（夫人云）此事如何？（末云）小生有一计，先用著长老。（洁云）老僧不会厮杀，请秀才别换一个。（末云）休慌，不要你厮杀。你出去与贼汉说："夫人本待便将小姐出来，送与将军，奈有父丧在身。不争①鸣锣击鼓，惊死小姐，也可惜了。将军若要做女婿呵，可按甲束兵②，退一射之地③。限三日功德圆满④，脱了孝服，换上颜色衣服，倒陪房奁，定将小姐送与将军。不争便送来，一来父服在身，二来于军不利。"你去说来。（洁云）三日如何？（末云）有计在后。（洁朝鬼门道⑤叫科）请将军打话⑥。（飞虎卒上云）快送出莺莺来！（洁云）将军息怒。夫人使老僧来与将军说。（说如前了）（飞虎云）既然如此，限你三日后若

---

① 不争：放在句首，表示如果的意思。
② 按甲束兵：解除武装，停止进攻。
③ 一射之地：意思是一箭飞射出去所能达到的距离，大约一百二十至一百五十步。
④ 功德圆满：多指诵经等佛事结束，比喻事情圆满结束。功德，佛教用语，多指诵经、布施等。
⑤ 鬼门道：旧称戏台上的上、下场门。因为在戏台上多演已故的古人古事，即鬼人鬼事，鬼门道由此而来。
⑥ 打话：答话，交谈。

不送来，我著你人人皆死，个个不存。你对夫人说去：怎的这般好性儿的女婿，教他招①了者！（洁云）贼兵退了也，三日后不送出去，便都是死的。（末云）小子有一故人，姓杜，名确，号为白马将军。见统十万大兵，镇守著蒲关。一封书去，此人必来救我。此间离蒲关四十五里，写了书呵，怎得人送去？（洁云）若是白马将军肯来，何虑孙飞虎！俺这里有一个徒弟，唤作惠明，则是②要吃酒厮打。若使央他去，定不肯去；须将言语激著他，他便去。（末唤云）有书寄与杜将军，谁敢去？谁敢去？

（惠明上，云）我敢去！

【正宫】【端正好】不念《法华经》③，不礼《梁皇忏》④，丢了僧伽帽，袒下我这偏衫⑤，杀人心逗起英雄胆，两只手将乌龙尾钢椽揝⑥。

【滚绣球】非是我贪，不是我敢，知他怎生唤做打参⑦，大踏步直杀出虎窟龙潭。非是我搀⑧，不是我揽，这些时吃菜馒头委实

---

① 招：招纳。

② 则是：只是。

③ 《法华经》：《妙法莲华经》，佛教经典，简称《妙法华经》《法华经》。

④ 《梁皇忏》：又作《梁武忏》《梁皇宝忏》。梁武帝为超度他的夫人郗氏所创作的《慈悲道场忏法》。不礼《梁皇忏》，这里是指不念经之意。

⑤ 偏衫：从天竺传入中国，随中国观念文化而改造成的僧尼服饰。开脊接领，斜披在左肩上，像袈裟之类的法衣。

⑥ 乌龙尾钢椽：指一端裹了铁的棍子。乌龙尾，比喻挥动棍之威力如同乌龙摆尾。椽，指棍子。揝(zuàn)：抓，握。

⑦ 打参：打坐，参禅。

⑧ 搀：争先，出头。

口淡，五千人也不索炙煿煎爁①。腔子里热血权消渴，肺腑内生心且解馋，有甚腌臜②！

【叨叨令】浮沙羹宽片粉添些杂糁③，酸黄齑④烂豆腐休调啖⑤。万余斤黑面从教暗⑥，我将这五千人做一顿馒头馅。是必休误了也么哥⑦，休误了也么哥！包残余肉把青盐蘸⑧。

（洁云）张秀才著你寄书去蒲关，你敢去么？（惠唱）

【倘秀才】你那里问小僧敢去也那不敢，我这里启大师用咱也不用咱。你道是飞虎将声名播斗南⑨；那厮能淫欲，会贪婪，诚何以堪⑩！

（末云）你是出家人，却怎不看经礼忏，则厮打为何？（惠唱）

【滚绣球】我经文也不会谈，逃禅也懒去参⑪；戒刀⑫头近新来钢蘸，铁棒上无半星儿土渍尘缄。别的都僧不僧、俗不俗、女不

---

① 炙煿（bó）煎爁（làn）：烹调的四种方法：炙，烧烤；煿，大火爆炒；煎，油炒；爁，炖。
② 腌臜（ā zān）：不干净，肮脏。
③ "浮沙羹"句：指宗教信徒常吃的素食。杂糁，指杂粮。
④ 酸黄齑（jī）：经过发酵后带有酸味的菜。
⑤ 休调（tiáo）啖：不要调与我吃。
⑥ "万余斤"句：用一万余斤黑面蒸馒头，黑就黑吧，无所谓。从教，任凭，只管。暗，指颜色黑。
⑦ 也么哥：亦作"也波哥"，"也末哥"，是元、明戏曲中常用的句末语气词，无义。
⑧ "包残"句：蘸着盐吃掉做包子剩下的人肉。
⑨ 声名播斗南：意思是名气很大，天下皆知。斗南，北斗七星以南的广阔区域，意思是指全天下。
⑩ 诚何以堪：意思是的确让人难以容忍。堪：承受。何以：宾语前置，即"以何"。
⑪ "逃禅"句：懒得去参禅念佛。
⑫ 戒刀：僧人携带的一种刀状兵器，戒律规定只准割衣物用，不许杀生。

女、男不男，则会斋的饱也则向那僧房中胡淹①，那里怕焚烧了兜率伽蓝。则为那善文能武人千里，凭著这济困扶危书一缄，有勇无惭②。

（末云）他倘不放你过去，如何？（惠云）他不放我呵，你放心。

【白鹤子】著几个小沙弥把幢幡宝盖③擎，壮行者将捍棒钁叉④担。你排阵脚⑤将众僧安，我撞钉子⑥把贼兵来探。

【二】远的破开步将铁棒彪⑦，近的顺著手把戒刀钐⑧；有小的提起来将脚尖跶⑨，有大的扳下来把髑髅勘⑩。

【一】瞅一瞅古都都翻了海波，滉一滉厮琅琅振动山岩⑪；脚踏得赤力力地轴摇，手扳得忽刺刺天关⑫撼。

【耍孩儿】我从来驳驳劣劣⑬，世不曾恁恁志志⑭，打熬成不厌

---

① "则会"句：斋，名词动用，指吃斋饭；胡淹（yān），意思是装痴，或不干正经事。
② 有勇无惭：有勇气而不感到羞愧。
③ 幢（chuáng）幡：指佛、道教所用的旌旗。宝盖：佛道或帝王仪仗等的伞盖。
④ 捍棒：木棒。钁（huò）叉：金属棒。
⑤ 阵脚：指作战时布置的战斗队列的最前方。
⑥ 撞钉子：比喻自己像尖钉一样楔进贼兵的军队。
⑦ 彪：挥打。
⑧ 钐（shàn）：本意是抡开镰刀割，在这时是指用戒刀割、砍。
⑨ 跶（zhuàng）：用脚踢。
⑩ 髑髅（dú lóu）：指人头。勘：砍。
⑪ "瞅一瞅"二句：古都都，地方俗语，如泉水、沸水上下翻动的声音；厮琅（láng）琅，山石大地震颤晃动的声音。
⑫ 天关：星名，借指苍穹。天关与上句的地轴对应，整个句子有惊天动地的意思。
⑬ 驳驳劣劣：粗鲁、莽撞。
⑭ "世不曾"句：世不曾，从来没有过；忎忎志志，谓心神不定，胆怯不安。

天生敢①。我从来斩钉截铁常居一②，不似恁惹草拈花没捯三③。劣性子人皆惨④，舍着命提刀仗剑，更怕甚勒马停骖⑤。

【二】我从来这个欺硬怕软，吃苦不甘⑥，你休只因亲事胡扑俺⑦。若是杜将军不把干戈退，张解元干将风月担，我将不志诚的言词赚。⑧倘或纰缪⑨，倒大⑩羞惭。

（惠云）将书来，你等回音者。

【收尾】恁与我助威风擂几声鼓，仗佛力呐一声喊。绣旗下遥见英雄俺，我教那半万贼兵破胆。（下）

（末云）老夫人、长老都放心，此书到日，必有佳音。咱眼观旌节旗，耳听好消息。⑪你看一封书札逡巡至，半万雄兵咫尺⑫来。

---

① "打熬句"：打熬，锤炼的意思；不厌，不满足，不安于；天生敢，与生俱来的勇敢秉性。

② 斩钉截铁：比喻说话做事干脆果断，不犹犹豫豫，不拖泥带水。常居一：经常保持第一位。

③ 没捯三：凡事不着急、不利索，拖泥带水，与上句的斩钉截铁意思相反。

④ 惨：狠毒，让人害怕。

⑤ 勒马停骖（cān）：勒，拉住缰绳让马停止前进；骖，古代用三匹马驾的车，两边拉偏套的马叫骖。这里借指马。

⑥ 吃苦不甘：喜欢吃苦的，不喜欢吃甜的，意思是甘愿吃苦，与"欺硬怕软"结构相同。

⑦ 扑俺：原意为赌博，这里引申为猜测。

⑧ "若是"三句：意思是如果书信送到了，不能请来杜将军杀退贼兵，那张生与莺莺的婚事就没有希望了，也说明我是用大话欺骗人的。赚（zuàn），欺骗人。

⑨ 纰缪（pī miù）：差错。

⑩ 倒大：非常大，无比大。

⑪ "咱眼观"句：为宋元以来戏曲小说的常用语，指等待凯旋的消息，也指等待心想的事能够成功。

⑫ 咫（zhǐ）尺：比喻距离近得很。

（并下）（杜将军引卒子上开）林下晒衣嫌日淡，池中濯足①恨鱼腥；花根本艳公卿子，虎体原班将相孙②。自家姓杜，名确，字君实，本贯西洛人也。自幼与君瑞同学儒业，后弃文就武，当年武举及第，官拜征西大将军，正授管军元帅，统领十万之众，镇守着蒲关。有人自河中来，听知君瑞兄弟在普救寺中，不来望我；著人去请，亦不肯来，不知主甚意。今闻丁文雅失政，不守国法，剽掠黎民。我为不知虚实，未敢造次③兴师。孙子④曰："凡用兵之法，将受命于君⑤，合军聚众⑥，圮地无舍⑦，衢地交合⑧，绝地无留⑨；围地则谋⑩，死地则战⑪；途有所不由⑫，军有所不击⑬，城有所不攻⑭，地有所不争⑮，君命有所不受⑯。故将通⑰于

---

① 濯（zhuó）足：洗脚。
② "花根"二句：意思是杜确出身高贵，如同鲜花的艳丽由其根部而生，老虎的斑纹与生俱来。班，通斑，花纹。
③ 造次：匆忙，仓促，鲁莽。
④ 孙子：即孙武，春秋末期齐国军事家，著有《孙子兵法》十三篇。下面的引文出自其中的《九变篇》。
⑤ 将受命于君：将帅要听命于国君。
⑥ 合军聚众：集结人马军队，聚集部众。
⑦ 圮（pǐ）地无舍：地势低洼之地容易被水淹，不适宜安营扎寨。
⑧ 衢（qú）地交合：四通八达的地方要与邻国处好关系以备救援。
⑨ 绝地无留：在难于生存的地方不要滞留。
⑩ 围地则谋：在四面险阻的地方要出奇谋。
⑪ 死地则战：在毫无退路的地方要拼死奋战。
⑫ 途有所不由：有的道路是不宜通过的。
⑬ 军有所不击：有些敌军是不可以进攻的。
⑭ 城有所不攻：有的城池可以不攻。
⑮ 地有所不争：有的地方可以不争。
⑯ 君命有所不受：国君的不符合实际情况的命令有时候也可以不接受。
⑰ 通：精熟，贯通。

九变①之利者，知用兵矣。治兵不知九变之术，虽知五利②，不能得人用③矣。"吾之未疾进兵征讨者，为不知地利浅深出没之故也。昨日探听去，不见回报。今日升帐④，看有甚军情，来报我知道者。（卒子引惠明和尚上开）（惠明云）我离了普救寺，一日至蒲关，见杜将军走一遭。（卒报科）（将军云）著他过来！（惠打问讯了云）贫僧是普救寺僧。今有孙飞虎作乱，将半万贼兵，围住寺门，欲劫故臣崔相国女为妻。有游客张君瑞奉书，令小僧拜投于麾下⑤，欲求将军以解倒悬之危⑥。（将军云）将过书来。（惠投书了）（将军拆书念曰）"珙顿首⑦再拜大元帅将军契兄⑧纛⑨下：伏⑩自洛中，拜违犀表⑪，寒暄屡隔，积有岁月，仰德之私⑫，铭刻如也。忆昔联床风雨⑬，叹今彼各天涯；客况⑭复生于肺腑，离愁无慰于羁怀⑮。念贫处十年藜藿⑯，走困他乡；

---

① 九变：指用兵的九种变通权术。
② 五利：指"地无舍"等五条好处。
③ 不能得人用：不能够充分发挥出部队的作用。
④ 升帐：古代元帅或主帅进入中军帐听取军情，发号施令。
⑤ 麾（huī）下：麾是古代主帅指挥军队的令旗。麾下，是对将帅的尊称。
⑥ 倒悬之危：头向下、脚向上悬挂着，比喻极其艰难、危险的困境。
⑦ 顿首：磕头；叩头下拜。常用于书信的开头或结尾，相当于敬礼的意思。
⑧ 契兄：即贤兄。
⑨ 纛（dào）下：纛是古代军队的大旗，纛下就是现在的"阁下"。
⑩ 伏：敬词，用于下级对上级、位卑对位尊、年幼对年长，表示伏俯为敬的意思。
⑪ 犀表：对武将仪表的赞称。
⑫ 仰：表示尊敬、仰慕的意思。德：恩泽恩惠。私：心底情绪。
⑬ 联床风雨：风雨交加的夜晚，对床倾心交谈，比喻亲如兄弟的朋友相聚的情谊。
⑭ 客况：旅居中的情思。
⑮ 羁（jī）怀：客居外地的孤寂心情。
⑯ 藜藿（lí huò）：藜即野菜，藿即豆叶，藜藿借指粗劣的饭菜吃食。

羡威统百万貔貅①，坐安边境。故知虎体②食天禄，瞻天表③，大德胜常；使贱子慕台颜④，仰台翰⑤，寸心为慰。辄禀：小弟辞家，欲诣⑥帐下，以叙数载间阔之情；奈至河中府普救寺，忽值采薪之忧⑦。不期有贼将孙飞虎，领兵半万，欲劫故臣崔相国之女，实为迫切狼狈。小弟之命，亦在逡巡。万一朝廷知道，其罪何归？将军倘不弃旧交之情，兴一旅之师，上以报天子之恩，下以救苍生之急；使故相国虽在九泉⑧，亦不泯⑨将军之德。愿将军虎视⑩去书，使小弟鹄观来旄⑪。造次干渎⑫，不胜惭愧。伏乞台照不宣。⑬张珙再拜⑭。二月十六日书。"（将军云）既然如此，和尚你行，我便来。（惠明云）将军是必疾来者。（将军云）虽无圣旨发兵，将在军，君命有所不受。大小三军，听吾将令：速

---

① 貔貅（pí xiū）：古代神话传话中的猛兽，可以招财进宝，后用来代指军队。
② 虎体：意思是朝廷大官。
③ 天表：指天子的仪容。
④ 台颜：尊颜。用于称对方的敬辞。
⑤ 台翰：即尊函。翰指书信。
⑥ 诣：旧时特指到尊长那里去拜谒，造访。
⑦ 采薪之忧：本意是身体不舒服不能去砍柴，是身体有病的委婉说法。
⑧ 九泉：指人死后埋葬的地方，迷信的说法，指阴间。
⑨ 泯：消灭；丧失。此处指忘记。
⑩ 虎视：有威严地注视，这里指高度重视。
⑪ 鹄（hú）观来旄（máo）：意思是翘首企盼援军来到。鹄指天鹅，伸着长长的脖子眺望称为鹄观，比喻急切盼望的状态。旄，古代常用旄牛尾插在旗杆头上做装饰，因此常以旄指代旌旗。
⑫ 干渎（dú）：冒犯，冒失。
⑬ "伏乞"句：伏乞，向尊者恳求；台照，请对方鉴察的敬语，多用于书信；不宣，不一一说明，不再赘言，多用于书信收尾语。
⑭ 再拜：古代一种隆重的礼节，拜两次，表达敬意。此处指用于信末的表示敬意的敬词。

点五千人马,人尽衔枚,马皆勒口,星夜起发,直至河府中普救寺,救张生走一遭。(飞虎引卒子上开)(将军引卒子骑竹马调阵①拿绑下)(夫人、洁同末上云)下书已两日,不见回音。(末云)山门外呐喊摇旗,莫不是俺哥哥军至了?(末见将军了)(引夫人拜了)(将军云)杜确有失防御,致令老夫人受惊,切勿见罪是幸。(末拜将军了)自别兄长台颜,一向有失听教。今得一见,如拨云睹日。(夫人云)老身子母,如将军所赐之命,将何补报?(将军云)不敢,此乃职分之所当为。敢问贤弟:因甚不至戎帐?(末云)小弟欲来,奈小疾偶作,不能动止②,所以失敬。今见夫人受困,所言退得贼兵者,以小姐妻之,因此愚弟作书请吾兄。(将军云)既然有此姻缘,可贺,可贺!(夫人云)安排茶饭者。(将军云)不索③。倘有余党未尽,小官去捕了,却来望贤弟。左右那里,去斩孙飞虎去!(拿贼了)本欲斩首示众,具表奏闻,见丁文雅失守之罪。恐有未叛者,今将为首者各杖一百,余者尽归旧营去者!(孙飞虎谢了下)(将军云)张生建退贼之策,夫人面许结亲,若不违前言,淑女④可配君子也。(夫人云)恐小女有辱君子。(末云)请将军筵席者!(将军云)我不吃筵席了,我回营去,异日却来庆贺。(末云)不敢久留兄长,有劳台候。(将军望蒲关起发)(众念云)马离普救敲金镫,人望蒲关唱凯歌。(下)(夫人云)先生大恩,不敢忘也。自今先生休在寺里下,则著仆人寺内养马,足下来家内书院

---

① 骑竹马调阵:指演出时剧中人骑着竹马厮杀。竹马,一种舞台演出道具,以竹马代表战马,后来直接用马鞭表示骑马。

② 不能动止:不能行动。动止,复词偏义,重在行动。

③ 不索:不需要,不必要。

④ 淑女:贤淑美好的女子,多指未出嫁的女子,即姑娘。

里安歇。我已收拾了，便搬来者。到明日略备草酌①，著红娘来请你，是必来一会，别有商议。（末云）这事都在长老身上。（问洁云）小子亲事，未知何如？（洁云）莺莺亲事，拟定②妻君。只因兵火至，引起雨云心。（下）（末云）小子收拾行李，去花园里去也。（下）

精彩解说

五千贼兵围困普救寺，全寺皆恐，情急之下，夫人同意莺莺提出的"杀退贼兵，以身相许"的悬赏，在这千钧一发之际张生出场救急。

张生的结义之交杜确，是一位武状元，现任征西大元帅，统领十万大军，镇守蒲关。张生先用缓兵之计，稳住孙飞虎，然后写了一封书信传送给杜确，请他率兵前来解围，打退孙飞虎。张生巧用激将法，激惠明和尚下山去送信。杜确的救兵到来之后，打退了孙飞虎，解救了崔氏一家和全寺僧俗。

智慧解析

元杂剧一般四折，如果需要，则安排一个楔子，加在第一折前面或插在两折之间。楔子在套数之外，因此称"楔"。楔子比较简短，多用白，少用唱，以一二小令为之。此本之楔子，由净角惠明主唱【正宫】【端正好】共十一支套曲，是叙述一本剧情的关键章节。张生计策分三步进行：第一步缓兵稳敌，争取时间；第二步是激将选人，传书搬兵；第三步是救兵解围，荡平贼众。三步层层相扣，第一步，"先用著长老"："不要你厮杀"，去劝说贼汉。张生料定孙飞

---

① 草酌：简便的筵席，指饭菜不太丰盛。多用作设宴请客的谦辞。
② 拟定：一定，肯定。

虎会答应三日之约，暂时退兵。孙飞虎知道崔相国的家事，崔相国去世，莺莺正在守孝；五千士兵围困三百僧众，应该是十拿九稳，料定僧众不敢轻举妄动；三天期限，也能坚持，三天过后，让崔家顺顺利利地将莺莺送来成亲——张生的话术句句说到孙飞虎的心里去，自然能说动孙飞虎。

贼兵守约退出，但需要有人外出告知白马将军在三日之内率兵解围。第二步必须安排人手突围传书。法本推荐惠明："俺这里有个徒弟，……则是要吃酒厮打。若使央他去，定不肯去；须将言语激著他，他便去。"张生是否能激将惠明，再次吊起观众新的味口。"谁敢去？谁敢去？""我敢去！"智者问，勇者答，一个"敢"激起了疾恶如仇、侠肝义胆的好和尚、真罗汉！

张生面露疑云，惠明被激得毛遂自荐。其他僧众无人应答，全都惶恐不安，反衬出惠明勇猛耿直、磊落豪爽。【收尾】一曲结束，惠明孤身突围，观众目送其单骑勇斗千军，观众也为惠明捏一把汗。惠明突围成功，白马将军马上发兵，张生三步走的计策顺利实施。

贼军被平，孙飞虎被杖罚，一场灾祸终于平息。解围后，杜确、张生、郑氏三人对话，看似平淡，其实是作者匠心安排，均是日后剧情发展的伏笔铺垫。张生"今见夫人受困，所言退得贼兵者，以小姐妻之，因此愚弟作书请吾兄"，张生将与崔老夫人的约定告知义兄，再次重申崔老夫人的承诺。杜确再次强调，张生献退贼之策，崔老夫人已当面承诺结亲，其作为兄长警示崔老夫人：我很看重这门亲事，你可不要耍赖。崔老夫人言辞闪烁，表面以谦语回应，实为日后赖婚埋下了伏笔；末尾崔老夫人有意安排张生在家内安歇，是为了引出第二折"请宴"，筵宴上崔老夫人让莺莺拜张生为兄长，将第三折"赖婚"推向高潮。

一部《西厢记》所有的剧情，皆源于"白马解围"一事，然后按照事情发展顺序,一一上演——张生赴宴,崔老夫人赖婚,红娘撮合,莺莺约会,郑恒要人,层层递进,因此,"白马解围"才是剧情发展的加速器,第二本楔子的重要性不言而喻。本节又是这本文戏中仅有的一场武戏,在郎情妾意香艳氛围中注入英勇豪壮的元素,排场险奇,趣味横生。

第二折

原文

（夫人上云）今日安排下小酌，单请张生酬劳。道与红娘，急忙去书院中请张生，著他是必便来，休推故①。（下）（末上云）夜来老夫人说，著红娘来请我，却怎生不见来？我打扮著等他。皂角②也使过两个也，水也换了两桶也，乌纱帽③擦得光挣挣的，怎么不见红娘来也呵？（红娘上云）老夫人使我请张生，我想若非张生妙计呵，俺一家儿性命难保也呵。

【中吕】【粉蝶儿】半万贼兵，卷浮云片时扫净，俺一家儿死里逃生。舒心的列山灵，陈水陆④，张君瑞合当钦敬。当日所望无成，谁想一缄书到为了媒证⑤。

【醉春风】今日个东阁玳筵⑥开，煞强如西厢和月等。薄衾单枕

---

① 推故：故意推托。
② 皂角：也叫皂荚，皂荚的果实含有碱质，可以洗脸、洗衣。
③ 乌纱帽：以乌纱制成的帽子。明代始定为官帽，后借指官职。
④ "舒心"二句：山间、水中、陆地出产的珍异食物，意思是天上飞的、地上跑的、水中游的等山珍海味。
⑤ 媒证：婚姻介绍人，就是牵线的媒人。
⑥ 东阁玳（dài）筵：丰盛的筵席，用以款待贤能之士。东阁，古代称宰相款待宾客的地方。

有人温,早则不冷、冷。受用足宝鼎香浓,绣帘风细,绿窗人静。①

可早来到也。

【脱布衫】幽僻处可有人行②?点苍苔白露泠泠③。隔窗儿咳嗽了一声。

(红敲门科)(末云)是谁来也?(红云)是我。

他启朱唇急来答应。

(末云)拜揖小娘子。(红唱)

【小梁州】则见他叉手④忙将礼数迎,我这里"万福,先生"。乌纱小帽耀人明,白襕⑤净,角带傲黄鞓⑥。

【幺篇】衣冠济楚⑦庞儿整,可知道引动俺莺莺。据相貌,凭才性,我从来心硬,一见了也留情。

(末云)既来之,则安之。⑧请书房内说话。小娘子此行为何?

(红云)贱妾奉夫人严命,特请先生小酌数杯,勿却。(末云)

---

① "受用足"三句:意思是全身心地享受结婚后的安逸日子。鼎,香炉,三条腿,青铜材质较多。绿窗,意思是绿色的纱窗,衬托出家庭生活的温馨。
② 可有人行:反问句,意思清幽之地很少有人走动。
③ 泠(líng)泠:是指露水滴晶莹剔透。
④ 叉手:是古代的一种施礼方式,双手十指交叉,举于胸前,表示恭敬。
⑤ 白襕(lán):一种上下一体的衣服。
⑥ "角带"句:革皮制成的带子叫鞓,外面裹着黄绢就叫黄鞓;黄鞓再点缀着兽角,故又称角带。
⑦ 衣冠济楚:衣服帽子整洁鲜亮,很漂亮。
⑧ "既来"句:意为既然来了,就安心待一会儿。

便去，便去。敢问①席上有莺莺姐姐么？（红唱）

【上小楼】"请"字儿不曾出声，"去"字儿连忙答应；可早莺莺根前，"姐姐"呼之，喏喏连声。秀才每闻道"请"，恰便似听将军严令，和他那五脏神愿随鞭镫②。

（末云）今日夫人端的为甚么筵席？（红唱）

【幺篇】第一来为压惊，第二来因谢承。不请街坊，不会亲邻，不受人情。避众僧，请老兄，和莺莺匹聘。

（末云）如此小生欢喜。（红）
则见他欢天喜地，谨依来命③。

（末云）小生客中无镜，敢烦小娘子，看小生一看何如？

（红唱）

【满庭芳】来回顾影，文魔秀士④，风欠酸丁⑤。下功夫将额颅十分挣⑥，迟和疾擦倒苍蝇⑦，光油油耀花人眼睛，酸溜溜螫得人牙疼。

（末云）夫人办甚么请我？（红唱）

---

① 敢问：一种谦辞，表示向对方提出问题的同时，附带自谦和尊敬的姿态。相当于"请问"。
② 五脏神：五脏指心、肝、肺、脾、肾。愿随鞭镫：侧重于"愿"字，就是愿意的意思。
③ 谨依来命：听从来人传达的命令。谨，表示尊敬。
④ 文魔：意思是嗜书着魔的书痴。秀士：意思是德行才艺出众的人。
⑤ 风欠酸丁：意思是呆傻迂腐读书人。风欠，呆痴的意思。酸丁，是旧时对贫寒迂腐读书人的嘲讽性称呼。
⑥ 挣：擦拭干净，修饰头面。
⑦ "迟和"句：意思是不管苍蝇落得慢还是快，都会被滑倒，形容额头光溜溜的。

茶饭已安排定,淘下陈仓米①数升,煠下七八碗软蔓青。②

（末云）小生想来,自寺中一见了小姐之后,不想今日得成婚姻,岂不为前生分定？（红云）姻缘非人力所为,天意尔。

【快活三】咱人一事精,百事精;一无成,百无成。世间草木本无情,自古云:地生连理木,水出并头莲,他犹有相兼并。③

【朝天子】休道这生,年纪儿后生,恰学害相思病。天生聪俊,打扮素净,奈夜夜成孤另。才子多情,佳人薄幸,兀的不担阁了人性命。

（末云）你姐姐果有信行？（红）

谁无一个信行？谁无一个志诚？恁两个今夜亲折证④。

我嘱咐你咱:

【四边静】今宵欢庆,软弱莺莺,可曾惯经⑤？你索款款轻轻⑥,灯下交鸳颈。端详可憎⑦,好煞人也无干净⑧。

（末云）小娘子先行,小生收拾书房便来。敢问那里有什么景

---

① 陈仓米：陈仓米就是入仓年久而色变的米。
② "煠下"句：煠（zhá）,通"炸",就是油炸；蔓青（mán jìng）,就是蔓菁,形状比水萝卜稍大,根和叶均可以做菜。
③【快活三】曲意思是说：姻缘是上天注定的,是可遇不可求的。运气来了,事事顺遂；运气不好,事事碰壁。草木虽说无情,但是也有连理木、并头莲的现象。连理木,指两棵树的枝干合生在一起,比喻夫妻恩爱。并头莲：指在一根茎上开出的两朵荷花,用以比喻夫妇。
④ 亲折证：当面辩白对证的意思。
⑤ 惯经：是指习惯,惯常所经历的。
⑥ 款款轻轻：动作轻缓的样子。
⑦ 端详：仔细地看。可憎：可爱的人、意中人。
⑧ 好煞人：指男女约会的场面。无干净：不肯罢休,不能停止的意思。

致？（红唱）

【耍孩儿】俺那里落红满地胭脂冷，休辜负了良辰媚景①。夫人遣妾莫消停，请先生勿得推称②。俺那里准备著鸳鸯夜月销金帐③，孔雀春风软玉屏④。乐奏合欢令⑤，有凤箫象板⑥，锦瑟鸾笙⑦。

（末云）小生书剑飘零，无以为财礼，却是怎生？（红唱）

【四煞】聘财断不争，婚姻事有成，新婚燕尔⑧安排庆。你明博得跨凤乘鸾客⑨，我到晚来卧看牵牛织女星⑩。休傒幸，不要你半丝儿红线⑪，成就了一世儿前程。

【三煞】凭著你灭寇功，举将能，两般儿功效如红定。为甚俺莺娘心下十分顺？都则为君瑞胸中百万兵⑫。越显得文风盛，受用是珠围翠绕，结果了黄卷青灯⑬。

---

① 良辰媚景：就是良辰美景，美好的时光、美好的景致。
② 推称：借口推托。
③ 销金帐：意思为嵌金色线的精美的帷幔、床帐。
④ 孔雀春风软玉屏：此处指绘有孔雀的屏风。
⑤ 合欢令：欢快喜庆的乐曲。
⑥ 凤箫：就是排箫，一种管乐器，由小竹管编排制成，长短参差，形状像凤的尾翼，故称凤箫。象板：象牙拍板，打击乐器。
⑦ 锦瑟：装饰华美的瑟。鸾笙：笙的美称，一种吹奏乐器。
⑧ 新婚燕尔：形容新婚夫妇欢快的状态。
⑨ 博得：取得，获取，赢获。跨凤乘鸾客：比喻结成美好的佳偶。
⑩ 牵牛织女星：牵牛、织女本是天上的两个星座的名称，后来逐渐演化成两个神人，产生了爱情神话传说。
⑪ 红线：指聘礼、财礼。
⑫ 胸中百万兵：意思是胸中装有百万军队，比喻具有军事才能。
⑬ 黄卷青灯：意思是灯光映照着书籍，形容深夜苦读或修行学佛的孤寂生活。黄卷，古代书籍用黄纸缮写，借指书籍；青灯，油灯发青色的灯光，借指油灯。

【二煞】夫人只一家，老兄无伴等，为嫌繁冗寻幽静。

（末云）别有甚客人？（红唱）

单请你个有恩有义闲中客，且回避了无是无非窗下僧。夫人的命，道足下莫教推托，和贱妾即便随行。

（末云）小娘子先行，小生随后便来。（红唱）

【收尾】先生休作谦，夫人专意等。常言道"恭敬不如从命①"，休使得梅香再来请。（下）

（末云）红娘去了，小生拽上书房门者。我比及②到得夫人那里，夫人道："张生，你来了也？饮几杯酒，去卧房内，和莺莺做亲去！"小生到得卧房内，和姐姐解带脱衣，颠鸾倒凤，同谐鱼水之欢，共效于飞之愿③。觑他云鬟④低坠，星眼微朦⑤，被翻翡翠，袜绣鸳鸯。不知性命何如，且看下回分解。（笑云）单羡法本好和尚也：只凭说法口，遂却读书心。（下）

精彩解说

张生寄信，请救兵解了普救寺之围，崔老夫人为表谢意，派红娘请张生赴宴，因此该折又叫"请宴"。

张生十分激动，不停地问长问短，一个劲儿地修容整面，且急于赴宴见面；张生欢天喜地，每闻"请"，"恰便似听到将军严令，和他那五脏神愿随鞭镫"。正所谓"恭敬不如从命"，免使红娘再来

---

① 恭敬不如从命：客套话，虽不敢当，但不好违命。
② 比及：及至，等到。
③ 于飞之愿：指夫妇比翼双飞、相携相随的美好愿望。于飞，即飞，"于"为动词词头，无义。
④ 云鬟：形容女子鬟发盛美如云。
⑤ 星眼：多指女子明亮美丽的眼睛。微朦：这里是微微闭上的意思。

请。红娘对此随口调侃戏谑，寓讽刺于称赞之中，烘托出一个美满心如意、欢天喜地、好事即成的画面。

智慧解析

　　此折又叫"请宴"，上承"到明日略备草酌，著红娘来请你"，下启"是必来一会，别有商议"，由红娘主唱。在内容上是承前启后的过渡篇，承"破贼"启"赖婚"两大篇，在大波大浪的篇章之间又生成一篇。作者细思斟酌，设计出该篇，若要赖婚必定设宴婉拒，设宴定有邀请环节，因而红娘请宴篇章自然而成。通场叙写红娘请张生赴宴，从第三人口中，将张生、莺莺一双两好之念念不忘、柔情脉脉娓娓道来。真是"冷处着神，闲处寓趣"，虚中写实，闲篇成趣。

　　张生与红娘在书房对话，说到前事般般、后事种种，论到书生与小姐间的缘分乃是上天注定的。张生十分激动，不停问长问短；红娘随口调侃戏谑，称赞书生有功、有才、有诚，俺小姐"不要你半丝儿红线，成就了一世儿前程"。红娘的诚心善意、书生的欢天喜地，与老夫人的毁约赖婚形成鲜明的对比。且张生与红娘纯用喜艳之词：张生欢天喜地，一个劲儿地修容"下功夫将额颅十分挣，迟和疾擦倒苍蝇，光油油耀花人眼睛，酸溜溜螯得人牙疼"。急于赴宴见面，"秀才每闻道'请'，恰便似听将军严令，和他那五脏神愿随鞭镫"。红娘善谑，针对张生工于修容、急于趋命而大加调侃，寓讽于称扬。此处铺垫得喜气满满，而设宴的意图两人均不知，老夫人赖婚一出，惊愕全场，乐极生悲，欲抑先扬，情节大开大合，跌宕起伏，扣人心弦，让观众欲罢不能。

第三折

原文

（夫人排桌子上云）红娘去请张生，如何不见来？（红见夫人云）张生著红娘先行，随后便来也。（末上见夫人施礼科）（夫人云）前日若非先生，焉得有今日。我一家之命，皆先生所活也。聊备小酌，非为报礼，勿嫌轻意。（末云）"一人有庆，兆民赖之。①"此贼之败，皆夫人之福。万一杜将军不至，我辈皆无免死之术。此皆往事，不必挂齿。（夫人云）将酒来，先生满饮此杯。（末云）"长者赐，少者不敢辞。②"（末做饮酒科）（末把夫人酒了）（夫人云）先生请坐。（末云）小子侍立③座下，尚然越礼④，焉敢与夫人对坐⑤？（夫人云）道不得个⑥"恭敬不如

---

① "一人"二句：意思是一个人有福运，许多人都会受福沾光。此处指众人能活下来，全依赖老夫人的福分。一人，原指天子，这里指老夫人。庆，福善。
② "长者"二句：出自《礼记·曲礼》，意思是对于长者的赐予，晚辈或地位低下者不能辞让，要高兴地接受。长者，年纪大、有德或有地位的人。赐，赏给东西，给予好处。
③ 侍立：指恭敬地站在上级或长辈左右侍候。
④ 越礼：意思是越出礼法的规定；不守规矩。
⑤ 对坐：相对而坐，平起平坐。
⑥ 道不得个：常用来引出成语、俗语，相当于"俗话说""岂不闻""常言道"。

从命"。(末谢了,坐)(夫人云)红娘,去唤小姐来,与先生行礼者。(红朝鬼门道唤云)老夫人后堂待客,请小姐出来哩!(旦应云)我身子有些不停当①,来不得。(红云)你道请谁哩?(旦云)请谁?(红云)请张生哩。(旦云)若请张生,扶病也索走一遭。(红发科了)(旦上)免除崔氏全家祸,尽在张生半纸书。

【双调】【五供养】若不是张解元识人多,别一个怎退干戈?排著酒果,列著笙歌②。篆烟微,花香细,散满东风帘幕。救了咱全家祸。殷勤呵正礼,钦敬呵当合③。

【新水令】恰才向碧纱窗下画了双蛾④,拂试了罗衣上粉香浮涴⑤,则将指尖儿轻轻的贴了钿窝⑥。若不是惊觉人呵,犹压著绣衾卧⑦。

(红云)觑俺姐姐这个脸儿,吹弹得破⑧,张生有福也咽!(旦唱)

【幺篇】没查没利谎偻科⑨,你道我宜梳妆的脸儿吹弹得破。

(红云)俺姐姐天生的一个夫人的样儿。(旦唱)

你那里休聒⑩,不当一个信口开河。知他命福是如何,我做一个

---

① 不停当:不妥当或不舒服。
② 笙歌:指合笙之歌。也可指吹笙唱歌或奏乐唱歌。
③ 当合:应当,应该。
④ 双蛾:蛾状双眉。
⑤ 浮涴(wò):浮尘,浮土。
⑥ 钿窝:衣服上的装饰品。
⑦ "犹压"句:如果不是红娘叫醒我,我很可能还拥着锦被没有起来。
⑧ 吹弹得破:好像吹一吹、弹一弹就会弄破似的。形容面部的皮肤非常娇嫩细腻。
⑨ 没查没利:没有准头,满口胡说之意。偻科,指小辈。
⑩ 休聒:不要啰嗦,不要说个不停。

夫人也做得过。

（红云）往常两个都害①，今日早则喜也。（旦唱）

【乔木查】我相思为他，他相思为我，从今后两下里相思都较可②。酬贺间礼当酬贺，俺母亲也好心多。

（红云）敢著小姐和张生结亲呵，怎生不做大筵席，会亲戚朋友，安排小酌为何？（旦云）红娘，你不知夫人意。

【搅筝琶】他怕我是陪钱货③，两当一便成合④。据著他举将除贼，也消得家缘过活⑤。费了甚一股那⑥，便待要结丝萝⑦！休波，省人情的奶奶忒虑过⑧，恐怕张罗⑨。

（末云）小子更衣咱。（做撞见旦科）（旦唱）

【庆宣和】门儿外，帘儿前，将小脚儿那⑩。我恰待目转秋波，

---

① 害：指患相思病。
② 较可：疾病减轻或痊愈。较、可都指病愈。
③ 陪钱货：旧时嫁女，父母要赔送妆奁钱财，因此有"陪钱货"一说。陪，同赔。
④ 两当一便成合：是说夫人精明，将答谢、定亲两件事，合并成一次酒席了。
⑤ 消得：受用得，享用得。家缘：家产、祖业。
⑥ 一股那：就是一股脑儿，一起、一共的意思。意思是怨夫人不重视，草草打发了事。
⑦ 丝萝：兔丝和女萝。兔丝，就是菟丝，一种蔓生植物，茎柔弱细长，可入药；女萝，地衣类植物，形状如丝线。二者都只能依附其他生物存活。古人常以丝萝比喻婚姻。
⑧ 省（xǐng）人情：通晓人情世故。忒虑过：考虑得有点过头，指太精明，太会算计。
⑨ 张罗：操持筹备，料理谋划。
⑩ 那：音义并同"挪"，小步行走。

谁想那**识空便**^①的灵心儿早瞧破，**諕**^②得我**倒趓**^③，倒趓。

（末见旦科）（夫人云）小姐近前，拜了哥哥^④者！（末背云）呀，**声息**^⑤不好了也！（旦云）呀，俺娘变了卦也！（红云）这相思又索害也。（旦唱）

【雁儿落】荆棘剌怎动那^⑥，死没腾无回豁^⑦，措支剌^⑧不对答，软兀剌^⑨难存坐！

【得胜令】谁承望这即即世世^⑩老婆婆，著莺莺做妹妹拜哥哥。白茫茫**溢起蓝桥水**^⑪，不邓邓**点著祆庙火**^⑫。碧澄澄清波，扑剌剌**将比目鱼分破**^⑬。急攘攘因何，**扢搭**^⑭的把双眉锁纳合。

（夫人云）红娘看热酒，小姐与哥哥把盏者！（旦唱）

---

① 识空（kòng）便：见机行事，机灵的意思。空便为机会之意。
② 諕：使害怕。
③ 趓（duǒ）：同"躲"。
④ 拜了哥哥：意思是结拜为兄妹，夫人毁约了。
⑤ 声息：情况或消息。
⑥ "荆棘"句：荆棘剌，即"惊棘剌"，元曲中常用来形容惊慌、紧张。整句意思是惊得我不能动弹。
⑦ 死没腾：失神发愣，呆痴无生机、有气无力的状态。没腾，语助词，无意义。无回豁，没有表情、没有反应的意思。
⑧ 措支剌：慌慌张张、不知所措的样子。支剌，语助词，无意义。
⑨ 软兀剌：形容无力，没有劲。兀剌，语助词，无意义。
⑩ 即即世世：精于世故，城府很深，老奸巨猾。
⑪ 蓝桥水：分离两个相爱的人之间的大水。
⑫ 祆（xiān）庙火：分离相爱的人之间的大火。祆，一种宗教，亦称拜火教。
⑬ "扑剌剌"句：扑剌剌，急奔貌。比目鱼，一种鱼，身体扁平，两眼在一侧，传说两条鱼合身才可以游动。用来比喻恋人或夫妻永不分离。
⑭ 扢搭：形容声响。指行动快速，犹突然。

【甜水令】我这里粉颈低垂,蛾眉频蹙,芳心无那①。俺可甚"相见话偏多②"!星眼朦胧,檀口嗟咨③,摘窨④不过。这席面儿畅好是乌合⑤!

(旦把酒科)(夫人央科)(末云)小生量窄。(旦云)红娘,接了台盏⑥者!

【折桂令】他其实咽不下玉液金波⑦。谁承望月底西厢,变做了梦里南柯⑧。泪眼偷淹,酩子里揾湿香罗。他那里眼倦开软瘫做一垛⑨;我这里手难抬称不起肩窝。病染沉疴⑩,断然难活。则被你送了人呵,当甚么喽啰⑪!

(夫人云)再把一盏者。(红递盏了)(红背与旦云)姐姐,这烦恼怎生⑫是了?(旦唱)

【月上海棠】而今烦恼犹闲可⑬,久后思量怎奈何?有意诉衷

---

① 无那:无可奈何。
② 相见话偏多:本指说多,这里用的是反意,现在无话可说。
③ 檀口:红艳的嘴唇,多形容女性嘴唇之美。嗟咨:慨叹。
④ 摘窨(diān yìn):意思是非常失意。摘,顿足也;窨,怨闷而忍气也。
⑤ 畅好:恰好,甚好。乌合:乌鸦的聚合,乌合之众,用以比喻散乱没有约束和秩序的聚集,这里有草率、敷衍应付的意思。
⑥ 台盏:有托盘的杯子。
⑦ 玉液金波:多指美酒。
⑧ 梦里南柯:就是南柯一梦,一场空梦。
⑨ 一垛:就是一堆的意思。
⑩ 沉疴(kē):老病根,非常重,久治不愈。
⑪ 喽啰:伶俐能干;有本领,带有狡猾的意思。
⑫ 怎生:怎么样,如何。
⑬ 闲可:平常,引申为小事儿,无关紧要。

肠,争奈母亲侧坐。成抛赸①,咫尺间如间阔②。

【幺篇】一杯闷酒尊前过,低首无言自摧挫③。不甚醉颜酡④,却早嫌玻璃盏大,从因我,酒上心来觉可。⑤

（夫人云）红娘,送小姐卧房里去者。（旦辞末出科）

（旦云）俺娘好口不应心⑥也呵!

【乔牌儿】老夫人转关儿没定夺⑦,哑谜儿怎猜破;黑阁落甜话儿将人和⑧,请将来著人不快活。

【江儿水】佳人自来多命薄,秀才每从来懦。闷杀没头鹅⑨,撇了陪钱货,下场头那答儿发付我!

【殿前欢】恰才个笑呵呵,都做了江州司马泪痕多⑩。若不是一封书将半万贼兵破,俺一家儿怎得存活?他不想结姻缘想甚

---

① 抛赸:抛开躲闪,分开。
② 间阔:本意是房间的宽度,这里用引申意,意思是相距遥远。
③ 摧挫:摧残,折磨,哀伤,作践。
④ 颜酡:饮酒脸红的样子。亦泛指脸红。
⑤ "不甚"四句:意思是说,张生还没有喝醉,但是已经嫌酒杯太大而酒力不行。这并不是因为他酒量小,而是因为莺莺。如果真是酒劲涌上头来,还不至于如此沮丧。
⑥ 口不应心:嘴里说的不相应于心中想的。
⑦ 转关儿没定夺:随意变化,没有明确意向。常比喻狡诈多变,耍手段,玩计谋。定夺:指做出决定,拿定主意。
⑧ "黑阁落(lào)"句:暗地里说好话承诺了某人某事。阁落,方言,墙旮旯、角落里。和,许诺也。
⑨ 没头鹅:鹅,指天鹅。天鹅群飞靠头领,在前面引领带飞的鹅就是头鹅。被打去头鹅的鹅群,称为"没头鹅",形容慌乱无主的样子。此处指张生。
⑩ 江州司马泪痕多:出自白居易《琵琶行》,"座中泣下谁最多?江州司马青衫湿。"后多用来表达感伤之情。

么?到如今难著莫①。老夫人谎到天来大,当日成也是恁个母亲,今日败也是恁个萧何②。

【离亭宴带歇拍煞】从今后玉容寂寞梨花朵③,胭脂浅淡樱桃颗,这相思何时是可?昏邓邓黑海来深,白茫茫陆地来厚,碧悠悠青天来阔;太行山般高仰望,东洋海般深思渴。毒害的恁么④!俺娘呵,将颤巍巍双头花⑤蕊搓,香馥馥同心缕带⑥割,长挼挼连理琼枝⑦挫。白头娘不负荷⑧,青春女成担阁⑨,将俺那锦片也似前程蹬脱⑩。俺娘把甜句儿⑪落空了他,虚名儿误赚了我。(下)

(末云)小生醉也,告退。夫人根前,欲一言以尽意,未知可否。前者,贼寇相迫,夫人所言,能退贼者,以莺莺妻之。小生挺身而出,作书与杜将军,庶几得免夫人之祸。今日命小生赴

---

① 著莫:就是捉摸、猜测的意思。
② "当日"二句:出自《史记·淮阴侯列传》。当初,韩信不被刘邦重用,出走,萧何月下追回韩信并推荐给刘邦,后拜为大将;刘邦得天下后,怀疑韩信谋反,萧何骗韩信入宫,并将其杀害。后世流传谚语:成也萧何,败也萧何。这里指婚事的成败均由老夫人操控。
③ "从今后"句:化用白居易《长恨歌》的诗句:"玉容寂寞泪阑干,梨花一枝春带雨。"原形容杨贵妃哭泣时的姿态,后用以形容女子的娇美。
④ 恁么:这样,如此。
⑤ 双头花:就是并蒂花,多比喻夫妻或恋人。
⑥ 同心缕带:指同心长命缕。旧时男女以锦带制成菱形连环回文样式的结子,表恩爱同心之意。
⑦ 长挼挼:长长的样子。连理琼枝:比喻有着美好的爱情基础的男女。
⑧ 负荷:承担,此处是关心照顾的意思。
⑨ 担阁:就是担搁,耽误。
⑩ 蹬脱:抛开,抛弃。这是强行拆散两人婚事的意思。
⑪ 甜句儿:甜言蜜语。

宴，将谓①有喜庆之期；不知夫人何见，以兄妹之礼相待？小生非图哺啜②而来，此事果若不谐③，小生即当告退。（夫人云）先生纵有活我之恩，奈小姐先相国在日，曾许下老身侄儿郑恒。即日有书赴京，唤去了，未见来。如若此子至，其事将如之何？莫若多以金帛相酬，先生拣豪门贵宅之女，别为之求，先生台意若何？（末云）既然夫人不与，小生何慕金帛之色！却不道"书中有女颜如玉④"？则今日便索告辞。（夫人云）你且住者，今日有酒⑤也。红娘，扶将哥哥去书房中歇息，到明日咱别有话说。（下）

（红扶末科）（末念）有分只熬萧寺夜，无缘难遇洞房春。（红云）张生，少吃一盏却不好？（末云）我吃甚么来！（末跪红科）小生为小姐，昼夜忘餐废寝⑥，魂劳梦断，常忽忽如有所失。自寺中一见，隔墙酬和⑦，迎风带月⑧，受无限之苦楚。甫能得成就婚姻，夫人变了卦，使小生智竭思穷，此事几时是了？小娘子，怎生可怜见小生，将此意申与小姐，知小生之心。就小娘子

---

① 将谓：表示猜测的意思，以为是，误认为，原以为。
② 哺啜（bǔ chuò）：指饮食，吃吃喝喝。
③ 不谐：不顺利，不成功。
④ 书中有女颜如玉：意思只要好好读书，求取功名、出人头地后，就会得到美丽女子的青睐。
⑤ 有酒：酒喝多了，指酒醉了。
⑥ 忘餐废寝：废寝忘食，忘记了吃饭和睡觉。
⑦ 酬和：酬对奉和；用诗词应答。
⑧ 迎风带月：即迎风待月，指男女秘密约会。

前解下腰间之带,寻个自尽。(末念)可怜刺股悬梁志①,险作离乡背井魂。(红云)街上好贱柴,烧你个傻角!②你休慌,妾当与君谋之。(末云)计将安在?小生当筑坛拜将③。(红云)妾见先生有囊琴④一张,必善于此。俺小姐深慕于琴。今夕妾与小姐同至花园内烧夜香,但听咳嗽为令⑤,先生动操⑥。看小姐听得时,说甚么言语,却将先生之言达知。若有话说,明日妾来回报。这早晚⑦怕夫人寻,我回去也。(下)

精彩解说

贼兵一退,张生、莺莺欢喜异常,张生等待着好事的到来,满以为幸福在望。老夫人安排下酒宴,派红娘去请张生。张生喜不自禁,"'请'字儿不曾出声,'去'字儿连忙答应"。想不到刚一见面,崔老夫人在酬谢席上以莺莺已许配郑恒为由,让张生与崔莺莺结拜为兄妹,并厚赠金帛,让张生另择佳偶。这一消息张生听后,如五雷轰顶,非常痛苦。莺莺芳心欲碎,张生愤然告辞,急坏了一旁的红娘。

接着,张生央求红娘,跪诉衷肠,几欲轻生,幸好红娘及时劝解。看到这些,红娘决定为崔、张二人出谋划策,穿针引线,于是有了红娘安排他们隔墙听琴、月下约会的情节。

---

① 刺股悬梁志:矢志苦读,求取功名的志向。刺股,读书时睡意上来后,用锥子刺大腿,疼痛难忍,睡意全无,继续学习。悬梁,学习时为防止瞌睡,用绳子系住头发,挂在屋梁上,低头牵发,就睡不着了。
② "街上"二句:这是红娘调侃张生的话,说他这样沮丧不是办法。
③ 筑坛拜将:这里是说张生对红娘必有重谢的意思。
④ 囊琴:意思是放在囊中的琴。
⑤ 为令:为信号。
⑥ 动操:弹奏琴曲。
⑦ 这早晚:复词偏义,意思是这个时辰,多指时间晚了。

智慧解析

本折又名"赖婚",由旦角莺莺主唱。老夫人赖婚,表面上看是老夫人权宜之计的显露,实际上看是作者剧情设计的安排。贼兵困寺,老夫人因担心爱女安全,维护家族声誉,不得已许下承诺;化危为安后,不甘心将莺莺下嫁给一介寒儒。故事发展得太顺利,反而味同嚼蜡。由此看,老夫人变卦,才是作者匠心安排。《西厢记》之所以广为流传,是因其情真、事奇、意新。

张生应邀赴筵,老夫人借酒再次致谢,张生应对谦恭有礼:"此贼之败,皆夫人之福。"张生言谈举止儒范十足,真是"腹有诗书语自华,温文儒雅懂礼数"。宾主落座后,老夫人才叫红娘"去唤小姐来,与先生行礼者",可见家教严格。莺莺听到传唤,上场第一句道白"免除崔氏全家祸,尽在张生半纸书"概括了她的感激和感恩之情;开口唱道"张解元",显露出莺莺对张生的情意深重超过以前,随着剧情矛盾的发展,两人之间的感情也在不断增进。

"篆烟微""花香细""东风帘幕",是对家宴氛围环境的描写,特点是以静写动,且加入了五感手法,在嗅觉、触觉的描摹中流露出莺莺内心的悸动。从台前到幕后,莺莺口口不离张生,"殷勤呵正礼,钦敬呵当合",既是感恩,更是爱恋。

【乔木查】【搅筝琶】老夫人内心暗藏猫腻,是赖婚前兆,红娘、莺莺已有所察觉,平静的局面之下已经是暗流涌动。作者并没有直接写老夫人变卦,而是安排张、崔两人相遇,一对新人,四目相对,万种娇羞,是剧情转悲之前又一次狂喜!然而,老夫人马上打断两人相见,要求"小姐近前,拜了哥哥者",九个字似晴天霹雳,风云骤变。莺莺、张生听后,魂飞魄散。老夫人变卦毁约,莺莺、张生从云霄被打落,心情冰火两重天。夫人命"小姐与哥哥把盏",是想强迫二人接受"兄妹"的安排。"红娘,接了台盏者",是为争取爱情自由、反抗母命包办发出的第一声呐喊。【折桂令】莺莺见张生沮丧,莺莺更加难过,内心思虑万千,在母亲的逼迫下只好接下"认哥哥"的苦酒。老夫人见目的达成,急催莺莺回房。莺莺离席时,唱出了对母亲的不满:"谎到天来大,当日成也是恁个母亲,今日败也是恁个萧何。"

【殿前欢】荟萃俗语、典故,将莺莺对母亲的满腹怨言唱得淋漓尽致,既符合角色当时心情,又不失大家闺秀的身份,自然妥帖。【离亭宴带歇拍煞】铺排叠词比拟,把摸不着的无限相思塑造成有模有样的实景,浓墨重彩,成为莺莺突破封建礼教桎梏的伏笔。

至此,戏剧的主要冲突已经转变为相爱的二人与老夫人之间的矛盾。赖婚之后,莺莺、张生都是满腔怨愤,一脸沮丧;张生跪求红娘,又为情节的转变埋下伏笔,吊人胃口,引人入胜。

第四折

原文

（末上云）红娘之言，深有意趣。天色晚也，月儿，你早些出来么！（焚香了）呀，却早发擂①也。呀，却早撞钟②也。（做理琴科）琴呵，小生与足下湖海相随数年，今夜这一场大功，都在你这神品——金徽、玉轸、蛇腹、断纹、峄阳、焦尾、冰弦③之上。天那，却怎生借得一阵顺风，将小生这琴声，吹入俺那小姐玉琢成、粉捏就、知音④的耳朵里去者！（旦引红上，红云）小姐，烧香去来，好明月也呵！（旦云）事已无成，烧香何济？月儿，你团圆呵，咱却怎生！

【越调】【斗鹌鹑】云敛晴空，冰轮⑤乍涌；风扫残红，香阶乱拥；离恨千端，闲愁万种。夫人那，"靡不有初，鲜克有

---

① 发擂：指起更打鼓。
② 撞钟：指寺院内的一种活动，傍晚要撞击钟。
③ 神品：指琴质非常高妙的琴。金徽：徽是琴面上音阶的标识点，是弹奏时按压之处。玉轸（zhěn）：轸是指系琴弦的横柱，转动轸绷紧或松动琴弦，可以调节音调。蛇腹、断纹、峄阳、焦尾、冰弦：均是古代名琴。
④ 知音：本指懂音律的人，后来泛指知己为知音。
⑤ 冰轮：指明月。

终^①"。他做了个影儿里的情郎,我做了个画儿里的爱宠。

【紫花儿序】则落得心儿里念想,口儿里闲题,则索向梦儿里相逢。俺娘昨日个大开东阁^②,我则道怎生般炮凤烹龙^③。朦胧^④!可教我"翠袖殷勤捧玉钟",却不道"主人情重"?则为那兄妹排连^⑤,因此上鱼水^⑥难同。

(红云)姐姐,你看月阑^⑦,明日敢有风也。(旦云)风月^⑧天边有,人间好事无。

【小桃红】人间看波:玉容深锁绣帏中,怕有人搬弄。想嫦娥西没东生有谁共?怨天公^⑨,裴航不作游仙梦^⑩。这云似我罗帏数重,只恐怕嫦娥心动,因此上围住广寒宫。

(红做咳嗽科)(末云)来了。(做理琴科)(旦云)这什么响?(红发科)(旦唱)

---

① "靡(mí)不"二句:出自《诗经·大雅·荡》:靡,没有;鲜,少有;克,能够。意思是很难做到有始有终、善始善终。
② 东阁:指款待宾客的地方。
③ 炮凤烹龙:形容菜肴极为丰盛、珍奇。
④ 朦胧:神志迷糊的样子。
⑤ 排连:排行相连,指结拜。
⑥ 鱼水:取鱼与水的亲密情形之意,比喻男女亲密和谐的情感。
⑦ 月阑:月亮四周的光环,也就是月晕,是起风的前兆。
⑧ 风月:清风明月,指眼前的闲适景色。
⑨ 天公:就是天宫,掌管天界诸神的神府机构。
⑩ "裴航"一句:出自《传奇·裴航》,唐代一位落第秀才叫裴航,外出游玩,路过蓝桥驿,口渴求水喝,遇见美丽动人的云英。裴航向其求婚,云英的祖母提出用玉杵臼捣药一百天的条件。裴航到了京城,花重金买得玉杵臼,为云英的祖母捣药百日,然后与云英结为夫妻。后来夫妻二人均得道成仙。

【天净沙】莫不是步摇得宝髻玲珑①？莫不是裙拖得环珮叮珞②？莫不是铁马③儿檐前骤风？莫不是金钩双控，吉丁当敲响帘栊④？

【调笑令】莫不是梵王宫⑤，夜撞钟？莫不是疏竹潇潇曲槛⑥中？莫不是牙尺剪刀声相送⑦？莫不是漏声长滴响壶铜？⑧潜身再听在墙角东，元来⑨是近西厢理结丝桐⑩。

【秃厮儿】其声壮，似铁骑刀枪冗冗⑪；其声幽，似落花流水溶溶⑫；其声高，似风清月朗鹤唳空⑬；其声低，似听儿女语，小窗

---

① 玲珑：玉石碰撞的声音。
② 环珮："珮"同"佩"，指古人所系的佩玉，后多指女子所佩的玉饰。叮珞（dīng luò）：所佩的玉器饰物碰撞的声音。
③ 铁马：用铁片做成的装饰品，风吹时叮当作响。在这里指风铃，又叫檐马，屋檐下挂着的小金属铃铛。
④ "莫不是"二句：莫不是钩子与竹帘相碰发出声音？金钩，此处指卷挂竹帘子的两个铜钩。帘栊，窗帘和窗牖，也泛指门窗的帘子。
⑤ 梵王宫：泛指佛寺。
⑥ 曲槛（kǎn）：此处指围挡竹子的曲折的栅栏。
⑦ 牙尺：用象牙镶饰的尺子，即尺子的美称。声相送：声响一声接连一声。
⑧ "莫不是"句：莫不是铜壶滴漏的声音？
⑨ 元来：同"原来"。
⑩ 理结：弹奏、操动的意思。丝桐：借指琴或乐曲。古人用梧桐木制作琴，练丝为弦，故称。
⑪ "似铁骑（jì）"句：形容琴声浑厚雄壮，像骑兵队伍奔驰而过，刀枪、铠甲相互碰撞的声音。
⑫ 溶溶：这里指流水的声音。
⑬ 鹤唳（lì）空：仙鹤在半空中鸣叫。

中，喁喁。①

【圣药王】他那里思不穷，我这里意已通，娇鸾②雏凤失雌雄。他曲未终，我意转浓，争奈伯劳飞燕各西东③，尽在不言中。

我近书窗听咱。（红云）姐姐，你这里听，我瞧夫人，一会便来。（末云）窗外是有人，已定是小姐。我将弦改过，弹一曲，就歌一篇，名曰《凤求凰》④。昔日司马相如，得此曲成事，我虽不及相如，愿小姐有文君之意。（歌曰）有美人兮，见之不忘。一日不见兮，思之如狂。凤飞翩翩兮，四海求凰。无奈佳人兮，不在东墙。⑤张弦⑥代语兮，欲诉衷肠。何时见许兮，慰我彷徨？愿言配德⑦兮，携手相将⑧。不得于飞兮，使我沦亡⑨。（旦云）是弹得好也呵！其词哀，其意切，凄凄然如鹤唳天。故使妾闻之，不觉泪下。

---

① "似听"三句：是说琴声低沉，像少男少女在小窗下窃窃私语声。喁（yóng）喁，窃窃私语小声说话的声音。
② 娇鸾：鸾与凤是同一种类的雌雄神鸟，常用鸾凤的分离比喻夫妻分散、情人别离。
③ 伯劳飞燕各西东：伯劳鸟东飞，燕子西飞，比喻夫妻分离。
④ 《凤求凰》：传说是汉代的古琴曲，汉代司马相如示爱卓文君时所弹奏的曲子。
⑤ "无奈"句：可惜那美人啊，不在东墙邻近。东墙，这里指东墙邻近的地方。
⑥ 张弦：本意是安上琴弦，绷紧琴弦。这里指弹奏弦乐器。
⑦ 愿言配德：盼望婚事能成。
⑧ 相将：意思是相随，相伴。
⑨ 沦亡：沮丧；沦落。

【麻郎儿】这的是令他人耳聪，诉自己情衷。知音者芳心自懂，感怀者断肠悲痛。

【幺篇】这一篇与本宫、始终不同。又不是《清夜闻钟》，又不是《黄鹤》《醉翁》，又不是《泣麟》《悲凤》。①

【络丝娘】一字字更长漏永②，一声声衣宽带松。别恨离愁，变做一弄③。张生呵，越教人知重④。

（末云）夫人且做忘恩，小姐，你也说谎也呵！（旦云）你差怨⑤了我。

【东原乐】这的是俺娘的机变⑥，非干是妾身脱空⑦。若由得我呵，乞求得⑧效鸾凤。俺娘无夜无明并女工⑨，我若得些儿闲空，张生呵，怎教你无人处把妾身作诵⑩。

【绵搭絮】疏帘风细，幽室灯清，都则是一层儿红纸，几槛儿疏棂⑪，兀的⑫不是隔著云山几万重！怎得个人来信息通？便做

---

① "又不是"三句：《清夜闻钟》《黄鹤》《醉翁》《泣麟》《悲凤》，都是古代著名的琴曲名称。
② 更长漏永：形容漫漫的长夜。更、漏指古代的计时工具。
③ 一弄：就是一首曲子。一首乐曲叫一弄。
④ 知重：相互了解，相互赏识，相互看重。
⑤ 差怨：误会、冤枉。
⑥ 机变：指随机应变的心计。
⑦ "非干"句：不是我撒谎，不落实。非干：就是"不关""与……无关"的意思。
⑧ 乞求得：求之不得、非常渴望的意思。
⑨ 并女工：加班加点做刺绣等女人从事的活计。并，赶超。
⑩ 作诵：念叨，想念，念念不忘。无人处把妾身作诵，就是私底下说到我、想到我。
⑪ "几槛儿疏棂"句：槛，窗槛，在这里是量词。疏棂，稀疏的窗户格子。
⑫ 兀的：怎么，表感叹。

道十二巫峰①,他也曾赋《高唐》来梦中。

（红云）夫人寻小姐哩,咱家去来。（旦唱）

【拙鲁速】则见他走将来气冲冲,怎不教人恨匆匆,谎得人来怕恐。早是不曾转动,女孩儿家直恁响喉咙。紧摩弄②,索将他拦纵③,则恐怕夫人行把我来厮葬送。

（红云）姐姐,则管听琴怎么？张生著我对姐姐说,他回去也。

（旦云）好姐姐呵,是必再著住一程儿④。（红云）再说甚么？

（旦云）你去呵,

【尾】则说道夫人时下有人唧哝,好共歹不著你落空。⑤不问⑥俺口不应的狠毒娘,怎肯著别离了志诚种。（并下）

【络丝娘煞尾】不争惹恨牵情斗引⑦,少不得废寝忘餐病症。

　　题目　张君瑞破贼计　莽和尚生杀心
　　正名　小红娘昼请客　崔莺莺夜听琴

西厢记五剧第二本终

精彩解说

老夫人忽然变卦赖婚,让张生与莺莺兄妹相称,并许以金帛酬谢。张生、莺莺闻言,万念俱灰。至此,剧情矛盾对立面发展为张

---

① 十二巫峰：传说巫山的十二峰。喻指情人所在的遥远的地方。
② 摩弄：调弄,玩弄。
③ 拦纵：复词偏义,就是阻碍、拦挡的意思。
④ 一程儿：一段时日,一些时间。
⑤ "则说道"二句：时下,即眼下,当前。唧哝,进谗言,坏好事。这里是说亲事不成,是因为有人给夫人出主意,阻止婚事。
⑥ 问：即"管"的意思。
⑦ 斗引：同"逗引",勾引,诱惑。

生、莺莺与老夫人。

莺莺此时已深爱张生，也恨母亲违背承诺，硬将"同心缕带割"，"将比目鱼分破"。然而身为相国家的小姐，只能谨守母命，不敢轻越礼法。只有红娘深知二人人品、心事，深知张生与莺莺是真心相爱，便悄悄对张生说，今晚小姐后花园烧香，可用琴音拨动她的心弦。晚上，张生听到红娘一声咳嗽，弹了一曲《凤求凰》，表达自己的相思之苦、爱慕之情。莺莺听后，潸然泪下，遂命红娘传话，尽管母亲从中间阻，她一定不会辜负张生的志诚之心。

后来，红娘从中撮合，来回为他们两人传递诗简。在红娘的帮助下，崔、张深入了解、心心相印，引出"张君瑞害相思""月下西厢会"等情节。

智慧解析

本折又叫"听琴"，与第一本"酬韵"一折，有太多的相同之处。人物同为莺莺、红娘、张生，同为在月下进行拜月活动。彼时只是张生一方单相思，此刻则是两心相印。此折张生开场，莺莺主唱。开场的几个动作，望天、焚香、听钟鼓，表现出张生恨不得明月早升、莺莺早出的急切心情，衬托出等待的焦急。想着今夜好事成与不成全靠这把琴了，因此对着瑶琴叮咛，可见张生内心的渴望与无法改变局面的无奈。老夫人违诺反悔折辱张生，但张生仍不改初心，更一心爱恋莺莺，此段宾白表达得情味十足。

【小桃红】一曲，由红娘"月阑"之语兴起，用天上嫦娥比喻人间的莺莺，被重重阻碍束缚，不得与相爱之人在一起。因月阑围嫦娥于广寒宫之内，深怨天公，莺莺明面上为嫦娥申冤，实际上暗指母亲对自己拘禁，怨声载道。

【圣药王】张生操琴传情，莺莺隔墙细听。琴弦传情，莺莺闻弦音而会心意，与张生似伯牙钟子期，心有灵犀，弦传情愫。

【络丝娘】活用温庭筠《更漏子》"一叶叶，一声声，空阶滴到明"，以琴声代雨声，"一声声衣带宽松"，将两个陷入相思的人不能厮守而倍受煎熬的情境描写得非常到位。"若由得我呵，乞求得效鸾凤"，"我若得些儿闲空"，"怎教你无人处把妾身作诵"——一位官府的千金小姐能够说"乞求"等类的话语，可见内心的郁闷和悲怨；而"若得空闲"的言辞，成为后文约会的伏笔。在当时，能够冲破封建思想的禁锢，萌生约会想法的女性少之又少，将人性追求自由幸福的渴望表露无遗。"琴心"一折真情写人，角色性情得到完美呈现。

西厢记五剧第三本

张君瑞害相思杂剧

楔 子

原文

（旦上云）自那夜听琴后，闻说①张生有病，我如今著红娘去书院里，看他说甚么。（叫红科）（红上云）姐姐唤我，不知有甚事，须索走一遭。（旦云）这般身子不快呵，你怎么不来看我？（红云）你想张……（旦云）张甚么？（红云）我张著②姐姐哩。（旦云）我有一件事，央及③你咱。（红云）甚么事？（旦云）你与我望④张生去走一遭，看他说甚么，你来回我话者。（红云）我不去，夫人知道不是耍。（旦云）好姐姐，我拜你两拜，你便与我走一遭。（红云）侍长⑤请起，我去则便了。说道："张生，你好生病重，则俺姐姐也不弱。"只因午夜调琴手，引起春闺⑥爱月心。

【仙吕】【赏花时】俺姐姐针线无心不待拈，脂粉香消懒去

---

① 闻说：听说，听闻，闻到。
② 张著：表示看或者望的意思。
③ 央及：央告，告诉。
④ 望：朝，向着。
⑤ 侍长：金元时，奴仆对主人的一种尊称。
⑥ 春闺：女子的卧房。

添，春恨压眉尖。若得灵犀①一点，敢医可了病恹恹。（下）

（旦云）红娘去了，看她回来说甚话，我自有主意。（下）

精彩解说

自从张生弹琴约见崔莺莺后，张生因为莺莺的一句娇嗔，吓得生病。红娘因为理亏不得不帮助莺莺。刚开始红娘假装害怕崔老夫人，不想去。崔莺莺不得不给红娘作揖，求了红娘。红娘不过是想逗一逗这位春心萌动的大小姐，既然大小姐相求，随后答应马上去探望一下张生，看他的病到底如何。崔莺莺这边也在焦急地等待红娘的回话。

智慧解析

第三本的楔子一开场就直接是崔莺莺主动表达自己对张生的担心，求红娘替自己探望张生。这里将莺莺对张生的思念表现得淋漓尽致。崔莺莺让红娘去看张生的这个过程，写得妙趣横生。首先，莺莺先是说自己身体不舒服，红娘怎么不来看自己呢？这一下便让红娘理亏了。王实甫在这里可以说是"虚晃一枪"，将观众的注意力一下子调动起来了。而红娘一张嘴就是一句"你想张……"，让本来就心虚的莺莺变得更不好意思，接着一句"张什么？"，让莺莺不能放下千金小姐的面子却又不得不假装镇静。红娘直接给莺莺一个台阶下，又说了句"我张着姐姐"。看似前言不搭后语，其实两个人心知肚明。王实甫用三言两句就把两个人的心思表现在观众面前，足见其运用语言的功力。开场就是如此幽默，下面的内容自然会让观众们非常期待。

---

① 灵犀：传说犀牛是古时候的一种神兽，犀牛角上有白色线状的花纹，花纹两端可以相通感应灵异，所以把犀牛角称为"灵犀"。后用来比喻男女之间情投意合、心领神会，不需要过多的语言表达情感。

两个人来回"过招",最后莺莺不得不说出自己的想法:"我有一件事,央及你咱。"人物说话的语气又由最初的责备变成了祈求,转化也非常自然。莺莺作为相国女儿,和张生约见本身就有违礼数,现在求人更是心有忌惮。最后在红娘故意追问下,莺莺才说希望红娘替自己去看看张生。这段描写展现了丰富的人物个性。

红娘表面上推脱莺莺的请求,其实内心非常希望自己家小姐和张生有个好结果。但她作为家中的丫鬟,又有一位治家严谨的老夫人,所以做事不得不小心为上。她先假意推脱就是为了让小姐莺莺来求自己,避免以后如果事情败露莺莺用小姐身份来压迫自己。由此可见,王实甫在挖掘人物性格方面独具匠心。

红娘这一招,让身为大小姐的莺莺不得不被动求她帮忙,"好姐姐,我拜你两拜"这句话非常具有画面感,把莺莺那种焦急又害羞的形象表现了出来。金圣叹评价这句话是神来之笔,人物性格对比化程度极高。

在莺莺央求自己后,红娘也没有忘记尊卑有序的礼节,忙说了一句"侍长请起,我去则便了"。俏皮而不失礼数的形象鲜明体现。

开头的这个楔子戏可以说是短小而不是精悍,两人对话一波三折,充满趣味,由此表现出王实甫在人物和情节安排上的"别有用心"。

清朝著名戏剧大师李渔曾这样评价《西厢记》:"吾于古曲(戏曲)之中取其全本不懈,多瑜鲜瑕者,唯《西厢》能之。"

第一折

原文

（末上云）害杀小生也。自那夜听琴之后，再不能够见俺那小姐。我著长老说将去，道："张生好生病重！"却怎生不见人来看我？却思量上来，我睡些儿咱。（红上云）奉小姐言语，著我看张生，须索走一遭。我想咱每一家，若非张生，怎存俺一家儿性命也！

【仙吕】【点绛唇】相国行祠，寄居萧寺。因丧事，幼女孤儿，欲将从军死。

【混江龙】谢张生伸志，一封书到便兴师。显得文章有用，足见天地无私。若不是剪草除根半万贼，险些儿灭门绝户了俺一家儿。莺莺君瑞，许配雄雌；夫人失信，推托别词；将婚姻打灭，以兄妹为之。如今都废却成亲事。一个价糊突了胸中锦绣①，一个价泪韫湿了脸上胭脂。

【油葫芦】憔悴潘郎鬓有丝，杜韦娘②不似旧时，带围宽清减了瘦腰肢。一个睡昏昏不待观经史，一个意悬悬懒去拈针指；

---

① 胸中锦绣：比喻人非常有才华。
② 杜韦娘：原指唐朝的歌女，此处借指崔莺莺。

一个丝桐上调弄出离恨谱，一个花笺上删抹成断肠诗；一个笔下写幽情，一个弦上传心事：两下里都一样害相思。

【天下乐】方信道才子佳人信有之，红娘看时，有些乖性儿①，则怕有情人不遂心也似此。他害得有些抹媚，我遭著没三思②，一纳头安排著憔悴死。

却早来到书院里，我把唾津儿润破窗纸，看他在书房里做什么。

【村里迓鼓】我将这纸窗儿湿破，悄声儿窥视。多管是和衣儿睡起，罗衫上前襟③褶绽。孤眠况味，凄凉情绪，无人伏侍。觑了他涩滞气色，听了他微弱声息，看了他黄瘦脸儿。张生呵，你若不闷死，多应④是害死。

【元和令】金钗敲门扇儿。

（末云）是谁？（红唱）

我是个散相思的五瘟使⑤，俺小姐想著风清月朗夜深时，使红娘来探尔。

（末云）既然小娘子来，小姐必有言语。（红唱）

俺小姐至今脂粉未曾施，念到有一千番张殿试。

（末云）小姐既有见怜之心，小生有一简，敢烦小娘子达知肺腑⑥咱。（红云）只恐他番了面皮。

【上马娇】他若是见了这诗，看了这词，他敢颠倒费神思。

---

① 乖性儿：性情、脾气反常。
② 三思：反复考虑，再三地权衡利弊的意思。
③ 前襟：古代人的上衣遮挡胸部的部分，有时候也指上衣前面两片布料。
④ 多应：多半情况，大概的意思。
⑤ 五瘟使：神话传说中掌管瘟疫的瘟神有五位，他们分别是春瘟张元伯、夏瘟刘元达、秋瘟赵公明、冬瘟钟士贵以及总管中瘟史文业。此处红娘以瘟神自比。
⑥ 肺腑：比喻人的内心。

他拽扎起面皮来："查得谁的言语你将来，这妮子怎敢胡行事①！"

他可敢嗤、嗤的扯做了纸条儿。

（末云）小生久后多以金帛拜酬②小娘子。（红唱）

【油葫芦】哎，你个馋穷酸俫没意儿，卖弄你有家私，莫不图谋你的东西来到此？先生的钱物，与红娘做赏赐，是我爱你发金赀③？

【幺篇】你看人似桃李春风墙外枝，买俏倚门。我虽是个婆娘有志气。则说道："可怜见小子，只身独自！"恁的呵，颠倒有个寻思④。

（末云）依著姐姐："可怜见小子，只身独自！"（红云）兀的不是也，你写来，咱与你将去。（末写科）（红云）写得好呵，读与我听咱。

（末读云）"珙百拜，奉书芳卿可人妆次：自别颜范，鸿稀鳞绝⑤，悲怆不胜。孰料夫人以恩成怨，变易前姻⑥，岂得不为失信乎？使小生目视东墙，恨不得脥翅于妆台左右；患成思渴，垂命有日。因红娘至，聊奉数字，以表寸心⑦。万一有见怜之意，书以掷下，庶几⑧尚可保养。造次不谨，伏乞情恕。后成五言诗一

---

① 行事：行为或者事迹。
② 拜酬：酬谢、拜谢的意思。
③ 金赀：亦作"金资"，表示钱财的意思。
④ 寻思：思考、考虑的意思。
⑤ 鸿稀鳞绝：音讯非常少，书信也不方便的意思。
⑥ 前姻：此处指能杀退敌兵者可与莺莺结亲一事。
⑦ 寸心：指比较小的心意。
⑧ 庶几：也许有可能的意思。

首，就书录呈：相思恨转添，漫把瑶琴弄。乐事又逢春，芳心尔亦动。此情不可违，虚誉何须奉。莫负月华明，且怜花影重。"

（红唱）

【后庭花】我则道拂花笺打稿儿，元来他染霜毫不勾思。先写下几句寒温①序，后题著五言八句诗。不移时，把花笺锦字，叠作个同心方胜儿。忒聪明，忒敬思，忒风流，忒浪子。虽然是假意儿②，小可的难到此。

【青哥儿】颠倒写鸳鸯两字，方信道"在心为志③"。

（末云）姐姐将去，是必在意者！（红唱）
看喜怒其间觑个意儿。放心波学士④！我愿为之，并不推辞，自有言词。则说道："昨夜弹琴的那人儿，教传示。"

这简帖儿我与你将去，先生当以功名为念，休堕了志气者！

【寄生草】你将那偷香手，准备著折桂枝。休教那淫词儿污了龙蛇字⑤，藕丝儿缚定鸥鹏翅，黄莺儿夺了鸿鹄志；休为这个翠帏⑥锦帐一佳人，误了你玉堂金马三学士。

（末云）姐姐在意者！（红云）放心，放心。

【煞尾】沈约病多般，宋玉愁无二，清减⑦了相思样子。则你那

---

① 寒温：问候别人的冷暖起居。
② 假意儿：虚情假意或者装模作样的意思。
③ 在心为志："在心为志，发言为诗"，最早见于汉朝毛亨所写的《毛诗序》。这句诗的意思是情感存于心就是思想，用语言表达出来就是诗歌。
④ 学士：指读书人。
⑤ 龙蛇字：指所写的字笔势蜿蜒盘曲，就像龙蛇的形态。
⑥ 翠帏：颜色非常翠绿的挂在床前的薄纱帐。
⑦ 清减：一种委婉的说法，表示人因为心事过重而逐渐消瘦。

眉眼传情未了时，我中心①日夜藏之。怎敢因而，"有美玉于斯"，我须教有发落归著这张纸。凭著我舌尖儿上说词，更和这简帖儿里心事，管教那人儿来探你一遭儿。（下）

（末云）小娘子将简帖儿去了，不是小生说口，则是一道会亲的符箓②。他明日回话，必有个次第③。且放下心，须索好音来也。且将宋玉风流策，寄与蒲东窈窕④娘。（下）

> 精彩解说

张生自从上次和莺莺夜听琴后，彻底坠入对莺莺的思恋中了。痴恋而生病后，托人告知莺莺，希望莺莺来探望。红娘受莺莺的托付，过来探望生病的张生，隔着窗户捅破窗户纸偷看到张生和衣而卧，一脸的憔悴。

张生见到红娘后，求红娘把自己写的信带给莺莺，还说要酬谢红娘一些钱财。红娘急得直接骂张生，说自己根本不是为了什么钱财才来给小姐传信儿的。张生忙拿出自己写给莺莺的信，还读给红娘听。红娘听了信里写的内容，就告诉张生要努力求取功名，才能不辜负她家大小姐的一片真心，随后拿着信就回去复命了。张生焦急等待着莺莺的回信。

> 智慧解析

这一折中，张生开场也是从听琴之夜切入，充分表现出对崔莺莺的痴情。同时和前一部分的听琴之夜相衔接，情节上非常紧凑。与

---

① 中心：指心中。
② 符箓：古代道教的法术，又叫作符字或者丹书，由符和箓两部分组成。
③ 次第：次序，按照次序一个接一个地排列。
④ 窈窕：形容女子内外兼修。

此同时，戏剧也将张生和莺莺之间相知相恋的热烈情感表现在观众眼前。他们之间真挚的情感反衬出封建礼教对人性的无情摧残，也反映出封建礼教最终会走向灭亡。

张生家道中落，在当时与崔莺莺是"门不当户不对"，只能在思念中昏昏欲睡。这与崔莺莺的主动形成鲜明对比，丰富了观众们的情感体验。张生憨憨傻傻的呆书生形象，衬托出红娘的俏皮可爱，两人的形象对比给观众带来喜感。

红娘在二人的这段恋情中起到了至关重要的作用。在封建上流社会，男女之间不能随意见面，红娘就变成这段情感的"联络者"。通过红娘的唱词和表演，两个人的性格情感得以表现在观众眼前。

红娘先是说自己家老夫人不守承诺，没有让二人成婚。从当时社会道德角度来看，这种行为很容易引起观众的共鸣，让观众感受到戏剧中愤慨的情绪。

王实甫非常善于调节观众的情感，在大家都在为两个人的爱情之艰难而感到唏嘘不已时，红娘却在第三曲唱出了对两个人的戏谑：这世上郎才配女貌的事情也不是没有，但是他们两个人，一个脾气古怪只担心有情人不能终成眷属，另外一个有些木讷，甚至有些稀里糊涂的。这酸溜溜的戏谑将红娘的伶牙俐齿和俏皮活泼的形象展现在观众面前，她的舞台形象更是熠熠生辉。

红娘捅破窗户纸偷看张生，既直观表现出红娘天真俏皮的性格，又反衬出张生当时的低落和孤寂。张生一脸病态地躺在床榻上，任谁看到也会觉得非常凄凉，观众的情感体验也随之发生了神奇的变化。

当观众还在心疼张生此刻的凄凉时，红娘直接一句"我是个散相思的五瘟使"，幽默风趣的语气直接把观众的注意力又拉了回来。

红娘故意夸张地说了一番莺莺对张生的想念，张生急忙拿出自己写的信，还要送红娘财物。可想而知这一番操作，又受到红娘的讽刺。红娘面对张生不卑不亢，更不为金钱所动，足见其高尚的品格。

张生是彻底服了红娘的这番豪气，不得不"依着姐姐"的意思去做事。红娘不仅让张生拿出了信，还让张生把情书一样的信读给自己听。王实甫非常传神的笔触，简单几笔就勾勒出一个性格憨憨傻傻、但又痴心一片的痴心人形象。张生写给莺莺的信读起来有些呆板，甚至有些迂腐，但其中包含的对莺莺的相思爱慕之情跃然纸上。

这一折中红娘是核心角色。她一边积极撮合两个人、帮助两个人，一边也不忘提醒张生一定要进京考取功名。张生只有功名傍身，才有机会和莺莺长相厮守。

红娘虽身处封建礼教的约束之中，但实际上也是一个非常敢于挑战封建礼教的新型人物。王实甫借红娘之口对封建礼教进行了辛辣的讽刺和无情的揭露。与此同时，王实甫对戏剧情节的安排以及对人物的表现都是在多重矛盾中展开的，层层递进，让整个舞台具有非常强烈的表演张力和感染力。

这一折还有一个特点就是剧情前后反差大，很有跳跃性。张生先是一脸病态，见到红娘后马上转忧为喜，紧接着又求红娘替自己传信。强烈的反差表演，让整场戏在一个个浪潮中逐渐走向高潮，也将观众的欢乐情绪充分调动了起来。

由此可见，整部《西厢记》的情节既出乎意料，又在情理之中。强烈的反差感和跳跃感，让观众的情绪随着故事的发展起伏回还，妙趣横生。观众既品味到戏剧之美，也体味到人生的苦乐。

第二折

原文

（旦上，云）红娘伏侍老夫人，不得空，偌早晚敢待来也。困思上来，再睡些儿咱。（睡科）（红上云）奉小姐言语，去看张生，因伏侍老夫人，未曾回小姐话去。不听得声音，敢又睡哩。我入去看一遭①。

【中吕】【粉蝶儿】风静帘闲，透纱窗麝兰②香散，启朱扉③摇响双环。绛台高，金荷④小，银釭⑤犹灿。比及将暖帐轻弹，先揭起这梅红罗软帘偷看。

【醉春风】则见她钗弹玉横斜，髻偏云乱挽。日高犹自不明眸⑥，畅好是懒、懒。（旦做起身长叹科）（红唱）半晌抬身，几回搔耳⑦，一声长叹。

---

① 一遭：一趟、一次的意思。
② 麝兰：指麝香和兰香。
③ 朱扉：涂了红色漆的大门。
④ 金荷：古代蜡烛烛台上接融化的蜡烛的东西，形状很像荷叶，多用金银制成。
⑤ 银釭：银白色的烛台。
⑥ 明眸：睁开眼睛。
⑦ 搔耳：形容人非常着急的样子。

我待便将简帖①儿与她，恐俺小姐有许多假处哩。我则将这简帖儿放在妆盒儿上，看她见了说甚么。（旦做照镜科，见帖看科）

（红唱）

【普天乐】晚妆残，乌云亸，轻匀了粉脸，乱挽起云鬟。将简帖儿拈，把妆盒儿按，开拆封皮孜孜看，颠来倒去不害心烦。

（旦怒叫）红娘！（红做意云）呀，决撒了也！

厌的早挖皱了黛②眉。

（旦云）小贱人，不来怎么！（红唱）

忽的波低垂了粉颈，氲的呵改变了朱颜③。

（旦云）小贱人，这东西那里将来的？我是相国的小姐，谁敢将这简帖来戏弄我？我几曾惯看这等东西？告过夫人，打下你个小贱人下截来。（红云）小姐使将我去，他著我将来，我不识字，知他写著什么？

【快活三】分明是你过犯④，没来由把我摧残；使别人颠倒恶心烦。你不"惯"，谁曾"惯"？

姐姐休闹，比及你对夫人说呵，我将这简帖儿去夫人行出首⑤去来！（旦做揪住科）我逗你耍来。（红云）放手，看打下下截来！（旦云）张生两日如何？（红云）我则不说。（旦云）好姐姐，你说与我听咱！（红唱）

【朝天子】张生近间、面颜，瘦得来实难看。不思量茶饭，怕见动弹；晓夜将佳期盼，废寝忘餐。黄昏清旦，望东墙淹

---

① 简帖：古代的书信或者书简。
② 黛：古代用来画眉毛的颜料，青黑色。
③ 朱颜：形容女子美丽的容颜。
④ 过犯：犯错、过错。
⑤ 出首：犯罪后主动认罪的意思。

泪眼。

（旦云）请个好太医看他症候咱。（红云）他症候吃药不济。

病患、要安，则除是出几点风流汗。

（旦云）红娘，不看你面时，我将与老夫人看，看他有何面目见夫人！虽然我家亏他，只是兄妹之情，焉有外事。红娘，早是你口稳哩，若别人知呵，什么模样？（红云）你哄著谁哩！你把这个饿鬼，弄得他七死八活，却要怎么？

【四边静】怕人家调犯，"早共晚夫人见些破绽，你我何安"。问什么他遭危难？撺断、得上竿，掇了梯儿看。

（旦云）将描笔儿过来，我写将去回他，著他下次休是这般！（旦做写科）（起身科云）红娘，你将去说："小姐看望先生，相待兄妹之礼如此，非有他意。再一遭儿是这般呵，必告夫人知道。"和你个小贱人都有说话！（旦掷书下）（红唱）

【脱布衫】小孩儿家口没遮拦，一迷的将言语摧残。把似你使性子①，休思量秀才，做多少好人家风范。（红做拾书科）

【小梁州】他为你梦里成双觉后单，废寝忘餐。罗衣不奈五更寒，愁无限，寂寞泪阑干②。

【幺篇】似这等辰勾空把佳期盼，我将这角门儿世不曾牢拴，则愿你做夫妻无危难。我向这筵席③头上整扮④，做一个缝了口的撮合山。

---

① 使性子：人随意地发脾气，非常任性。也说使小性。
② 阑干：纵横错落的样子。
③ 筵席：古代人坐在地上的时候铺着的席子。
④ 整扮：收拾打扮。

（红云）我若不去来，道我违拗①他，那生又等我回报，我须索走一遭。（下）（末上云）那书倩②红娘将去，未见回话。我这封书去，必定成事。这早晚敢待来也。（红上云）须索回张生话去。

小姐，你性儿忒惯得娇了！有前日的心，那得今日的心来？

【石榴花】当日个晚妆楼上杏花残，犹自怯衣单；那一片听琴心清露月明间。昨日个向晚，不怕春寒，几乎险被先生馔。那其间岂不胡颜？为一个不酸不醋风魔汉，隔墙儿险化做了望夫山。

【斗鹌鹑】你用心儿拨雨撩云，我好意儿传书寄简。不肯搜自己狂为，则待要觅别人破绽。受艾焙权时忍这番，畅好是奸！

"张生是兄妹之礼，焉敢如此！"

对人前巧语花言；

没人处便想张生。

背地里愁眉泪眼。

（红见末科）（末云）小娘子来了，擎天柱③，大事如何了也？

（红云）不济事④了，先生休傻。（末云）小生简帖儿，是一道会亲的符箓，则是小娘子不用心，故意如此。（红云）我不用心？

有天哩！你那简帖儿好听！

【上小楼】这的是先生命悭⑤，须不是红娘违慢。那简帖儿到做了你的招状，他的勾头，我的公案。若不是觑面颜，厮顾盼，担

---

① 违拗：违背，不听话的意思。

② 倩：请（别人代替自己做事）。

③ 擎天柱：古时候传说支撑天地的大柱子，后用来比喻在某件事中可以把控全局的重要人物。

④ 不济事：不管用，不能成大事。

⑤ 命悭：指一个人非常命薄。

饶轻慢。

先生受罪，礼之当然。贱妾何辜？

争些儿把你娘拖犯！

【幺篇】从今后相会少，见面难。月暗西厢，凤去秦楼，云敛巫山。你也趄，我也越，请先生休讪，早寻个酒阑①人散。

（红云）只此再不必申诉足下肺腑，怕夫人寻，我回去也。

（末云）小娘子此一遭去，再著谁与小生分剖②？必索做一个道理，方可救得小生一命。（末跪下揪住红科）（红云）张先生是读书人，岂不知此意，其事可知矣。

【满庭芳】你休要呆里撒奸③。你待要恩情美满，却教我骨肉摧残。老夫人手执著棍儿摩挲看，粗麻线怎透得针关？直待我拄著拐帮闲钻懒，缝合唇送暖偷寒。

待去呵，小姐性儿撮盐入火④，消息儿踏著泛；

待不去呵，（末跪哭云）小生这一个性命，都在小娘子身上。

（红唱）

禁不得你甜话儿热趱⑤。好著我两下里做人难。

我没来由分说，小姐回与你的书，你自看者。（末接科，开读

---

① 酒阑：表示酒席接近尾声。

② 分剖：辩解、辩白。

③ 撒奸：耍心眼、使坏。

④ 撮盐入火：撮表示拿东西的动作，盐放在火中会直接爆炸。形容人的性子非常急躁。

⑤ 趱：逼迫、催促的意思。

科）呀，有这场喜事！撮土焚香①，三拜②礼毕。早知小姐简至，理合远接；接待不及，勿令见罪。小娘子，和你也欢喜。（红云）怎么？（末云）小姐骂我都是假，书中之意，著我今夜花园里来，和他"哩也波，哩也啰"哩！（红云）你读书我听。（末云）"待月西厢下，迎风户半开。隔墙花影动，疑是玉人③来。"（红云）怎见得他著你来？你解与我听咱。（末云）"待月西厢下"，著我月上来；"迎风户半开"，他开门待我；"隔墙花影动，疑是玉人来"，著我跳过墙来。（红笑云）他著你跳过墙来，你做下来。端的有此说么？（末云）俺是个猜诗谜的社家④，风流隋何⑤，浪子陆贾。我那里有差的勾当？（红云）你看我姐姐，在我行也使这般道儿。

【耍孩儿】几曾见寄书的颠倒瞒著鱼雁，小则小心肠儿转关。写著道西厢待月等得更阑，著你跳东墙"女"字边"干"。元来那诗句儿里包笼著三更枣，简帖儿里埋伏著九里山。他著紧处将人慢。恁会云雨闹中取静，我寄音书忙里偷闲。

【四煞】纸光明玉板，字香喷麝兰，行儿边涅透非春汗？一缄情泪红犹湿，满纸春愁墨未干。从今后休疑难，放心波玉堂学

---

① 撮土焚香：把土搓在一起，当成香点燃。
② 三拜：古代礼仪，人跪在地上后两手相拱至地，俯首至手为拜。重复三次，谓之三拜。
③ 玉人：借指张生。
④ 社家：行家的意思。
⑤ 隋何：汉初著名的说客，将英布拉拢到刘邦身边。当时刘邦在彭城之战中大败，是隋何劝说英布投降的。

士，稳情取金雀①鸦鬟②。

【三煞】他人行别样的亲，俺根前取次看，更做道孟光③接了梁鸿案。别人行甜言美语三冬暖，我根前恶语伤人六月寒。我为头儿看：看你个离魂倩女④，怎发付掷果潘安。

（末云）小生读书人，怎跳得那花园过也？（红唱）

【二煞】隔墙花又低，迎风户半拴，偷香手段今番按。怕墙高怎把龙门⑤跳？嫌花密难将仙桂攀。放心去，休辞惮。你若不去呵，望穿他盈盈秋水⑥，憔损了淡淡春山。

（末云）小生曾到那花园里，已经两遭，不见那好处。这一遭，知他又怎么？（红云）如今不比往常。

【煞尾】你虽是去了两遭，我敢道不如这番。你那隔墙酬和都胡侃⑦，证果的是今番这一简。（红下）

（末云）万事自有分定，谁想小姐有此一场好处。小生是猜诗谜的社家，风流隋何，浪子陆贾，到那里扢扎⑧帮便倒地。今日颩天百般的难得晚。天，你有万物于人，何故争此一日？疾下去波！读书继晷⑨怕黄昏，不觉西沉强掩门。欲赴海棠花下约，太阳何苦又生根？（看天云）呀，才晌午也，再等一等。（又看科）今日

---

① 金雀：女性的首饰。

② 鸦鬟：古代女子的一种丫形的发髻。

③ 孟光：东汉著名隐士梁鸿的妻子。二人长期隐居在山中，从事简单的耕织，后成为贤妻良母的代名词。

④ 倩女：年轻貌美的少女。

⑤ 龙门：古代科举试场的正门，后比喻科举中式为登龙门。

⑥ 盈盈秋水：指美女明亮如水的眼睛。

⑦ 胡侃：胡说乱说的意思。

⑧ 扢扎：比喻动作速度非常快。

⑨ 继晷：不分白天黑夜的意思。

万般的难得下去也呵！碧天万里无云，空劳倦客身心。恨杀鲁阳贪战，不教红日西沉。呀，却早倒西也，再等一等咱。无端三足乌，团团光烁烁。安得后羿①弓，射此一轮落！谢天地！却早日下去也。呀，却早发擂也！呀，却早撞钟也！拽上书房门，到得那里，手挽著垂杨，滴流扑跳过墙去。（下）

精彩解说

红娘从张生那里回来后，直接去服侍老夫人了。等安顿好老夫人后，红娘才得空去莺莺那里通报张生的情况。红娘到莺莺那里就把张生写的信放在莺莺的梳妆匣上。莺莺看到了梳妆匣上的信，生气地问红娘为什么要把这种东西带回来，还说要禀告老夫人。红娘说自己又不识字，谁知道这里写的是什么呀。这时候莺莺心里才算安稳下来，开始打听张生的情况。红娘说这张生是一脸病态，茶不思饭不想，人也不想动弹。莺莺一听心里急了，让红娘给张生找医生看看，还说张生这番模样回头怎么见老夫人。说完莺莺就拿笔给张生回信，要劝说张生振作起来。红娘拿了回信出来，这边张生也在焦急地等着莺莺的回信。

张生一看到红娘来了，觉得"救星"来了，急忙迎上去。红娘故意说他和莺莺的事儿不行了，张生觉得红娘没有帮自己。张生一听红娘要走人不管了，吓得直接拉着红娘哭诉。这时候红娘才把莺莺写的信给他看，张生把信读给红娘听，原来是莺莺约着张生今晚一些时候在花园见面。张生又跟红娘说了几句话，红娘就离开了。张生一会儿看天，一会儿看书，就等着天黑了去见莺莺。

---

① 后羿：古代传说中的神话人物，非常善于射箭。

智慧解析

这一折戏历来被文人称作"闹简",一直被后人津津乐道。

这一折戏之所以如此受欢迎,是因为王实甫利用简短凝练的语言深刻而充分地刻画了人物的性格特点。作者利用"简帖"这个线索,将整个剧情连接起来,最后产生了让观众忍俊不禁的效果。

头一折里是莺莺先要求红娘去看望张生的,这一折正好是红娘看完张生后发生的事情。王实甫总是让戏剧在各种矛盾与逻辑中自然而然地发展。首先,莺莺出来说"红娘……敢待来也",这句话可以看出莺莺在急切等待红娘带来的消息。但接着却写莺莺"困思上来,再睡些儿咱",看着好像非常不合逻辑,实际上却是莺莺对张生过分想念而感到困顿的写照。这期间透露出莺莺在自由爱情和封建礼教之间的挣扎,这种挣扎让莺莺心中出现了一时的不平衡,也为下文情节的发展埋下了伏笔。

正是因为莺莺这时候所处的特殊处境,这一折才会安排红娘作为主要人物,通过她的唱词来表现三个人的心态和性格。

【粉蝶儿】一开始就营造了一种雅静的氛围,恰好映衬了莺莺身为大小姐而感到孤独和寂寞。紧接着"偷看"小姐的红娘上场了,红娘以一种活泼可爱的表演形式,直接打破了原来那种肃静的氛围。其实这里就是一个小冲突,气氛的打破让观众的情感得到合理过渡。

【醉春风】一曲先写了莺莺的状态:头发凌乱,睡眼蒙眬,慵懒地睡着。然后是莺莺睡醒后的动作描写:半天才慢慢起身,又是挠耳朵又是唉声叹气的……一系列动作描写,把一个苦苦思念爱人而不得的苦涩心情的少女形象展现在观众眼前。红娘说莺莺太懒了,这既是揶揄之词,也是对自家小姐的关心和爱护,一个活泼而又泼辣的形象站在了观众眼前。

随后红娘拿着张生的简帖不知道是给还是不给，最后只能放在小姐的梳妆匣上。这段描写虽然很短，但却把红娘那种灵巧和警觉表现了出来，也暗示了莺莺接下来的心理变化。王实甫让人物呈现出的动作和细腻的面部表情，让整个舞台的人物形象异常生动。

【普天乐】一开始就写莺莺看到了张生给自己的信，心里自然是忍不住地高兴。但这位大小姐看完信后直接起身斥责了红娘，一下子就把整场戏的矛盾点推到了顶峰。经过一夜的折腾，莺莺此时的妆发早就凌乱了，正是要梳妆的时候看到了张生的信。这时候，她只是胡乱地收拾了一下自己，就赶紧拿起信来看。其中"轻匀""乱挽"两个词非常传神地写出了莺莺此时此刻迫切的心情。莺莺看到信的时候，王实甫用了"拈""按"等一连串的动作描写，让人物形象更加鲜明。

随后的"颠来倒去不害心烦"一句，更是精妙不可言，直接写出了张生那封信对莺莺的深深吸引，以及莺莺收到信后欢喜的心情，也暗示了她此刻的不安。经过一系列的心理变化描写，莺莺直接对红娘发起火，问她为什么给自己看这种东西。此时舞台的情绪再次被点燃，观众的注意力再次回到人物身上。红娘一直暗中观察小姐的变化，这时候直接来了个"做意""决撒"，让红娘的俏皮可爱形象更加鲜活，也让舞台矛盾再次走向一个小高潮。

其实，莺莺这时候突然生气是有迹可循的：首先，她是相府的大小姐，私下里和别人通信就是违背礼数的。她直接在下人面前读信，觉得有失脸面，同时也担心红娘会向老夫人告状，所以直接"假意儿""乖性儿"斥责起红娘来，在红娘面前摆出大小姐的架势。语言和动作的两面描写，把人物的神态活灵活现呈现在观众眼前。

随后是红娘和莺莺的对白，期间通过红娘的口说出了莺莺当时的心情。整场舞台剧再次走向冲突的高潮。

莺莺再次以"相国小姐"的身份告诉红娘，自己不是那种不遵守礼数的人，好像自己非常遵守那些严苛的礼数一样。实际上，莺莺这么做无非就是想掩盖自己对张生的热恋，但又碍于礼教，心口不一。

这时的红娘也不甘示弱，直接一句"小姐使将我去，他着我将来"将小姐的脾气给压住了，瞬间为自己洗脱了罪名，紧接着又故意说"知他写着甚么"，表示自己不知道信的内容，成功解除了小姐对自己的怀疑。

紧接着又用红娘的口唱出了莺莺内心的矛盾：刚开始莺莺看到信是不心烦的，突然间变成了"厌的早挖皱了黛眉"，接着又是红娘的两句"你不惯，谁曾惯"，还说要拿着信去见老夫人，一下子让本来在气势上占上风的莺莺瞬间败下阵来。观众看到这也是哈哈大笑。这时候的莺莺，态度来了一个大转弯，在红娘面前服软了。红娘也没饶了小姐，又说："放手，看打下下截来！"让莺莺更觉得不好意思了。二人之间这场冲突你来我往，不见任何俗气，富有趣味，再一次惹得观众发笑。

此时的莺莺再也不需要在红娘面前保持自己大小姐的矜持了，直接问张生的情况。

此时的红娘反而故意来了一句"我则不说"。这一句话不仅让观众看到红娘泼辣的一面，还看出红娘的温和，缓解了之前两个人之间的冲突。但红娘说这句话的语气是非常缓和的，由此可知，红娘虽然表面上泼辣，总是揭露莺莺内心的想法，但又想着帮助二人成就好事，在心口不一中更显得温厚和泼辣。

在这场口舌之争中，莺莺对红娘是以"小贱人"开始，以"好姐姐"结束的。称呼的转化非常自然却让人忍俊不禁，人物性格也在碰撞中更显得丰满。

红娘在莺莺殷切的恳求中，非常生动地道出了张生深陷于相思的痛苦之中，同时也暗含了红娘对这位痴情书生的同情。

莺莺听了让找医生给张生看病，红娘直接说吃药也治不好的，除非"出几点风流汗"。这句回答也是一种暗示，用来回答自家的这位亦真亦假的小姐最好了。俩人心里都明白彼此说的话的意思，但又不说破，一来一往，妙语连珠，使观众也跟着开心起来。

莺莺在知道什么是"风流汗"的情况下，还假装正经地与红娘说话，再一次隐藏了自己的真实心理，把自己标榜成一个遵守礼教的人。

不过红娘也不是好骗的，直接拆穿了这位大小姐的老底："你哄着谁哩，你把这个饿鬼，弄得他七死八活，却要怎么？"快人快语的红娘再次引人发笑。

莺莺对付不认字的红娘自然也有办法，随后写了回信，郑重地告诉红娘，让她转告张生以后不要再乱写了，不然就追究红娘的责任。

这一下子把红娘的急脾气惹起来了，一连五个曲子把莺莺心口不一、表里不一、假惺惺的做法统统嘲笑了一遍。此时两者的冲突又一次出现了一个高潮，红娘的热情也在这一连串的牢骚中得以体现。而张生那瘦弱的身体，更体现出他对这段感情的执着。

张生和莺莺之间的这份感情让人同情，而造成两人如此处境的都是那可恶的封建礼教。莺莺在感情上犹豫和反复，更是因为背后那位恪守礼教、略显冷酷的母亲。

张生看到红娘到来时叫的一声"擎天柱"，生动形象地表现出这位略显木讷的书生的喜悦和期盼，同时也把舞台气氛调动了起来。

怎知红娘一句"不济事了，先生休傻！"，直接引起一场新的矛盾冲突，观众的心也被这句话勾了起来。谁知这位痴傻的哥哥直接抱怨红娘不用心，和红娘的热心形成鲜明对比，最后自然引来红娘一阵火辣的责骂。这时候舞台的气氛再一次紧张起来。

当红娘拿出来莺莺写的信，张生一句"呀"直接打开新局面。王实甫在这里点出这样一个小插曲，实在是耐人寻味。张生打开信用文绉绉的话读起来，中间还夹杂着一两句俗语，再加上几句特有的道白，将人物的那种惊喜之态栩栩如生地展现在观众面前。

对人物语言进行个性化的处理，可以更加完美地展示人物的内心，也可以呈现出更好的舞台效果。

傻乎乎的张生得意到直接把信里的内容读出来了，一下子就把莺莺的暗示给泄露出去了。他这种痴迷的状态也为后面见到莺莺而遭到斥责埋下了伏笔。所以说，优秀的文学作品总会为后面的情节留下线索，做到"草蛇灰线，伏脉千里"。在整部《西厢记》中，阻隔在二人面前的不仅仅是封建礼教、门阀观念，更多的是二人的身份、性格等因素。王实甫这种现实主义的写法，无疑提升了这部戏剧的审美趣味。

随后的【耍孩儿】等曲目，红娘借莺莺写的信表达自己复杂的心理活动：先是觉得小姐莺莺怀疑自己，接着笑话莺莺小肚鸡肠；一边埋怨莺莺不信任自己，亏得自己一副热心肠帮助她，一边又为莺莺主动追求爱情而感到开心；对张生一边调侃，一边又鼓励。

从红娘的言语中，观众可以感受到她对二人深切的关爱和鼓励，也看到红娘多面的性格。

最后写张生因为红娘那句"证果的是今番这一简"的鼓励，开始期盼夜晚的到来。在这一部分，作者安排张生大段大段地独白，这些独白彰显了张生再次燃起的自信以及有些急躁的性格。此时的张生急切地抬头看天，不断地吟诵着和时间有关的诗句，人物形象更加鲜活，舞台节奏张弛有度，避免了独白造成的冷场。

  王实甫在这一折中将人物无形的思绪和有形的表演完美地融合在一起，具有极高的审美价值。因此，《西厢记》体现的语言艺术才是中国古典文艺美学中的巅峰。

第三折

原文

（红上云）今日小姐著我寄书与张生，当面偌多般意儿，元来诗内暗约著他来。小姐也不对我说，我也不瞧破他，则请他烧香。今夜晚妆处比每日较别，我看他到其间怎的瞒我？（红唤科）姐姐，咱烧香去来。（旦上云）花阴重叠香风细，庭院深沉淡月明。（红云）今夜月明风清，好一派景致也呵！

【双调】【新水令】晚风寒峭①透窗纱，控金钩绣帘不挂。门阑凝暮霭，楼角敛残霞②。恰对菱花，楼上晚妆罢。

【驻马听】不近喧哗，嫩绿池塘藏睡鸭；自然幽雅，淡黄杨柳带栖鸦。金莲蹴损牡丹芽，玉簪抓住荼蘼架。夜凉苔径滑，露珠儿湿透了凌波袜。

我看那生和俺小姐巴不得到晚。

【乔牌儿】自从那日初时想月华③，捱一刻似一夏，见柳梢斜日迟迟下，早道"好教贤圣打"。

---

① 寒峭：表示天气很冷，寒气很重。
② 残霞：日落时候的晚霞。
③ 月华：表示月亮的光芒或者月色。

【搅筝琶】打扮的身子儿诈,准备着云雨会巫峡。只为这燕侣莺俦,锁不住心猿意马①。

不则俺那小姐害,那生呵——

二三日来水米不粘牙。因姐姐闭月羞花②,真假,这其间性儿难按纳③,一地里胡拿。

姐姐这湖山下立地,我开了寺里角门儿。怕有人听俺说话,我且看一看。(做意了)偌早晚,傻角却不来,"赫赫赤赤"来?

(末云)这其间正好去也,赫赫赤赤。(红云)那鸟来了。

【沈醉东风】我则道槐影风摇暮鸦,元来是玉人帽侧乌纱④。一个潜身在曲槛⑤边,一个背立⑥在湖山下。那里叙寒温?并不曾打话。

(红云)赫赫赤赤,那鸟来了。(末云)小姐,你来也。(搂住红科)(红云)禽兽!(末云)是我。(红云)你看得好仔细著!若是夫人怎了?(末云)小生害得眼花,搂得慌了些儿,不知是谁。望乞⑦恕罪⑧。(红唱)

便做道搂得慌呵,你也索觑⑨咱,多管是饿得你个穷神眼花。

---

① 心猿意马:心意好像猴子跳、马奔跑一样控制不住。形容心里东想西想,安静不下来。
② 闭月羞花:使月亮躲藏,使花儿羞惭。形容女子外貌美丽。
③ 按纳:同"按捺"。
④ 乌纱:黑纱织物。
⑤ 曲槛:弯弯曲曲的栏杆。
⑥ 背立:背对着人站立。
⑦ 望乞:请求,要求。
⑧ 恕罪:获得原谅。一般用于客套的交流中。
⑨ 觑:把眼睛合成一条细缝看。

（末云）小姐在那里？（红云）在湖山下。我问你咱：真个著你来哩？（末云）小生猜诗谜社家，风流隋何，浪子陆贾，准定挖扎帮便倒地。（红云）你休从门里去，则道我使你来。你跳过这墙去，今夜这一弄儿助你两个成亲。我说与你，依著我者。

【乔牌儿】你看那淡云笼月华，似红纸护银蜡；柳丝花朵垂帘下，绿莎①茵铺著绣榻。

【甜水令】良夜迢迢②，闲庭寂静，花枝低亚。他是个女孩儿家，你索将性儿温存，话儿摩弄③，意儿谦洽。休猜做败柳残花④。

【折桂令】他是个娇滴滴美玉无瑕，粉脸生春，云鬓堆鸦。恁的般受怕担惊，又不图甚浪酒闲茶。则你那夹被儿时当奋发，指头儿告了消乏。打叠⑤起嗟呀，毕罢了牵挂，收拾了忧愁，准备著撑达⑥。

（末作跳墙搂旦科）（旦云）是谁？（末去）是小生。（旦怒云）张生，你是何等之人！我在这里烧香，你无故至此。若夫人闻知，有何理说？（末云）呀，变了卦也！（红唱）

【锦上花】为甚媒人，心无惊怕？赤紧的夫妻每，意不争差。我这里蹑足潜踪⑦，悄地听咱：一个羞惭，一个怒发。

---

① 绿莎：指绿色的草地。
② 迢迢：非常远的样子。
③ 摩弄：抚摸、逗着玩的意思。
④ 败柳残花：指古代出于风尘中的女子。
⑤ 打叠：收拾、整理的意思。
⑥ 撑达：露一手；试一试本事。
⑦ 蹑足潜踪：指放轻脚步，隐住身体。形容小心隐秘的样子。

【幺篇】张生无一言，呀，莺莺变了卦。一个悄悄冥冥①，一个絮絮答答②。却早禁住隋何，迸住陆贾，叉手躬身，装聋作哑。

张生背地里嘴那里去了？向前搂住丢番，告到官司，怕羞了你？

【清江引】没人处则会闲嗑牙③，就里空奸诈。怎想湖山边，不记"西厢下"？香美娘处分破花木瓜④。

（旦云）红娘，有贼！（红云）是谁？（末云）是小生。（红云）张生，你来这里有甚么勾当？（旦云）扯到夫人那里去！（红云）到夫人那里，恐坏了他行止⑤。我与姐姐处分⑥他一场。张生，你过来，跪着！（生跪科）（红云）你既读孔圣之书，必达周公之礼。夤夜⑦来此何干？

【雁儿落】不是俺一家儿乔作衙⑧，说几句衷肠话：我则道你文学海样深，谁知你色胆有天来大。

（红云）你知罪么？（末云）小生不知罪。（红唱）

【得胜令】谁著你夤夜入人家？非奸做贼拿。你本是个折桂⑨客，做了偷花汉；不想去跳龙门，学骗马。

---

① 悄悄冥冥：比喻静悄悄，一声不响。
② 絮絮答答：形容一个人说话啰里啰嗦的样子。
③ 闲嗑牙：闲聊天、唠嗑的意思。
④ 花木瓜：形容一个人看着长得好看，但一无是处。
⑤ 行止：活动、举止。
⑥ 处分：惩罚的意思。
⑦ 夤夜：后半夜三点到五点这段时间，古代人叫作夤夜。
⑧ 作衙：摆样子、摆架子的意思。
⑨ 折桂：指科举考试及第。

姐姐，且看红娘面，饶过这生者。（旦云）若不看红娘面，扯你到夫人那里去，看你有何面目见江东父老①！起来。（红唱）

谢小姐**贤达，看我面遂情罢**。若到官司②**详察**。

"你既是秀才，只合苦志于寒窗之下，谁教你黄夜辄入人家花园？做得个非奸即盗。"先生呵，

整备著**精皮肤吃顿打**。

（旦云）先生虽有活人之恩，恩则当报。既为兄妹，何生此心？万一夫人知之，先生何以自安？今后再勿如此。若更为之，与足下决无干休！（下）（末朝鬼门道云）你著我来，却怎么有偌多③说话？（红扳过末云）羞也，羞也！却不"风流隋何，浪子陆贾"？（末云）得罪波"社家"。今日便早则死心塌地。（红唱）

【离亭宴带歇拍煞】再休题春宵一刻千金价，准备著寒窗更守十年寡。猜诗谜的社家，【伞④】拍了"迎风户半开"，山障了"隔墙花影动"，绿惨了"待月西厢下"。你将何郎粉面搽，他自把张敞眉儿画。**强风情措大**。晴干了尤云殢雨心，悔过了窃玉偷香胆，删抹了倚翠偎红话。

（末云）小生再写一简，烦小娘子将去，以尽衷情如何？（红唱）

淫词儿早则休，简帖儿从今罢。犹古自参不透风流调法。从今后

---

① 江东父老：江东，长江在芜湖、南京之间为西南、东北走向，习惯上将自此以下的南岸称为江东；父老，父兄辈人，泛指家乡的父兄长辈。

② 官司：官府。

③ 偌多：很多、非常多的意思。

④ 伞（qí）：参差。差不多，近似。

悔罪也卓文君,你与我游学去波汉司马①。(下)

(末云)你这小姐送了人也!此一念小生再不敢举。奈有病体日笃,将如之奈何?夜来得简方喜,今日强扶②至此,又值这一场怨气,眼见休也。则索回书房中纳闷去。桂子闲中落,槐花病里看。(下)

精彩解说

红娘看到自家小姐莺莺出来烧香打扮得分外动人,这明摆着是为了与张生见面。红娘识趣地站在角门旁给莺莺把风,看有没有人偷听。正巧这时候,张生这位痴情人也赴约来了。张生看见女子就抱,也不看是谁,误把红娘这位惹不起的主儿搂在怀里。红娘急了一通训斥,张生这才缓过神来。红娘告诉张生,莺莺在里面的湖山旁边等着,张生赶紧翻墙而过,一把搂住了莺莺。莺莺在烧香,突然被人抱住,吓了一跳,一看是张生。莺莺临时变卦,生气不说,还让红娘抓贼,要把张生丢到老夫人面前。红娘急忙过来假装数落张生,说他怎么大晚上跑到花园里见自己家小姐,还说他不是好人。莺莺趁机说是看在红娘的面子上,不再追究张生不敬的罪名。不过,莺莺告诉张生,他们二人现在是以兄妹相称,再出现这种事情,以后就不要再见面了。说完莺莺转身而去,把红娘和张生撂在花园里。

张生见到莺莺如此反应,不知道该怎么办了,心里早就打翻了五味瓶。红娘责骂张生,说他遇到点儿阻力就后退,还不如趁早死了那份心。张生见状急忙求饶,说要再给莺莺写一封信求红娘带去。红娘

---

① 司马:与卓文君相对,指汉代的司马相如。此处以卓文君、司马相如,比喻崔莺莺与张生。
② 强扶:勉强扶持;勉强撑持。

当即回绝，追着莺莺回去了。张生一个人愣在花园里，不知所措，垂头丧气地回去了。

智慧解析

这一折被称作"赖简"，展示了莺莺与张生之间激烈的矛盾冲突，是他们情感纠葛中最重要的一幕，再一次把戏剧推向高潮。

孤苦无依的张生自从在佛寺和莺莺见面以来，一直得到红娘的热情帮助，帮他避开老夫人的约束，得以和莺莺通过书信联络感情。

本折戏开场，红娘先"假意儿"，故意看破不说破，在暗处偷偷观察，将舞台气氛一下就抬起来了。莺莺上场后的说词以诗句为主，在铺垫剧情的同时也透露出一丝丝的忧伤。此时莺莺是来约见心上人的，心中却没有见心上人的那种轻快之情。而红娘的唱词却突显出她对二人今晚好事将成的欢愉，与莺莺的说词形成对比，为后面剧情做了铺垫。

【新水令】【驻马听】两段唱词营造了一种幽深静谧的环境。主仆二人在这种环境中出来，好似一幅美女月下夜行图，优美的景色和充满欢乐情绪的人物交相辉映，彼此衬托，把观众的注意力吸引到这幅美丽的画面中。

随后红娘的一句"我看那生和俺小姐巴不得到晚"，自然地将情节重点转到张生和莺莺二人身上，生动形象地表现出二人迫切希望时间走得快一些，好早些见面。【搅筝琶】的唱词说莺莺打扮得像花一样，既体现出莺莺的心境，也表现出红娘对他们情感的认可。

红娘安置好莺莺后，自己偷偷来到角门把风。这里的描写把红娘努力撮合二人的热情表现出来了。张、崔二人都已经到了花园，此时借助红娘的唱词唱出二人见面之前的按捺不住的欢喜。

这时候，微风轻拂，树影摇曳，幽静的环境下蕴藏着下一个剧情的爆发。果不其然，张生按捺不住内心的悸动，错把红娘当莺莺，遭到红娘的严厉斥责。张生道歉，而红娘用一句"若是夫人怎了？"回了张生。这句话为后面莺莺的"赖简"做了铺垫。

在随后的情节中，张生和红娘一来一去，用了大段的唱词将张、崔二人见面之前的气氛烘托得非常热烈，与见面后"赖简"的冷峻场景形成一种强烈的反差。这种强大的反差和冲突，带来极强的戏剧性效果。

在接下来的【乔牌儿】【甜水令】【折桂令】中，通过红娘的唱词可以想象到，二人见面的花园宛如婚房，非常温馨。在作者的描写中，张生和莺莺之间的爱情是非常美妙的，也是充满诗意的。这一切的描写都为观众营造了一个静谧温馨的氛围。

但剧情陡然一转，当张生抱住莺莺时，被莺莺一声严厉地呵斥。这一场戏历来被各大名家点评，大家普遍认为莺莺此时的行为其实是故意的。作为一个对爱情充满幻想的少女，遇到倾心的书生，自然会情不自禁。但面对母亲的巨大压力，又不得不保持理智。她目睹了张生帮大家解围的义举，已经倾心于张生，所以才会主动给张生写信，约张生出来。然而，此时的莺莺更是一位有身份的相府大小姐，身份和客观因素造就了她骄傲、多疑和易怒的性格。身为一个从小受到良好教育的大家闺秀，她更喜欢的是吟诗做对的高雅的示爱方式，而不是粗鲁的市井行为。所以当她面对张生突如其来的拥抱，顿时觉得自尊心受到了伤害，才会瞬间变脸，怒斥一句："你是何等之人？！"

莺莺明知张生是来赴约的，现在突然要赖，一是因为张生的行为太粗鲁，打破了莺莺对初次约会的幻想，更主要的因素是张生的突然拥抱触及了莺莺的底线。莺莺从小受母亲的教导，传统礼教在她的潜意识中留下深刻的烙印。"若夫人闻知,有何理说!"这句话一方面表现出莺莺内心想追求自己的爱情,和传统礼教发生了斗争;另一方面又反映出她的思想还是受到封建礼教的约束,心中仍然有所顾忌,对老夫人派来的红娘不得不防备一些。所以,莺莺突然生气斥责张生就可以理解了。

接着红娘出场了,通过【锦上花】【幺篇】唱词斥责张生的无礼行为。但从红娘的"知耻近乎勇"中看出张生本身不是不懂礼数的粗俗之人;而张生低头弯腰认错的行为,也让观众看到一个憨憨傻傻的老实人形象。

红娘假装斥责张生:"张生,你来这里有甚么勾当?"表面是问张生,实际上是暗示莺莺,是"一箭双雕"。冰雪聪明的莺莺怎会不知红娘的意思,马上跟进一句:"扯到夫人那里去!"这里还是莺莺的假意儿。当初莺莺知道张生想追求自己,就希望红娘不要把这件事告诉老夫人,这说明莺莺从内心还是喜欢张生的,也不同意老夫人悔婚。而她偷偷约张生见面,也是对老夫人让二人以兄妹相称的反抗。紧接着莺莺又说:"万一夫人知之,先生何以自安?"实际上是提醒张生,他们之间的事情需要避讳,不能这么明目张胆。通过莺莺这一连串的反应,可见她对张生的真情实意。

最值得玩味的是莺莺在斥责张生时,连续三次搬出老夫人做挡箭牌,多次提及老夫人却没有埋怨对方的语言,其中原因不言而喻。所以说,莺莺这次见面生气其实是对目前形势冷静、理智地处理。

张生遭到拒绝后没有反驳,一字不提信中所写诗的含义。这让两个人的冲突发展到白热化,莺莺也通过一系列的事件明白张生是一个值得托付一生的人,随后二人的冲突逐渐缓解,为后面的问病等情节做了铺垫。

等莺莺下场后,张生才表现出内心的愤懑,说:"你著我来,却怎么有偌多说话!"这句独白展现出张生的另一面:憨厚但不胆怯,有激情但又不失理智。而红娘在随后的唱词中,调侃张生约会不成反而被斥责。这一个细节也表现出红娘泼辣而夸张的语言风格,引得观众阵阵大笑。整场戏在诙谐幽默的气氛中结束,张生也不得不垂头丧气地回去,人物表演非常具有张力,始终紧紧抓住观众的注意力。

第四折

原文

（夫人上云）早间长老使人来，说张生病重。我著长老使人请个太医去看了，一壁道与红娘，看哥哥行问汤药①去者。问太医②下甚么药，症候③如何，便来回话。（下）（红上云）老夫人才说张生病沉重，昨夜吃我那一场气，越重了。莺莺呵，你送了他人。（下）（旦上云）我写一简，则说道药方④，著红娘将去与他，症候便可。（旦唤红科）（红云）姐姐，唤红娘怎么？（旦云）张生病重，我有一个好药方儿，与我将去咱。（红云）又来也。娘呵，休送了他人！（旦云）好姐姐，救人一命，将去咱。（红云）不是你，一世也救他不得！如今老夫人使我去哩，我就与你将去走一遭。（下）（旦云）红娘去了，我绣房里等他回话。（下）（末上云）自从昨夜花园中吃了这一场气，投著⑤旧证候，眼见得休了也。老夫人说，著长老唤太医来看我；我这颗症候，

---

① 汤药：熬制的中药。
② 太医：对一般医生的尊称。
③ 症候：疾病的状态。
④ 药方：中医医生给病人开的处方。
⑤ 投著：对着，触着。

非是太医所治的。则除是那小姐美甘甘、香喷喷、凉渗渗、娇滴滴一点唾津儿咽下去，这厮病便可。（洁引太医上，"双斗医"科范了）（下）（洁云）下了药了，我回夫人话去，少刻再来相望。（下）（红上，云）俺小姐送得人如此，又著我去动问，送药方儿去，越著他病沈了也。我索走一遭。异乡易得离愁①病，妙药难医肠断②人！

【越调】【斗鹌鹑】则为你彩笔题诗，回文织锦；送得人卧枕著床，忘餐废寝；折倒得鬓似愁潘，腰如病沈。恨已深，病已沈，昨夜个热脸儿对面抢白，今日个冷句儿将人厮侵③。

昨夜这般抢白他呵！

【紫花儿序】把似你休倚著栊门儿待月，依著韵脚儿联诗，侧著耳朵儿听琴。

见了他撒假④诺多话："张生，我与你兄妹之礼，甚么勾当！"怒时节把一个书生来迭噷⑤。

欢时节："红娘，好姐姐，去望他一遭！"将一个侍妾来逼临。难禁，好著我似线脚儿般殷勤不离了针。从今后教他一任。

这都是俺老夫人的不是——
将人的义海恩山都做了远水遥岑⑥。

---

① 离愁：指人分别时的离别愁绪。
② 断肠：比喻人痛彻心扉的感觉，就好像肠子断了那么痛苦。
③ 厮侵：欺负，欺辱的意思。
④ 撒假：假装。
⑤ 迭噷（yìn）：怨恨，苦恼。
⑥ 远水遥岑：遥远的河流和山峰。此处比喻老夫人将张生的恩德抛到了脑后。

（红见末，问云）哥哥病体若何①？（末云）害杀小生也！我若是死呵，小娘子，阎王殿前少不得你做个干连人。（红叹云）普天下害相思的，不似你这个傻角。

【天净沙】心不存学海文林，梦不离柳影花阴，则去那窃玉偷香②上用心。又不曾得甚，自从海棠开想到如今。

因甚的便病得这般了？（末云）都因你行——怕说的谎——因小侍长上来！当夜书房一气一个死。小生救了人，反被害了。自古人云："痴心女子负心汉。"今日反其事了。（红唱）

【调笑令】我这里自审，这病为邪淫③，尸骨岩岩④鬼病侵。更做道秀才每从来恁。似这般干相思的好撒唔。功名上早则不遂心，婚姻上更返吟复吟。

（红云）老夫人著我来，看哥哥要什么汤药。小姐再三伸敬⑤，有一药方，送来与先生。（末做慌科）在那里？（红云）用著几般儿生药⑥，各有制度，我说与你：

【小桃红】"桂花"摇影夜深沉，酸醋"当归"浸。（末云）桂花⑦性温，当归⑧活血，怎生制度？（红唱）面靠著湖山背阴里窨⑨。这方儿最难寻，一服两服令人恁。

---

① 若何：怎么样，如何的意思。
② 窃玉偷香：比喻引诱妇女。
③ 邪淫：中医指致病的因素，即风、寒、暑、湿、燥、火六淫邪气。
④ 岩岩：形容瘦削柔弱。
⑤ 伸敬：表达恭敬，表示敬意。
⑥ 生药：指天然的药材，没有经过加工。
⑦ 桂花：木樨树的别称，也指木樨树的花。
⑧ 当归：多年生草本植物，中药材之一。
⑨ 窨（xūn）：同"熏"。

（末云）忌什么物？（红唱）

忌的是"知母"未寝，怕的是"红娘"撒沁①。吃了呵，稳情②取"使君子"一星儿"参"。

这药方儿，小姐亲笔写的。（末看药方大笑科）（末云）早知姐姐书来，只合远接，小娘子……（红云）又怎么？却早两遭儿也。（末云）不知这首诗意，小姐待和小生"里也波"哩。（红云）不少了一些儿？

【鬼三台】足下其实啉，休妆唔。笑你个风魔的翰林，无处问佳音，向简帖儿上计稟③。得了个纸条儿恁般绵里针④，若见玉天仙怎生软厮禁？俺那小姐忘恩，赤紧的偻人负心。

书上如何说？你读与我听咱。（末念云）"休将闲事苦萦怀⑤，取次摧残天赋⑥才。不意当时完妾命，岂防今日作君灾？仰图厚德⑦难从礼，谨奉新诗可当媒。寄与高唐休咏赋，今宵端的雨云来。"此韵非前日之比，小姐必来。（红云）他来呵，怎生？

【秃厮儿】身卧著一条布衾⑧，头枕著三尺瑶琴，他来时怎生和你一处寝？冻得来战兢兢，说甚知音⑨？

【圣药王】果若你有心，他有心，昨日秋千院宇夜深沉；花有

---

① 撒沁：耍性子、撒泼的意思。
② 稳情：确定的意思。
③ 计稟：商量商议并告诉的意思。
④ 绵里针：藏在棉花里的针，比喻不易察觉的阴谋。
⑤ 萦怀：心里非常挂念的意思。
⑥ 天赋：天生的。
⑦ 厚德：深厚的恩德。
⑧ 布衾：布做的被子。
⑨ 知音：知己。

阴，月有阴，"春宵一刻抵千金"，何须"诗对会家吟"？

（末云）小生有花银十两，有铺盖赁与小生一付。（红唱）

【东原乐】俺那鸳鸯枕，翡翠衾，便遂杀了人心，如何肯赁？至如你不脱解和衣①儿更怕甚？不强如手执定指尖儿恁？倘或成亲，到大来福荫②。

（末云）小生为小姐如此容色，莫不小姐为小生也减动丰韵③么？

（红唱）

【绵搭絮】他眉弯远山不翠，眼横秋水无光，体若凝酥④，腰如弱柳⑤，俊的是庞儿俏的是心，体态温柔性格儿沉。虽不会法灸神针，更胜似救苦难观世音。

（末云）今夜成了事，小生不敢有忘。（红唱）

【幺篇】你口儿里漫沉吟，梦儿里苦追寻。往事已沉，只言目今，今夜相逢管教恁。不图你甚白璧黄金，则要你满头花，拖地锦⑥。

（末云）怕夫人拘系⑦，不能勾出来。（红云）则怕小姐不肯。果有意呵。

【煞尾】虽然是老夫人晓夜将门禁，好共歹须教你称心⑧。

---

① 和衣：穿着衣服的意思。
② 福荫：庇护的意思。
③ 丰韵：美好的风度、姿态。
④ 凝酥：已经凝固的酥油，形容女性的皮肤白皙细腻，肤若凝脂。
⑤ 弱柳：柳条非常柔软，故有弱柳的称号。
⑥ 拖地锦：古代女孩子结婚时候披在身上的红布。
⑦ 拘系：拘束，管束。
⑧ 称心：顺心。

（末云）休似昨夜不肯。（红云）你挣揣①咱。
来时节肯不肯尽由他，见时节亲不亲在于恁。（并下）

【络丝娘煞尾】因今宵传言送语，看明日携云握雨。

　　题目　老夫人命医士　崔莺莺寄情诗
　　正名　小红娘问汤药　张君瑞害相思

西厢记五剧第三本终

精彩解说

　　老夫人听说张生害了大病，就让人请了医生给张生看病，这会儿想知道这人得了什么病，用了什么药。红娘这边见老夫人给张生找医生，心里想着自己昨天晚上给张生一顿呵斥，估计病得更重了。莺莺知道张生因为昨夜的事病得更厉害了，就托红娘再给张生送个信。一开始红娘不答应，但禁不住莺莺的哀求，最后说自己是替老夫人看张生，顺带给莺莺送信。等红娘带着信走了，莺莺回到自己房间等消息。

　　张生因为昨夜在莺莺那里吃了"大亏"，一时想不通，认为自己这病药是治不好的，只有莺莺才能治好。红娘带着莺莺的信来看张生，心里想昨夜不应该那么说张生，害得张生现在大病一场。红娘也觉得莺莺太善变，昨夜临时变卦，现在又来求自己。在红娘看来，两个人现在闹成这样，都是老夫人一手造成的。

　　红娘来到张生住处询问张生病情。张生还在为昨夜的事情生气，说自己要是死了，红娘脱不了干系。红娘怼张生就是个害了相思病的傻子。张生说自己是痴心汉，暗喻莺莺辜负了自己。红娘干脆拿出莺莺写给张生的信，张生没想到莺莺会给自己写信，顿时激动万分。当

---

① 挣揣：用力获取。

张生看了莺莺写的信才明白，莺莺对自己的情义一点都没有变，还约他再次见面。

红娘知道药方的含义后，讽刺张生太穷了，一床薄被子，连个枕头都没有，晚上约会不得冻死人呀。张生要拿银子租一副被子和枕头，结果又被红娘责骂了一通。张生不得不求红娘成全自己，想办法让自己和莺莺见一面。红娘说昨夜那是小姐自己不愿意，怪不得别人。她又表示自己会想办法成全两个人的，随后回去给莺莺传信去了。

智慧解析

上一折中张生被莺莺斥责，回来后病情加重。这一折开场就是老夫人要差人去看望他，与上一场的衔接非常紧凑，既让观众明白前面发生的事情，又为下文故事做了很好的铺垫。

老夫人要红娘过去问问张生的情况，事情自然而然关联到莺莺。紧接着就是莺莺拿着自己写的信上场，但口中却说是为张生治病的药方，让红娘一并拿过去，由此拉开了这一折的剧情冲突：红娘不识字，莺莺骗她说是药方，红娘以为小姐又开始玩"乖性儿"。【斗鹌鹑】的唱词，几乎都是红娘对莺莺的不满，说她没由来地斥责张生，惹得张生生了一场病。由此可见，红娘对二人感情的重视，也表现出她为人热情的特点，为后文发展埋下伏笔。

张生再次见到红娘，一反之前的殷勤，而是直呼"阎王殿前""做个干连人"，可见张生心中的怨恨极深，与红娘的冲突进一步升级。张生在病和愤怒交加的情况下说话也是断断续续，正如金圣叹曾点评这断续之声突出张生此时可怜又可笑的形象。红娘面对张生的责问，当即反口回击，先说他要追求学问和功名，不能只顾着儿女情长。然后红娘又通过药名来暗示人物，在调侃中安慰张生，一箭双雕，戏剧效果非常明显。

张生在看到莺莺的信后，心情陡转，大喜大惊。红娘因不知信中所写何意，一时也不知张生为何有此变化，所以随口一句："又怎么？却早两遭儿也。"提醒张生不要高兴太早，万一又被拒绝了怎么办。这两个人物在舞台上一个端正、一个诙谐，二者的对话和表现碰撞出惊人的戏剧效果。

红娘越说自家小姐"忘恩负义"，观众对信中内容越感兴趣。王实甫非常善于利用生活中的片段来浓缩故事情节，在容易造成冷场的典雅诗词的吟唱时，观众还饶有兴致地观看。

张生看完信后，确定莺莺一定会再次赴约，红娘一句"他来呵，怎生？"再一次引起新的戏剧冲突，观众的心再次被吊起来了。

红娘通过【秃厮儿】的唱词讽刺张生住的环境差，没办法和莺莺痛快谈心。接着【圣药王】红娘也没饶了张生，表示对莺莺的信产生怀疑，还说如果二人真的是心心相印，昨夜那么好的机会，莺莺怎么忍心放弃呢？这段唱词其实是王实甫设置的张、崔二人爱情的转折点，不仅表达了作者对美好爱情的赞美，也为下文莺莺赴约，二人终于见面的情节做了反向铺垫。

在【绵搭絮】的唱词中，红娘说莺莺的模样非常美丽，但因为思念张生，美丽的眼睛失去了光彩，模样憔悴了很多。通过红娘的唱词，作者为观众呈现出莺莺对爱情的执着和坚贞。接着，红娘夸了自家小姐一番，一方面是安慰张生，另一方面是肯定他们之间的感情。因此，张生在最后表示："小生不敢有忘！"

红娘在王实甫的笔下，是一位幽默风趣又活泼热情的俏姑娘，尤其是【幺篇】中，红娘快人快语，调侃张生的同时，还表达了对二人事情的热忱。红娘成人之美的高尚品德，赢得观众们的阵阵叫好。

张生得知莺莺会赴约后，兴奋之余也保持了理智，担心"怕夫人拘系，不能勾出来"。这句话正好解释了上一折中莺莺"赖简"的缘由，也说明张生对莺莺的做法表示理解。莺莺之所以会"赖简"，无非是忌惮老夫人。这也是王实甫要揭露的现实：老夫人就是封建礼教的代表，二人之间的爱情是对封建礼教最有力的反抗。

　　王实甫的《西厢记》把古代爱情放在了一个至高的位置，为爱情戏剧的审美打开了一片新天地。

西厢记五剧第四本

草桥店梦莺莺杂剧

楔 子

原文

（旦上云）昨夜红娘传简去与张生，约今夕和他相见，等红娘来做个商量。（红上云）姐姐著我传简儿与张生，约他今宵赴约。俺那小姐，我怕又有说谎，送了他性命，不是耍处。我见小姐，看他说甚么。（旦云）红娘，收拾卧房，我睡去。（红云）不争你要睡呵，那里发付①那生？（旦云）甚么那生？（红云）姐姐，你又来也，送了人性命，不是耍处！你若又番悔②，我出首与夫人：你著我将简帖儿约下他来。（旦云）这小贱人倒会放刁③。羞人答答的，怎生去！（红云）有甚的羞？到那里则合著眼者！（红催莺云）去来，去来！老夫人睡了也。（旦走科）（红云）俺姐姐语言虽是强，脚步儿早先行也。

【仙吕】【端正好】因姐姐玉精神，花模样，无倒断晓夜思量。著一片志诚心，盖抹了漫天谎。出画阁，向书房；离楚

---

① 发付：打发的意思。
② 番悔：反悔，后悔的意思。
③ 放刁：耍无赖的意思。

岫，赴高唐①；学窃玉，试偷香；巫娥女②，楚襄王。楚襄王敢先在阳台上。（下）

精彩解说

崔莺莺前一天晚上派红娘给张生送去了简帖，约着今天晚上见面。她内心十分忐忑，非常想去，但是又碍于小姐的身份而故作矜持。红娘了解小姐的心思，想着如果小姐再口是心非地拒绝了张生，本来就因相思成疾的张生这下子还不一命呜呼了呀。到了约会的时间，崔莺莺故意吩咐红娘收拾卧房准备睡觉。红娘埋怨崔莺莺又反悔，崔莺莺想去赴约，但又不好意思主动去，红娘让她去，她又觉害羞。在红娘的催促下，崔莺莺下定决心去和张生约会。崔莺莺嘴上说不去，脚步却比红娘还着急。

花容月貌的崔莺莺内心里白天和夜晚都在思念张生，这一次迈出闺房去和张生约会，就好比巫山神女离开了巫山，去了高唐和楚襄王约会一样。她这次赴约的真心把老夫人赖婚的谎话都盖过了。

智慧解析

《西厢记》第四本的名称为"草桥店梦莺莺杂剧"。第四本的楔子比较简短，但能够很好地把上文的"倩红问病"连接到故事脉络里，也为下文"月下佳期"进行了铺垫。简短的楔子把崔莺莺一开始的忐忑和纠结到最后迈出脚步与张生赴约的坚决都展现出来。崔莺莺

---

① 高唐：战国时楚国台观名，在云梦泽。宋玉在《高唐赋》开头讲述了楚襄王在梦中与巫山神女相遇的事情。
② 巫娥女：巫山神女，相传是赤帝的女儿，名叫瑶姬，还没有嫁人就去世了，安葬在湖北云梦泽巫山之阳。楚襄王云游高唐的时候，晚上睡觉梦到了和巫山神女相遇，她自称是巫山之女。

迈出的脚步不仅仅是去赴约，更表现出了她追求爱情的勇气，这正是故事新篇章的一个开始。

　　崔莺莺和张生相约的时间就要到了，她忐忑不安，想要去赴约，但想到需要绕开众人从闺房到张生的住处去，只能等红娘来了再做商量。红娘非常明白小姐崔莺莺的心思，但又担心她口是心非，再害了张生的性命，所以她先听了小姐的话再见机行事。当红娘来到闺房，果不其然崔莺莺说她想要去睡觉了。红娘怎么会让她睡？就问道，她要是睡了，怎么打发那个书生？崔莺莺心里非常明白，嘴里却说：什么书生。红娘明白小姐的心思，可听到她嘴上这么说，她的一腔义愤被激起说道："小姐，你又来了！害了张生的性命，那可不是玩的！要是反悔了，我就告诉老夫人。"崔莺莺听到了红娘的这番话，心里明白红娘和自己是一心的，但对赴约又感到害羞。在红娘的催促下，崔莺莺终于迈开了脚步。

　　崔莺莺是个外冷内热、口是心非的娇羞小姐，她娴雅而矜持。但红娘是一个泼辣又率真的小丫鬟，她了解崔莺莺的性格，知道她的口是心非。崔莺莺嘴上说不去，心里却急着去赴约。她的小心思被红娘看在眼里，红娘用"俺姐姐语言虽是强，脚步儿早先行也"来打趣崔莺莺。崔莺莺去赴约前的忐忑是个漫长的过程，这也说明她身为相府小姐身上的枷锁有多重；终于迈开脚步去赴约，表现出她对张生的一片赤诚之心，也是对爱情的向往，终于"著一片志诚心，盖抹了漫天谎"。崔莺莺和红娘主仆二人趁着夜色避开众人悄悄去赴约，"出画阁，向书房"就好比巫山神女和楚襄王的"离楚岫，赴高唐"。崔莺莺就好比巫山神女，张生就好比楚襄王。

第一折

原文

（末上云）昨夜红娘所遗①之简，约小生今夜成就②。这早晚初更尽也，不见来呵，小姐休说谎咱！人间良夜静复静，天上美人来不来？

【仙吕】【点绛唇】伫立闲阶，夜深香霭③、横金界。潇洒书斋，闷杀读书客。

【混江龙】彩云④何在？月明如水浸楼台。僧居禅室，鸦噪庭槐。风弄竹声、则道似金佩⑤响，月移花影、疑是玉人来。意悬悬业眼，急攘攘情怀，身心一片，无处安排，则索呆答孩倚定门儿待。越越的青鸾⑥信杳，黄犬⑦音乖。

小生一日十二时，无一刻放下小姐。你那里知道呵！

---

① 遗：赠送，给予。
② 成就：这里指的是两人的约会。
③ 香霭：云气，焚香的烟气。
④ 彩云：原本指有色彩的云，此处指崔莺莺。
⑤ 金佩：襟带上饰金的佩物。
⑥ 青鸾：鸟名。传说为青色的凤凰类神鸟。
⑦ 黄犬：指晋陆机的黄耳犬，曾为陆机长途传递书信。

【油葫芦】情思昏昏眼倦开，单枕侧，梦魂飞入楚阳台。早知道无明无夜因他害，想当初不如不遇倾城色。人有过，必自责，勿惮改。我却待"贤贤易色"将心戒，怎禁他兜的上心来。

【天下乐】我则索倚定门儿手托腮，好著我难猜：来也那不来？夫人行料应难离侧。望得人眼欲穿，想得人心越窄，多管是冤家不自在。

偌早晚不来，莫不又是谎么？

【那吒令】他若是肯来，早身离贵宅；他若是到来，便春生敝斋①；他若是不来，似石沉大海。数著他脚步儿行，倚定窗棂儿待。寄语多才：

【鹊踏枝】恁的般恶抢白，并不曾记心怀；拨得个意转心回②，夜去明来。空调眼色经今半载，这其间委实难捱。

小姐这一遭若不来呵——

【寄生草】安排著害，准备著抬。想著这异乡身强把茶汤捱，则为这可憎才熬得心肠耐，办一片志诚心留得形骸在。试（著）那司天台③打算半年愁，端的是太平车④约有十余载。

（红上云）姐姐，我过去，你在这里。（红敲门科）（末问云）是谁？（红云）是你前世的娘。（末云）小姐来么？（红云）你接了衾枕⑤者，小姐入来也。张生，你怎么谢我？（末拜云）小生

---

① 敝斋：谦称，指我家、我的屋子、我的书房。
② 意转心回：改变原来的心意和态度。也作回心转意、心回意转。
③ 司天台：古代官署名，正三品，观测记录天文气象，制定颁发历法，兼掌天文历法知识传授的国家机构。
④ 太平车：古代一种载重的大车，因其滚动平稳而得名。车两侧有挡板，前有多头牲畜牵引。
⑤ 衾枕：指被子和枕头。

一言难尽，寸心相报，惟天可表①！（红云）你放轻者，休谑②了他！（红推旦入云）姐姐，你入去，我在门儿外等你。（末见旦跪云）张珙有何德能，敢劳神仙下降，知他是睡里梦里？

【村里迓鼓】猛见他可憎模样。

小生那里得病来？

早医可九分不快。先前见责③，谁承望今宵欢爱④！著小姐这般用心，不才张珙，合当跪拜。小生无宋玉⑤般容，潘安⑥般貌，子建⑦般才。姐姐，你则是可怜见为人在客。

【元和令】绣鞋儿刚半拆，柳腰儿勾一搦。羞答答不肯把头抬，只将鸳枕捱。云鬟⑧仿佛坠金钗，偏宜⑨鬏髻儿歪。

【上马娇】我将这纽扣儿松，把搂带⑩儿解，兰麝散幽斋。不良会把人禁害，哈，怎不肯回过脸儿来？

【油葫芦】我这里软玉温香⑪抱满怀。呀，阮肇⑫到天台。春至

---

① 惟天可表：只有对上天才可以表白自己的心情。表示在别人不信任的情况下无可奈何的慨叹。

② 谑（xià）：通"吓"。使害怕，欺骗的意思。

③ 见责：受到指责。

④ 欢爱：欢悦喜爱。

⑤ 宋玉：战国末期楚国文人，辞赋作家，楚国士大夫。相传为古代美男子。

⑥ 潘安：晋人潘岳，字安仁，省称"潘安"，因貌美，成为美男子的代称。

⑦ 子建：曹植，字子建，曹操与武宣卞皇后所生第三子。三国时期著名文学家，建安文学的代表人物。

⑧ 云鬟：高耸的环形发髻。

⑨ 偏宜：最宜，特别合适。

⑩ 搂带：裙带。

⑪ 软玉温香：形容女子的身体。软：柔和；温：温和；玉、香：女子的代称。

⑫ 阮肇：喻指情郎。

人间花弄色，将柳腰款摆，花心轻拆，露滴牡丹开。

【幺篇】但蘸着些儿麻上来，鱼水得和谐，嫩蕊娇香蝶恣采。半推半就，又惊又爱，檀口①搵香腮。

（末跪云）谢小姐不弃，张珙今夕得就枕席，异日犬马之报。

（旦云）妾千金之躯，一旦弃之。此身皆托于足下②，勿以他日见弃，使妾有白头之叹。（末云）小生焉敢如此？（末看手帕科）

【后庭花】春罗元莹白，早见红香点嫩色。

（旦云）羞人答答的，看什么。（末唱）

灯下偷睛觑，胸前着肉揣。畅奇哉！浑身通泰③不知春从何处来。无能的张秀才，孤身西洛客，自从逢稔色④，思量得不下怀。忧愁因间隔，相思无摆划。谢芳卿不见责。

【柳叶儿】我将你做心肝儿般看待，点污了小姐清白。忘餐废寝舒心害，若不是真心耐，志诚捱，怎能勾这相思苦尽甘来？

【青哥儿】成就了今宵欢爱，魂飞在九霄云外。投至得见你多情小奶奶，憔悴形骸，瘦似麻秸。今夜和谐，犹自疑猜。露滴香埃，风静闲阶，月射书斋，云锁阳台。审问明白，只疑是昨夜梦中来，愁无奈。

（旦云）我回去也，怕夫人觉来寻我。（末云）我送小姐出来。

【寄生草】多丰韵，忒稔色。乍时相见教人害，霎时不见教人怪，些时得见教人爱。今宵同会碧纱厨，何时重解香罗带？

（红云）来拜你娘！张生，你喜也！姐姐，咱家去来。（末唱）

---

① 檀口：红艳的嘴唇。
② 足下：对同辈、朋友的敬称、尊称，译为"您"。
③ 通泰：舒畅、通顺、畅达。
④ 稔色（rěn sè）：美色；美貌。

【赚煞】春意透酥胸，春色横眉黛，贱却人间玉帛。杏脸桃腮，乘着月色，娇滴滴越显得红白。下香阶，懒步苍苔，动人处弓鞋凤头窄。叹鲰生不才，谢多娇错爱。

若小姐不弃小生，此情一心者。

你是必破工夫明夜早些来。（下）

精彩解说

昨夜张生收到红娘送来的简帖后喜出望外，今天夜里张生就要见到崔莺莺了，他在书房里等，在书房外的台阶上等，靠着窗边等，倚在门框上等，都没有等到莺莺。他内心十分煎熬和痛苦，一会儿担心崔莺莺是不是被老夫人发现了，一会儿又怀疑崔莺莺到底是不是真的要来。庭院里的景色张生无心欣赏，回到书房里，看四下凄凉，内心更加惆怅。张生无时无刻不在思念崔莺莺，他说着气话，早知道这样日日想念，夜夜思念，还不如当初没遇到莺莺。他好想把莺莺从心里放下，但总是情不自禁地想起她。这次小姐要是真的不来，张生恐怕就会一病不起，要了命了。

红娘来敲张生的门，听闻是莺莺来了，张生激动万分。张生谢过红娘后，红娘把害羞的莺莺推进了门。张生见到莺莺后跪下，感激莺莺能来看他。见到莺莺，张生的病一下子全好了，对莺莺说他没有宋玉的容颜，没有潘安的美貌，没有曹植的才华，莺莺却能到他身边。崔莺莺貌美如花，身姿如杨柳一般。张生感谢莺莺能把自己托付与他，并下定决心要对莺莺好。崔莺莺与红娘离开时，张生嘱咐莺莺明晚早些过来。

智慧解析

第四本第一折又被称为"佳期"，这一折主要由末角张生主唱，表达张生与崔莺莺约会的心境。张生对崔莺莺是一见钟情,之后便再也忘不了崔莺莺,内心里无比期盼和煎熬,他日思夜想寝食难安。张生对崔莺莺有情,崔莺莺对张生也有倾慕,但她碍于礼教和身份难以表达自己的情怀,经过几次思量和考虑,还是放不下张生。在崔莺莺还没有来到时,张生内心充满期待又惴惴不安,他焦灼地等待着崔莺莺的到来,"人间良夜静复静,天上美人来不来"。他等待的时候度日如年。张生不断翘首盼望崔莺莺的到来,辗转反侧,左顾右盼。"伫立闲阶,夜深香霭、横金界。潇洒书斋,闷杀读书客。"这一曲很容易让人想象到张生在等待崔莺莺时的心情与祈望,焦虑与担忧。用"伫立"两个字便说明他已站立了许久。

文中引用了许多名家名句,例如,"月明如水浸楼台,彩云何在?"就是引用了晏几道《临江仙》的"当时明月在,曾照彩云归",用彩云比喻崔莺莺;"月移花影,疑是玉人来"则引用了秦观《满庭芳》的"风摇翠竹,疑是故人来"。作者用古人的境界来比喻张生的境界,又把景物和感情结合,体现了一定的妙处。"意悬悬业眼,急攘攘情怀,身心一片,无处安排,则索呆答孩倚定门儿待"这一句把张生等待时候焦灼的心情以及张生的赤诚和痴憨描写得十分到位。

"一日十二时,无一刻放下小姐",张生对崔莺莺的思念已经贯穿了他的生活,他也想过"贤贤易色将心戒",但崔莺莺已经深入到了他的灵魂里,又怎么能轻易忘记。白居易的诗《李夫人》中提到:"生亦惑,死亦惑,尤物惑人忘不得。人非木石皆有情,不如不遇倾城色。"此时此刻的张生靠着门托着腮,在等待莺莺到来的时候,内心又不免产生疑惑。莺莺到底什么时候来?莺莺到底能不能来?想着老夫人可能会约束莺莺,又或者莺莺自己不愿意来了?他内心里一边责备莺莺,一边又很快原谅她。然而,一旦心里有了疑惑,这疑惑就好比春天的草一样疯长起来，表现的句子有"偌早晚不来，莫不又是谎么？""他若是肯来，早身离贵宅；他若是到来，便春生敝斋；他若是不来，似石沉大海"，这些句子透露出张生内心不断的猜测和煎熬。"恁的般恶抢白，并不曾记心怀；拨得个意转心回，夜去明来。"莺莺这一遭若再不来，恐只能"安排著害，准备著抬"，这里写出了张生内心的相思和不安，莺莺如果没有来，他恐怕要死去了。这里是很容易让人产生共情的。

张生正在胡思乱想的时候，忽然听到了莺莺到来的消息，他喜出望外，看到崔莺莺后更是下跪说道："张珙有何德能，敢劳神仙下降"，"著小姐这般用心，不才张珙，合当跪拜。"这一拜其中有对小姐崔莺莺冒险与他约见的感激，有对她日思夜想的爱慕，有对她的一片赤诚之心。

第二折

原文

（夫人引俫上云）这几日窃见莺莺语言恍惚，神思加倍，腰肢体态，比向日不同。莫不做下来了么？（俫云）前日晚夕，奶奶睡了，我见姐姐和红娘烧香，半晌不回来，我家去睡了。（夫人云）这桩事都在红娘身上。唤红娘来！（俫唤红科）（红云）哥哥唤我怎么？（俫云）奶奶知道你和姐姐去花园里去，如今要打你哩！（红云）呀，小姐，你带累我也！小哥哥，你先去，我便来也。（红唤旦科）（红云）姐姐，事发了也。老夫人唤我哩，却怎了？（旦云）好姐姐，遮盖咱！（红云）娘呵，你做的稳秀者——我道你做下来也！（旦念）月圆便有阴云蔽，花发须教急雨催。①（红唱）

【越调】【斗鹌鹑】则著你夜去明来，倒有个天长地久；不争你握雨携云②，常使我提心在口。则合带月披星，谁著你停眠整宿？老夫人心数多，情性歹，使不著我巧语花言，将没做有。

---

① "月圆"句：此句是崔莺莺感叹美好的事物总是会遇到挫折。
② 握雨携云：指男女欢爱。

【紫花儿序】老夫人猜那穷酸做了新婿,小姐做了娇妻,"这小贱人做了牵头"。俺小姐这些时春山低翠,秋水凝眸。别样的都休,试把你裙带儿拴,纽门儿扣,比著你旧时肥瘦,出落得精神,别样的风流。

（旦云）红娘,你到那里,小心回话者。（红云）我到夫人处,必问:"这小贱人!"

【金蕉叶】我著你但去处行监坐守,谁著你迤逗的胡行乱走?"若问著此一节呵如何诉休?你便索与他个知情的犯由。

姐姐,你受责理当,我图什么来?

【调笑令】你绣帏里效绸缪,倒凤颠鸾百事有。我在窗儿外几曾轻咳嗽,立苍苔将绣鞋儿冰透。今日个嫩皮肤倒将粗棍抽,姐姐呵,俺这通殷勤的著甚来由?

姐姐在这里等著,我过去。说过呵,休欢喜;说不过,休烦恼。（红见夫人科）（夫人云）小贱人,为什么不跪下!你知罪么?（红跪云）红娘不知罪。（夫人云）你故自口强哩。若实说呵,饶你;若不实说呵,我直打死你这个贱人!谁著你和小姐花园里去来?（红云）不曾去,谁见来?（夫人云）欢郎见你去来,尚故自推哩!（打科）（红云）夫人,休闪了手。且息怒停嗔,听红娘说。

【鬼三台】夜坐时停了针绣,共姐姐闲穷究,说张生哥哥病久。咱两个背著夫人向书房问候。

（夫人云）问候呵,他说什么?（红云）他说来,道"老夫人事已休,将恩变为仇,著小生半途喜变做忧"。他道:"红娘你且先行,教小姐权时落后。"

（夫人云）他是个女孩儿家，著他落后怎么？（红唱）

【秃厮儿】我则道神针法灸，谁承望燕侣莺俦。他两个经今月余则是一处宿，何须你一一问缘由？

【圣药王】他每不识忧，不识愁，一双心意两相投。夫人得好休，便好休，这其间何必苦追求？常言道"女大不中留"。

（夫人云）这端事，都是你个贱人！（红云）非是张生、小姐、红娘之罪，乃夫人之过也。（夫人云）这贱人倒指下我来，怎么是我之过？（红云）信者，人之根本，"人而无信，不知其可也。大车无𬨎①，小车无軏②，其何以行之哉"？当日军围普救，夫人所许退军者，以女妻之。张生非慕小姐颜色，岂肯建区区退军之策？兵退身安，夫人悔却前言，岂得不为失信乎？既然不肯成其事，只合酬之以金帛，令张生舍此而去。却不当留请张生于书院，使怨女旷夫，各相早晚窥视，所以夫人有此一端。目下老夫人若不息其事：一来辱没相国家谱；二来张生日后名重天下，施恩于人，忍令反受其辱哉！使至官司，夫人亦得治家不严之罪。官司若推其详，亦知老夫人背义而忘恩，岂得为贤哉？红娘不敢自专③，乞望夫人台鉴④：莫若恕其小过，成就大事，搁之以去其污，岂不为长便乎？

【麻郎儿】秀才是**文章魁首**，姐姐是**仕女班头**；一个通彻⑤三教

---

① 𬨎（ní）：古代大车车辕前端与车衡相衔接的部分。
② 軏（yuè）：古代车辕与横木相连接的销钉。
③ 自专：自作主张，独断专行。
④ 台鉴：请对方审察、裁夺的敬辞。
⑤ 通彻：通晓；贯通；完全理解。

九流[1]，一个晓尽描鸾刺绣。

【幺篇】世有、便休、罢手，大恩人怎做敌头？起白马将军故友，斩飞虎叛贼草寇。

【络丝娘】不争和张解元参辰卯酉，便是与崔相国出乖弄丑。到底干连著自己骨肉，夫人索穷究。

（夫人云）这小贱人也道得是。我不合养了这个不肖之女。待经官呵，玷辱家门。罢，罢！俺家无犯法之男、再婚之女，与了这厮罢！红娘，唤那贱人来！（红见旦云）且喜姐姐，那棍子则是滴溜溜在我身上，吃我直说过了。我也怕不得许多。夫人如今唤你来，待成合亲事。（旦去）羞人答答的，怎么见夫人？（红云）娘跟前有什么羞！

【小桃红】当日个月明才上柳梢头，却早人约黄昏后。羞得我脑背后将牙儿衬著衫儿袖。猛凝眸，看时节则见鞋底尖儿瘦。一个恣情[2]的不休，一个哑声儿厮耨[3]。呸！那其间可怎生不害半星儿羞？

（旦见夫人科）（夫人云）莺莺，我怎生抬举[4]你来，今日做这等的勾当！则是我的孽障，待怨谁的是！我待经官来，辱没了你父亲，这等事，不是俺相国人家的勾当。罢罢罢，谁似俺养女的不长进！红娘，书房里唤将那禽兽来！（红唤末科）（末云）小娘子唤小生做什么？（红云）你的事发了也。如今夫人唤你来，将小姐配与你哩。小姐先招了也，你过去。（末云）小生惶恐，如

---

① 三教九流：旧指宗教或学术上的各种流派。也指社会上各行各业的人。

② 恣情：纵情。

③ 厮耨（sī nòu）：谓亲昵；相爱。

④ 抬举：扶养，培养。

何见老夫人？当初谁在老夫人行说来？（红云）休伴小心，过去便了。

【幺篇】既然泄漏怎干休，是我相投首。俺家里陪酒陪茶到捆就，你休愁，何须约定通媒媾？我弃了部署不收，你元来"苗而不秀"。呸！你是个银样镴枪头。

（末见夫人科）（夫人云）好秀才呵！岂不闻"非先王之德行不敢行"？我待送你去官司里去来，恐辱没了俺家谱。我如今将莺莺与你为妻，则是俺三辈儿不招白衣女婿，你明日便上朝取应去，我与你养着媳妇。得官呵，来见我；驳落呵，休来见我。（红云）张生早则①喜也。

【东原乐】相思事，一笔勾，早则展放从前眉儿皱，美爱幽欢恰动头。既能勾，张生，你觑兀的般司喜娘庞儿也要人消受。

（夫人云）明日收拾行装，安排果酒，请长老一同送张生，到十里长亭去。（旦念）寄语西河堤畔柳，安排青眼送行人。（同夫人下）（红唱）

【收尾】来时节画堂箫鼓鸣春昼，列著一对儿鸾交凤友。那其间才受你说媒红，方吃你谢亲酒。（并下）

精彩解说

近几日，老夫人发现莺莺的神态和腰肢体态都和往日不同，她派人把红娘叫过来问个明白。得知老夫人发现后，红娘和崔莺莺商量，崔莺莺要红娘帮她把事情瞒住。红娘说能瞒住就瞒住，瞒不住也只能实话实说了。红娘埋怨莺莺和张生在一起的时候不顾时间，被发现后还得自己去受罪。红娘在还没有见老夫人的时候，先将老夫人可能会

---

① 早则：早该；早已。

说的话进行了演练，好有个心理准备。

到了老夫人处，老夫人非常生气地要红娘认罪。红娘一开始不认罪，当知道有人看到她和小姐一同去花园后，她先是劝老夫人不要生气，原因是她和小姐一同去看望生病的张生，用针灸给张生治病，谁知他俩互相爱慕，已经在一起一个多月了。然后红娘说女大不中留，张生和莺莺是自愿结合，根本不是他人撮合。接着红娘又把过错引到了老夫人身上，说发生这一切都是因为老夫人赖婚。当初张生之所以想办法击退包围普救寺的贼兵，当然是听到老夫人说的谁能退兵就把小姐许配给谁的诺言。谁知事后老夫人又反悔了，既然反悔为什么不多给张生一些钱财让他离开，还让他留在寺里。这一对互相喜欢的男女，早晚相互窥视，在一起那是早晚的事。再者这次如果老夫人拆散了他们，等到张生做了官，想到他当初施恩于人还要被羞辱，一定会告上官府，老夫人最看重的家族荣誉到时候就要毁了。红娘劝老夫人不要因小事坏了大事。现在张生有才，小姐有貌，他们二人郎才女貌结合在一起不是美满的事情吗？红娘把这件事给老夫人分析得明明白白，劝老夫人还是不要追究了。老夫人听着也觉得十分有道理，只能同意了崔莺莺和张生的婚事。

老夫人让红娘先把崔莺莺叫来，莺莺害羞得不敢见老夫人，红娘说见自己的娘有啥害羞的。老夫人斥责了崔莺莺，接着让红娘把张生叫来，红娘告诉张生他和莺莺的事成了。张生不敢见老夫人，红娘说放心去吧！见到老夫人后，老夫人让张生第二日就上京赶考，不做官就不要回来娶莺莺，并嘱咐收拾行李，第二天在十里长亭为他送行。

智慧解析

第四本第二折又称为"拷红",这场戏通过三大段循序渐进地讲演故事。

第一大段,首先是老夫人观察莺莺这几日的状态不同,通过询问身边的人才知道事有蹊跷,猜到了张生和崔莺莺已经私自结合,要拷问红娘。当老夫人派人唤红娘的时候,红娘和崔莺莺之间的对话把两个人的态度表达得十分清楚。崔莺莺急忙说:"好姐姐,遮盖咱!"她是一种遮盖的态度;而红娘说:"你做的稳秀者——我道你做下来也!"她是一种要直说的态度。从这里看出二人不同的性格特点,鲜明生动的人物特点把观众引入故事情节。【金蕉叶】"'我着你但去处行监坐守,谁着你迤逗得胡行乱走?'若问著此一节呵如何诉休?你便索与他个知情的犯由。"这一段是红娘想象老夫人会怎么拷问自己,把老夫人要拷问自己的问题先行演练,为在老夫人面前辩解时做下铺垫。【调笑令】这一曲是红娘在面对拷问前做了充分的思想准备,红娘唱的这只曲子把莺莺和红娘的处境也做了深入的表达,莺莺犯了错,却要红娘去受过,这也反映出封建社会中的主仆关系。

第二大段,写的是红娘和老夫人正面冲突。【鬼三台】一曲由红娘用认罪的口气唱了出来,接着是摆事实和讲道理,先做出认罪的姿态,继而后发制人。红娘用张生的口气唱道:"老夫人事已休,将恩变为仇,著小生半途喜变做忧。红娘你且先行,教小姐权时落后。"红娘用张生的语气说出是老夫人恩将仇报在先,本来说好的事情却又反悔,是老夫人有错在先。这是红娘给老夫人摆的第一个事实:张生和莺莺的私自结合,与老夫人赖婚有关,与红娘没有关系。【秃厮儿】与【圣药王】这两段曲子中,红娘的意思是:我陪着小姐去看张生,想着是让张生做针灸和服药,没想到他们两个人私自成亲住在一起一个多月了。这是红娘摆的第二个事实:他们两人的结合完全是你情我愿的,不是红娘撮合的。

在【鬼三台】【秃厮儿】【圣药王】这三支曲子里,机智的红娘把老夫人一开始的问责一步步引到了张生和莺莺的事情上,红娘把自己从被动的处境里逐步解脱出来,还指出老夫人不守诺言。另外,张生与莺莺已经住到一起一个多月,老夫人还不知情,这把一向治家严谨的老夫人引到了尴尬的处境。红娘的处境慢慢变得有利起来。这里是《西厢记》非常精彩的片段。

摆完了事实,红娘开始给老夫人讲道理。老夫人说:"这端事都是你个贱人。"红娘说:"非是张生、小姐、红娘之罪,乃夫人之过也。"红娘把之前发生的一件件事情叙述出来,把张生如何击退孙飞虎以及老夫人答应许配莺莺的事情都讲了出来,提到了老夫人失信,并说如果张扬出去相国家颜面不保。这正是老夫人所顾忌和看重的,击中了老夫人的要害。

第三大段则讲的是拷红的高潮过后发生的两个余波。一是老夫人答应把莺莺许配给张生,让红娘去唤莺莺过来。莺莺说:"羞人答答的,怎么见夫人。"莺莺羞愧得不敢见夫人,红娘嘲笑她:"娘跟前有什么羞?"二是老夫人又让红娘去叫张生。张生说:"小生惶恐,如何见老夫人?"红娘嘲笑他是"银样镴枪头"。莺莺一直推脱,张生一直心怯,红娘言辞泼辣善意嘲弄,强化了戏剧效果。红娘的形象也被塑造得鲜活高尚。

老夫人在见到莺莺后说:"莺莺,我怎生抬举你来?今日做这等的勾当!则是我的孽障,……罢罢罢!谁似俺养女的不长进!红娘,书房里唤将那禽兽来！"老夫人此时心里一边埋怨女儿，一边又怨自己，嘴上还怒骂着张生，但还不得不把女儿嫁给张生。老夫人的内心矛盾重重又不得不如此，这里把现实主义体现得淋漓尽致。

老夫人让张生第二天就上京赶考，让他"得官呵，来见我；驳落呵，休来见我"，跟开头红娘说的"说过呵，休欢喜；说不过，休烦恼"作了呼应。最后，红娘唱起了胜利的凯歌："来时节画堂箫鼓鸣春昼，列着一对儿鸾交凤友。那其间才受你说媒红，方吃你谢亲酒。"这也与《西厢记》全本的大结局进行了呼应。

第三折

（夫人、长老上云）今日送张生赴京,十里长亭安排下筵席①。我和长老先行,不见张生、小姐来到。(旦、末、红同上)(旦云)今日送张生上朝取应,早是离人伤感,况值那暮秋天气,好烦恼人也呵!悲欢聚散一杯酒,南北东西万里程。

【正宫】【端正好】碧云天,黄花②地,西风紧,北雁南飞。晓来谁染霜林醉?总是离人泪。③

【滚绣球】恨相见得迟,怨归去得疾。柳丝长玉骢④难系。恨不倩疏林挂住斜晖。马儿迍迍⑤的行,车儿快快的随。却告了相思回避,破题儿又早别离。听得一声"去也",松了金钏;遥望见十里长亭,减了玉肌。此恨谁知!

---

① 筵席:古人席地而坐,筵铺在下面,席加在上面,筵和席都是宴饮时铺在地上的坐具。
② 黄花:指菊花。
③ "晓来"二句:经霜的叶子为什么像喝醉了酒的人的脸一样红?原来是离别人的眼泪染红的。
④ 玉骢(cōng):毛色青白相杂的马,后泛指骏马。
⑤ 迍迍(zhūn zhūn):行动迟缓貌。

（红云）姐姐，今日怎么不打扮？（旦云）你那知我的心理呵！

【叨叨令】见安排著车儿、马儿，不由人熬熬煎煎①的气；有什么心情花儿、靥儿②，打扮的娇娇滴滴的媚；准备著被儿、枕儿，则索昏昏沉沉的睡；从今后衫儿、袖儿，都揾做重重叠叠的泪。兀的不闷杀人也么哥，兀的不闷杀人也么哥！久已后书儿、信儿，索与我恓恓惶惶③的寄。

（做到）（见夫人科）（夫人云）张生和长老坐，小姐这壁坐，红娘将酒来。张生，你向前来，是自家亲眷，不要回避。俺今日将莺莺与你，到京师休辱末了俺孩儿，挣揣一个状元回来者。（末云）小生托夫人余荫，凭著胸中之才，视官如拾芥耳。（洁云）夫人主见不差，张生不是落后的人。（把酒了，坐）（旦长吁科）

【脱布衫】下西风黄叶纷飞，染寒烟衰草萋迷。酒席上斜签④著坐的，蹙愁眉死临侵地⑤。

【小梁州】我见他阁⑥泪汪汪不敢垂，恐怕人知；猛然见了把头低，长吁气，推整⑦素罗衣。

【幺篇】虽然久后成佳配，奈时间⑧怎不悲啼。意似痴，心如醉，昨宵今日，清减了小腰围。

---

① 熬熬煎煎：形容悲伤、难过。
② 靥儿：古代妇女的面饰。
③ 恓恓惶惶：指忙碌不安貌。
④ 斜签：侧斜。
⑤ 死临侵地：发呆的样子。
⑥ 阁：同搁，噙着。
⑦ 推整：假装整理。
⑧ 奈时间：无奈眼前这个时候。

（夫人云）小姐把盏[1]者。（红递酒，旦把盏长吁科，云）请吃酒。

【上小楼】合欢未已[2]，离愁相继。想著俺前暮私情，昨夜成亲，今日别离。我谂知[3]这几日相思滋味，却原来比别离情更增十倍。

【幺篇】年少呵轻远别，情薄呵易弃掷[4]。全不想腿儿相挨，脸儿相偎，手儿相携。你与俺崔相国做女婿，妻荣夫贵，但得一个并头莲[5]，煞强如[6]状元及第。

（夫人云）红娘把盏者。（红把酒科）（旦唱）

【满庭芳】供食太急，须臾[7]对面，顷刻别离。若不是酒席间子母每当回避，有心待与他举案齐眉[8]。虽然是厮守[9]得一时半刻，也合著[10]俺夫妻每共桌而食。眼底空留意，寻思起就里[11]，险化做"望夫石"。

（红云）姐姐不曾吃早饭，饮一口儿汤水。（旦云）红娘，什么汤水咽得下。

---

① 把盏：端着酒杯。多用于斟酒敬客。

② 未已：没有结束。

③ 谂（shěn）知：深知，知悉，知道。

④ 弃掷：遗弃。

⑤ 并头莲：又叫并蒂莲。比喻恩爱的夫妻。

⑥ 煞强如：远胜过。

⑦ 须臾：片刻，短时间。

⑧ 举案齐眉：送饭时把托盘举得跟眉毛一样高。后形容夫妻互相尊敬。

⑨ 厮守：相守，相聚。

⑩ 也合著：也算是。

⑪ 就里：内里的实际情况。

【快活三】将来的酒共食①，尝着似土和泥；假若便是土和泥，也有些土气息，泥滋味。

【朝天子】暖溶溶玉醅②，白泠泠③似水，多半是相思泪。眼面前茶饭怕不待④要吃，恨塞满愁肠胃。蜗角虚名，蝇头微利，拆鸳鸯在两下里⑤。一个这壁，一个那壁，一递一声⑥长吁气。

（夫人云）辆起车儿，俺先回去，小姐随后和红娘来。（下）

（末辞洁科）（洁云）此一行别无话儿，贫僧准备买登科录看，做亲的茶饭，少不得贫僧的。先生在意，鞍马上保重者。从今经忏无心礼，专听春雷第一声。（下）（旦唱）

【四边静】霎时间杯盘狼藉，车儿投东，马儿向西。两意徘徊，落日山横翠。知他今宵宿在那里？有梦也难寻觅。

张生，此一行得官不得官，疾便回来。（末云）小生这一去，白夺一个状元。正是：青霄有路终须到，金榜无名誓不归。（旦云）君行别无所赠，口占一绝⑦，为君送行：弃掷今何在，当时且自亲。还将旧来意，怜取眼前人。（末云）小姐之意差矣，张珙更敢怜谁？谨赓⑧一绝，以剖寸心：人生长远别，孰与⑨最关亲⑩？不遇知音者，谁怜长叹人？（旦唱）

---

① 酒共食：酒和食物。

② 玉醅（pēi）：美酒。

③ 泠泠：清凉。

④ 怕不待：岂不、难道不、难道不想。

⑤ 两下里：两处，两头。

⑥ 一递一声：你一声我一声。指彼此你一言我一语地交替谈话，互相应答。

⑦ 口占一绝：随口做得一首绝句诗。

⑧ 赓：续。

⑨ 孰与：与孰，与谁。

⑩ 关亲：相亲。

【耍孩儿】淋漓襟袖啼红泪①,比司马青衫更湿。伯劳东去燕西飞,未登程先问归期。虽然眼底人千里,且尽生前酒一杯。未饮心先醉,眼中流血,心里成灰。

【五煞】到京师服水土,趁程途②节饮食,顺时自保揣身体③。荒村雨露宜眠早,野店风霜要起迟。鞍马秋风里,最难调护,最要扶持④。

【四煞】这忧愁诉与谁?相思只自知,老天不管人憔悴。泪添九曲黄河⑤溢,恨压三峰华岳⑥低。到晚来闷把西楼倚,见了些夕阳古道,衰柳长堤。

【三煞】笑吟吟一处来,哭啼啼独自归。归家若到罗帏里,昨宵个绣衾香暖留春住,今夜个翠被生寒有梦知。留恋你别无意,见据鞍上马,阁不住泪眼愁眉。

(末云)有甚言语,嘱咐小生咱?(旦唱)

【二煞】你休忧文齐福不齐,我则怕你停妻再娶妻。休要一春鱼雁无消息,我这里青鸾有信频须寄,你却休金榜无名誓不归。此一节君须记:若见了那异乡花草⑦,再休似此处栖迟⑧。

(末云)再谁似小姐,小生又生此念?(旦唱)

【一煞】青山隔送行,疏林不做美,淡烟暮霭相遮蔽。夕阳古

---

① 红泪:指女子的眼泪。
② 趁程途:在旅途中。
③ 顺时自保揣身体:顺应时令的变化,保重自己的身体。
④ 扶持:当心。
⑤ 九曲黄河:指黄河有九道弯。
⑥ 三峰华岳:指华山的三座峰,即中峰莲花峰、东峰仙人峰、南峰落雁峰。
⑦ 异乡花草:借指异乡女子。
⑧ 栖迟:留恋。

道无人语，禾黍秋风听马嘶。我为甚么懒上车儿内？来时甚急，去后何迟？

（红云）夫人去好一会，姐姐，咱家去！（旦唱）

【收尾】四围山色中，一鞭残照里。遍人间烦恼填胸臆，量这些大小车儿如何载得起？

（旦、红下）（末云）仆童，赶早行一程儿，早寻个宿处。泪随流水急，愁逐野云飞。（下）

精彩解说

老夫人和普救寺的长老在十里长亭设下筵席，送张生赴京赶考。崔莺莺心里万般不舍，暮秋的时节更给离别带来了凄凉和伤感。崔莺莺恨与张生相见太迟，离别太快，刚结束了相思，又开始痛苦的离别。不到半日，崔莺莺已消瘦了很多。她无心梳妆打扮，心里满是离别的愁苦。老夫人嘱咐张生此次赶考一定要考个状元回来。长老也说张生是一个有才的人。此时的崔莺莺长吁短叹，张生痴呆呆地皱着眉头。二人都不得不面对离别的愁苦，虽然以后两个人会成佳偶，但此刻的离别令人愁苦。从昨晚到今天，张生人也都瘦了一圈。在崔莺莺的心里，比张生考上状元还重要的是他能回来和自己在一起。在送别宴上，崔莺莺吃不下饭，拿来的酒和食物，她尝起来就如同泥土的味道，她埋怨母亲非要张生考取功名，害夫妻二人分别。张生和莺莺一个这边，一个那边，一声声地叹息着。

老夫人先回去后，莺莺对张生说，不管此次考中考不中，一定要快快地回来。张生承诺莺莺他一定会考个状元回来。莺莺担心张生离开后抛弃自己，她内心既有离别的伤痛，又害怕张生遇到新欢。张生安慰莺莺没有人比她更重要了。随后，在红娘的催促下，莺莺回去了。张生和童仆出发，准备趁早赶一段路，提早准备住宿。

> **智慧解析**

长亭送别一折的艺术魅力主要来源于对莺莺心灵的深刻探索和真实描摹：她既有对前暮私情的百般依恋，又有即将离别的无限悲戚；既有对母亲逼张生求取功名的深深怨恨，也有对当时司空见惯的身荣弃妻的不尽忧虑！可谓字字情重，声声忧伤！

【正宫】【端正好】"碧云天，黄花地，西风紧，北雁南飞。晓来谁染霜林醉？总是离人泪。"这支曲子一句一景，作者运用了对偶、排比等修辞手法写出了萧瑟的秋景和人物的悲凉心境，痛苦而压抑，委婉而深沉，语言精美绝伦。难怪明朝朱权说："王实甫之词，如花间美人。"【滚绣球】这一曲正面描写了崔莺莺对张生难舍难分的复杂内心世界。【叨叨令】这一曲，运用叠词、衬字、排比、反复、夸张等手法和口语，声情并茂地叙述张生动身赴京赶考之前，崔莺莺无心梳妆打扮的原因所在。崔莺莺想象着张生离开后自己要面临的孤凄情景，缠绵哀婉，真正是离愁惨重，难舍难分！

【正宫】【端正好】【滚绣球】和【叨叨令】这三支曲子是长亭送别的开头，写莺莺在送别途中，对母亲逼迫张生赶考的怨恨，和自己突然面临离别的苦楚！

【脱布衫】【小梁州】【幺篇】这三支曲子通过莺莺的眼睛，侧面写出张生同样的离别之愁。

【上小楼】【幺篇】这两支曲子主写莺莺对夫妻欢合生活的甜蜜回忆，和即将离别的苦涩和哀怨，表现了莺莺轻功名利禄、重夫妻情义的思想感情。【满庭芳】【快活三】【朝天子】这三支曲子表现出崔莺莺和张生即便是举案齐眉，到底也意难平。因为离别的愁苦，酒席上的崔莺莺吃饭就好比吃土，食不甘味，难以下咽！这是长亭送别的第二段，极写莺莺对爱的依恋和缠绵徘徊，状离愁之惨重！

【四边静】【耍孩儿】写崔莺莺内心的凄楚悲怆。【五煞】这一曲体现了崔莺莺对张生的体贴入微,温柔贤惠,缠绵悱恻。【四煞】写崔莺莺想象别后的空虚无聊,唯一的寄托是西楼望月几时回?【三煞】此曲写崔莺莺想象别后凄凉,眼角眉梢都是怨!【二煞】【一煞】写崔莺莺满怀凄楚,怅然痴立,极目远送,欲见不能,又不忍离去!真正的离愁渐远渐无穷!这是长亭送别的第三段,写席间叮咛,写崔莺莺的温柔贤惠、体贴入微、缠绵情深和对张生去后是否将其抛弃的担忧!

最后为长亭送别的第四段,写长亭别后,张生同样陷入无尽的相思之苦和离别之痛中。

第四折

原文

（末引仆骑马上开）离了蒲东早三十里也，兀的前面是草桥，店里宿一宵，明日赶早行。这马百般儿不肯走。行色一鞭催去马，羁愁万斛引新诗。

【双调】【新水令】望蒲东萧寺暮云遮，惨离情半林黄叶。马迟人意懒，风急雁行斜。离恨重叠，破题儿第一夜。

想著昨日受用①，谁知今日凄凉！

【步步娇】昨夜个翠被香浓薰兰麝，欹②珊枕③把身躯儿趄。脸儿厮揾者，仔细端详，可憎的别。铺云鬓玉梳斜，恰便似半吐初生月。

早至也。店小二哥那里？（小二哥上云）官人，俺这头房里下。（末云）琴童，接了马者。点上灯，我诸般④不要吃，则要睡些儿。（仆云）小人也辛苦，待歇息也。（在床前打铺做睡科）

（末云）今夜甚睡得到我眼里来也！

---

① 受用：身心舒服。
② 欹：通"倚"。斜倚，斜靠，倾斜，歪向一边。
③ 珊枕：以珊瑚制作或装饰的枕头。
④ 诸般：各种；各方面。

【落梅风】旅馆欹单枕，秋蛩①鸣四野，助人愁的是纸窗儿风裂。乍孤眠被儿薄又怯，冷清清几时温热！

（末睡科）（旦上云）长亭畔别了张生，好生放不下。老夫人和梅香都睡了，我私奔出城，赶上和他同去。

【乔木查】走荒郊旷野，把不住心娇怯，喘吁吁难将两气接。急忙赶上者，打草惊蛇。

【搅筝琶】他把我心肠扯，因此不避路途赊。瞒过俺能拘管的夫人，稳住俺厮齐攒②的侍妾。想著他临上马痛伤嗟，哭得我也似痴呆。不是我心邪③，自别离已后，到西日初斜，愁得来陡峻，瘦得来吓嗻④。则离得半个日头，却早又宽掩过翠裙三四褶。谁曾经这般磨灭⑤。

【锦上花】有限姻缘，方才宁贴；无奈功名，使人离缺。害不了的愁怀，却才觉些；掉不下的思量，如今又也。

【幺篇】清霜⑥净碧波⑦，白露下黄叶。下下高高，道路曲折；四野风来，左右乱耷。我这里奔驰，他何处困歇？

【清江引】呆答孩店房儿里没话说，闷对如年夜。暮雨催寒蛩，晓风吹残月，今宵酒醒何处也？

（旦云）在这个店儿里，不免敲门。（末云）谁敲门哩？
是一个女人的声音，我且开门看咱。这早晚是谁？

---

① 秋蛩（qiū qióng）：蟋蟀。
② 齐攒（qí zǎn）：搅扰。
③ 心邪：心迷；心醉。
④ 吓嗻（chē zhē）：犹言厉害。
⑤ 磨灭：折磨。
⑥ 清霜：寒霜；白霜。
⑦ 碧波：指清澄绿色的水波。

【庆宣和】是人呵急忙快分说①，是鬼呵合速灭。

（旦云）是我。老夫人睡了，想你去了呵，几时再得见，特来和你同去。（末唱）

听说罢将香罗袖儿拽，却原来是姐姐、姐姐。

难得小姐的心勤！

【乔牌儿】你是为人须为彻，将衣袂不藉。绣鞋儿被露水泥沾惹，脚心儿管踏破也。

（旦云）我为足下呵，顾不得迢递②。（旦唧唧了）

【甜水令】想著你废寝忘餐，香消玉减③，花开花谢，犹自觉争些。便枕冷衾寒④，凤只鸾孤，月圆云遮，寻思来有甚伤嗟？

【折桂令】想人生最苦离别！可怜见千里关山，独自跋涉⑤。似这般割肚牵肠⑥，到不如义断恩绝。虽然是一时间花残月缺，休猜做瓶坠簪折。不恋豪杰，不羡骄奢，生则同衾，死则同穴。

（外、净一行扮卒子上叫云）恰才见一女子渡河，不知那里去了，打起火把者！分明见他走在这店中去也。将出来！将出来！

（末云）却怎了？（旦云）你近后，我自开门对他说。

【水仙子】硬围著普救寺下锹撅⑦，强当住咽喉仗剑钺。贼心肠馋眼脑天生得劣。

（卒子云）你是谁家女子，黉夜渡河？（旦唱）

---

① 分说：分辨，说明，详述，把……说清楚。
② 迢递：遥远，高峻，曲折，婉转，连绵不绝。
③ 香消玉减：比喻美女日渐消瘦。
④ 枕冷衾寒：枕被俱冷。形容独眠的孤寂凄凉。
⑤ 跋涉：跋，陆行；涉，水行。形容旅途艰苦。
⑥ 割肚牵肠：形容非常牵挂，很不放心。
⑦ 锹撅：比喻逼迫、摧残他人的手段。

休言语，靠后些！杜将军你知道他是英杰，觑一觑著你为了醯酱①，指一指教你化做膋血②——骑著匹白马来也。

（卒子抢旦下）（末惊觉云）呀，原来却是梦里。且将门儿推开看，只见一天露气，满地霜华，晓星初上，残月犹明。无端③喜鹊高枝上，一枕鸳鸯梦不成。

【雁儿落】绿依依墙高柳半遮，静悄悄门掩清秋夜，疏刺刺林梢落叶风，昏惨惨云际穿窗月。

【得胜令】惊觉我的是颤巍巍竹影走龙蛇，虚飘飘庄周梦蝴蝶，絮叨叨促织儿④无休歇，韵悠悠砧声⑤儿不断绝。痛煞煞伤别，急煎煎好梦儿应难舍；冷清清的咨嗟⑥，娇滴滴玉人儿何处也？

（仆云）天明也，咱早行一程儿，前面打火去。（末云）店小二哥，还你房钱，鞴了马者。

【鸳鸯煞】柳丝长咫尺情牵惹，水声幽仿佛人呜咽。斜月残灯，半明不灭。唱道是旧恨连绵，新愁郁结；别恨离愁，满肺腑难淘泻。除纸笔代喉舌，千种相思对谁！（并下）

【络丝娘煞尾】都则为一官半职，阻隔得千山万水。

题目　小红娘成好事　老夫人问由情
正名　短长亭斟别酒　草桥店梦莺莺

西厢记五剧第四本终

---

① 醯（xī）酱：肉酱。
② 膋（liáo）血：血水。
③ 无端：没有来由地；无缘无故地；没有头绪。
④ 促织儿：蟋蟀。
⑤ 砧声：捣衣声。
⑥ 咨嗟：叹息声。

精彩解说

张生和仆人一同离开后,他朝着莺莺的方向望去却什么也看不到。到了草桥后,二人在店里住下,准备明天继续赶路。

这令人伤感的离愁,秋风和落叶让这一切变得更加伤感,让人情绪更加低落。没有莺莺的这个夜晚,该如何度过?这难熬的第一个夜晚!张生想着昨天还和莺莺在一起的光景,如今却如此。到了店里,张生什么吃的都没要,就想着早点睡下忘却相思愁苦。在旅馆里,秋天的蟋蟀声,门外的风声,还有旅店破掉的窗子,这一切都显得那么凄惨悲凉。

张生睡下后梦到了莺莺,她瞒着老夫人和侍从独自一人出了城,在荒郊野外赶路,来到张生的住处与张生团聚。崔莺莺的绣鞋上沾了泥土,脚丫磨破了,她为了和张生团聚顾不上路途遥远。他们二人生要在一起,死也要在一起。张生又梦见有士兵要捉拿渡河的女子,士兵抢走崔莺莺后张生惊醒,发现原来是一场梦。他推开门昏昏惨惨地看着天上的云和月。这无处不在的离愁,让他做个好梦都做不成。冷冷清清的,他的莺莺又在干什么呢?天亮后,仆人催促张生继续赶路。张生满怀的相思无处倾诉,只能用笔和纸来表达。

智慧解析

王实甫在《西厢记》第四本第四折"草桥惊梦"中以梦写心。梦可以反映人的意识,梦境可以折射出人隐秘的心理状态。这一折写出张生的相思心理,营造出缠绵悱恻的氛围,通过张生梦中的虚幻来写出他内心对莺莺浓烈的思念之情,刻画出一个非常有才华并且对莺莺十分深情的人物形象。

评论家金圣叹认为这就是《西厢记》的结局,之后的第五本是续作。如果这是《西厢记》的结局，虽然符合了元稹《莺莺传》的文意，但把莺莺和张生的情感变得虚无缥缈，这应该不是王实甫改编的初衷。在"草桥惊梦"中，梦境是置于浓烈的感情之下的，作者对张生在梦中所要反映的相思之情，在梦前和梦后做了铺垫和延伸。在梦前，剧中通过"长亭送别"中深深的离愁别绪为后文张生入梦奠定感情基础。在梦后，张生已经怀着强烈的不舍和悲伤之情，进京的路途十分艰辛，也反映了张生对莺莺的赤诚之心。这一折的梦境描写具有高超的艺术技巧，梦的意象具有重要的深层意蕴，为第五本张生在京城仍然对莺莺念念不忘，中榜后归来与莺莺团聚埋下伏笔。

戏曲用很多优美的词句表达了张生的凄凉愁苦的心境。包括柳永《雨霖铃》中的"应是良辰好景虚设，便纵有千种风情，更与何人说""今宵酒醒何处？杨柳岸、晓风残月"等。【落梅风】"旅馆歇单枕，秋蛩鸣四野，助人愁的是纸窗儿风裂。乍孤眠被儿薄又怯，冷清清几时温热！"这一曲中的单枕、鸣蛩、破窗、风声、薄被、冷清令人充分感受到张生初到客栈没有莺莺在身边的孤独与凄凉。

这一折一开始由张生主唱睡梦前的多个曲子，进入梦境后再由莺莺和张生二人主唱，最后梦醒了由张生主唱。这种梦境里演唱的方式突破了元代杂剧一贯的方式，脱离了元杂剧原本的束缚和体制，让张生和莺莺之间交流更加顺畅和自然。

【乔木查】写崔莺莺独自一人追赶张生，不畏惧荒郊野外和道路曲折，把她又急切又有些害怕的心理表现得细致入微，把观众带入到莺莺独自赶路的画面中。【搅筝琶】把长亭一别后，莺莺对张生的牵挂和相思之情描绘得既夸张又真实，才半日不见，衣服就已经太宽，身体已消瘦了很多："则离得半个日头，却早又宽掩过翠裙三四褶。"【庆宣和】写在莺莺敲门后，张生先问是人是鬼，知道是莺莺后，张生喜出望外，连忙拽进房中。【乔牌儿】【甜水令】两曲写崔莺莺和张生相互倾诉离别的愁苦。【折桂令】"虽然是一时间花残月缺，休猜做瓶坠簪折。不恋豪杰，不羡骄奢，生则同衾，死则同穴。"这一曲升华崔莺莺和张生的感情，俩人之间的感情深厚无比，生则同衾，死则同穴。

虽然是梦中，张生仍思念着莺莺，梦中的场景层层递进，让观众深陷其中。

当两人正沉浸在相聚的欢喜中互诉离别之苦的时候，士兵突然出现要捉拿渡河的女子。莺莺挺身而出，当面斥责了那些士兵。在普救寺中发生的一切，孙飞虎、杜将军这一系列事情出现在梦中，让张生恍恍惚惚。这也反映出张生离开莺莺后内心的不安，害怕莺莺又被抢走。

张生惊醒后发现原来是梦，看到眼前的景象，"只见一天露气，满地霜华，晓星初上，残月犹明"，哪里有莺莺的身影？"一枕鸳鸯梦不成"，张生更觉孤独、分外清冷，非常失落。天亮后，张生在仆人的催促下启程。【鸳鸯煞】写张生对莺莺的思念无处诉说，但又不得不继续赶路，只能用纸笔遥遥倾诉。

草桥惊梦这一折虽然人物角色少，但故事情节非常完整，汤显祖曾经评论："文章至此，更无文矣。"

西厢记五剧第五本

张君瑞庆团圆杂剧

楔 子

原文

（末引仆人上开云）自暮秋①与小姐相别,倏②经半载之际,托赖祖宗之荫,一举及第③,得了头名状元。如今在客馆,听候圣旨御笔除授④。惟恐小姐挂念,且修一封书,令琴童家去,达知夫人,便知小生得中,以安其心。琴童过来,你将文房四宝来,我写就家书一封,与我星夜到河中府⑤去。见小姐时,说:"官人怕娘子忧,特地先著小人将书来。"即忙接了回书来者。过日月好疾也呵!

【仙吕】【赏花时】相见时红雨⑥纷纷点绿苔,别离后黄叶萧萧凝暮霭⑦。今日见梅开,别离半载。

琴童,我嘱咐你的言语记著:

---

① 暮秋:晚秋,往往指农历九月左右。
② 倏(shū):副词,极快地,忽然。
③ 及第:古代科考应试中选。因榜上题名有甲乙次第,所以称为及第。
④ 除授:任命官职。除,任命;授,授予职位。
⑤ 河中府:今山西省永济市蒲州镇,崔莺莺一家寄宿普救寺的所在地。
⑥ 红雨:比喻落花。
⑦ 暮霭:傍晚时的云霞、雾气。

则说道**特地寄书来**。（下）

（仆云）得了这书，星夜望河中府走一遭。（下）

精彩解说

这段内容以张生独白为主。张生进京赶考，不觉已过半年之久，在科举考试中夺取了状元。张生在客馆内等候皇帝授予官职，因担心莺莺牵挂，特地写信给莺莺，告知莺莺自己高中的消息，让莺莺宽心。琴童临行前，张生再三嘱咐，尽快带信赶回河中府，见到莺莺时，一定要转告莺莺："官人怕娘子忧，特地先著小人将书来。"琴童得书后，马上赶往河中府。

智慧解析

《西厢记》第五本剧名叫做"张君瑞庆团圆杂剧"，主要描写张生高中状元，犀利破除郑恒的挑唆阴谋，与崔莺莺终成眷属。主角光环流光溢彩，考场得意，情场也得意。

本楔子开场由张生独白，张生先言简意赅地介绍了从去年暮秋之际和崔莺莺离别，不知不觉中就已经过了半年之久，如今高中状元，在京都的客栈等候皇帝授职。因为担心崔莺莺挂念，特地写了书信，安排琴童送去河中府，告知莺莺这一消息，使莺莺安心。这一段既与第四本末尾张生进京赶考的情节相接，又省略了张生参加考试的过程，只是简单地说出高中状元这一个结果，这和当时社会注重苦读书、重科考、求仕途的价值观并不一致，更凸显《西厢记》强调爱情至上的观念和挣脱封建礼教桎梏的反传统精神。

张生高中状元这一情节设计既与第四折结尾的剧情相衔接，也为之后剧情的发展做了铺垫，正是因为张生中状元、着官袍，崔老夫人才真正认可这门婚事。崔老夫人曾说过:"俺三辈儿不招白衣女婿,你明日便上朝取应去,我与你养著媳妇。得官呵,来见我;驳落呵,休来见我。"对张生来说,只有高中状元,才能正式迎娶莺莺,为他们的姻缘画一个圆满的句号。

楔子这段内容表达的重点仍是张生对莺莺的感情,楔子还是在强调爱情至上这一主题。这样的剧情和元稹《莺莺传》中张生的始乱终弃的形象相比,是一种进步。这一结局和董解元的《西厢记诸宫调》基本保持一致,但是"董西厢"用大量篇幅描写了张生参加考试的过程,在突出爱情至上这一主题上,"王西厢"比"董西厢"更高一筹。

本章节开篇,张生说高中的是状元之位,三甲第一。但是在楔子之后的第一折张生给莺莺的信中出现了诗句"玉京仙府探花郎,寄语蒲东窈窕娘",许多学者依据这句诗判断张生所中的是第三名"探花"。按照历史记载,"探花"在唐朝时是对及第进士后的一个统称,与登第名次无关,并非特指殿试进士的第三名。宋代以后,"探花"才成为一甲第三的特指。按照故事的时代背景来说,唐代殿试第一也可以称为"探花"。基于此,再遇"探花"这一词语时,大可不必纠结。

琴童准备启程前,张生再次叮嘱他送信后,要接回书早返京。离别半年,张生此刻回想自己与莺莺相逢相知的过程,更觉日月疾驰。【赏花时】一曲是张生对二人情感历程的简要总结:"相见时红雨纷纷点绿苔,别离后黄叶萧萧凝暮霭。今日见梅开,别离半载。"与莺莺在一起的时候,满眼都是春天花开的景象,内心感受春天的气息;离别之后,看到的都是萧萧落叶,内心感受的也是黄昏云雾。但无论如何星移斗转，张生爱慕莺莺的真心终始不变："琴童，我嘱咐你的言语记著：则说道特地寄书来。"千头万绪，千言万语，只用"特地寄书"四个字足可表达张生记挂莺莺之心。

《西厢记》叙事，当繁则繁，该简即简；或描述一日用泼墨，或荏苒半载于一瞬——神来之笔，不外乎是。

第一折

原文

（旦引红娘上开云）自张生去京师，不觉半年，杳无音信。这些时神思不快，妆镜懒抬①，腰肢瘦损，茜裙②宽褪，好烦恼人也呵！

【商调】【集贤宾】虽离了我眼前，却在心上有；不甫能③离了心上，又早眉头。忘了时依然还又，恶思量④无了无休。大都来一寸眉峰⑤，怎当他许多颦皱⑥？新愁近来接着旧愁，厮混了难分新旧。旧愁似太行山隐隐，新愁似天堑水⑦悠悠。

（红云）姐姐往常针尖不倒，其实不曾闲了一个绣床，如今百般的闷倦。往常也曾不快，将息⑧便可，不似这一场，清减得十分厉害。（旦唱）

---

① 妆镜懒抬：对着镜子懒懒的，不愿意梳妆打扮。妆镜，梳妆用的镜子。
② 茜（qiàn）裙：绛红色的裙子。茜：红色。
③ 不甫能：好不容易才。
④ 恶（wù）思量：恶，表示讨厌的，憎恨的，恶思量指讨厌的神思忧郁的思绪。
⑤ 眉峰：眉头。
⑥ 颦（pín）皱：皱着眉头。
⑦ 天堑（qiàn）水：天然形成的隔断交通的大江大河的水。
⑧ 将息：休息。

【逍遥乐】曾经消瘦，每遍犹闲①，这番最陡②。

（红云）姐姐心儿闷呵，那里散心耍咱。（旦唱）

何处忘忧？看时节③独上妆楼，手卷珠帘上玉钩④，空目断山明水秀。见苍烟迷树，衰草连天，野渡横舟。

（旦云）红娘，我这衣裳，这些时都不似我穿的。（红云）姐姐，正是"腰细不胜衣⑤"。（旦唱）

【挂金索】裙染榴花，睡损胭脂⑥皱；纽结丁香，掩过芙蓉扣⑦；线脱珍珠⑧，泪湿香罗袖；杨柳眉颦⑨，人比黄花瘦⑩。

（仆人上云）奉相公言语，特将书来与小姐。恰才前厅上见夫人，夫人好生欢喜，著入来见小姐，早至后堂。

（咳嗽科）（红问云）谁在外面？（见科）（红见仆了，红笑云）你几时来？可知道昨夜灯花⑪报，今朝喜鹊噪。姐姐正烦恼哩。你自来？和哥哥来？（仆云）哥哥得了官也，著我寄书来。

---

① 每遍犹闲：以前每次发生时都还可以过得去。犹闲：尚可，不要紧。
② 最陡：最为厉害。表示莺莺此次因思虑张生而消瘦得特别严重。
③ 时节：时刻、时候。
④ 手卷珠帘上玉钩：用手把珠帘卷起来挂在帘钩上。玉钩，挂窗帘的钩子。
⑤ 腰细不胜衣：腰肢细瘦到连衣服都撑不起来了。
⑥ 胭脂：古代女性的化妆用品。
⑦ "纽结"二句：莺莺很消瘦，又因和衣而睡，导致纽扣缠绕成丁香花一样复杂的样子，甚至比芙蓉扣还要复杂。芙蓉扣：一种编制得很漂亮的扣子，古代豪门女性用得较多的一种衣服扣子。
⑧ 线脱珍珠：没有线连起来的珍珠，在这里指的是莺莺的眼泪。
⑨ 杨柳眉颦：像杨柳叶一样的眉头紧皱。
⑩ 人比黄花瘦：人比菊花还要瘦弱。
⑪ 灯花：灯芯燃烧时结成的花状物或爆发出的火花。古人以灯花作为吉兆的象征。

（红云）你则在这里等著，我对俺姐姐说了呵，你进来。（红见旦笑科）（旦云）这小妮子怎么？（红云）姐姐大喜，大喜！咱姐夫得了官也！（旦云）这妮子见我闷呵，特故哄我。（红云）琴童在门首，见了夫人了，使他进来见姐姐，姐夫有书。（旦云）惭愧，我也有盼著他的日头！唤他入来。（仆入见旦科）

（旦云）琴童，你几时离京师？（仆云）离京一月多也。我来时，哥哥去吃游街棍子①去了。（旦云）这禽兽②不省得，状元唤做夸官，游街三日。（仆云）夫人说的便是。有书在此。（旦做接书科）

【金菊花】早是我只因他去减了风流③，不争④你寄得书来又与我添些儿症候⑤。说来的话儿不应口，无语低头，书在手，泪凝眸⑥。（旦开书看科）。

【醋葫芦】我这里开时和泪开，他那里修时和泪修，多管⑦阁著笔尖儿未写早泪先流，寄来的书泪点儿兀自⑧有。我将这新痕把旧痕湮⑨透，正是一重愁翻做两重愁。

---

① 吃游街棍子：古代士子考中进士或官员升迁时，排列鼓乐仪仗游街，用于夸耀，学名叫"夸官"。
② 禽兽：这里指送信的琴童。
③ 风流：风韵，美好的仪态。
④ 不争：不曾想。
⑤ 症候：症状。
⑥ 泪凝眸：眼泪太多把眼睛都给堵上了，以至于看不到东西。
⑦ 多管：大概是，多半是。
⑧ 兀（wù）自：仍旧，还是。
⑨ 湮（yān）：埋没。

（旦念书科）"张珙百拜，奉启芳卿可人妆次①：自暮秋拜违，倏尔半载。上赖祖宗之荫，下托贤妻之德，举中甲第②。即目于招贤馆寄迹③，以伺圣旨御笔除授。惟恐夫人与贤妻忧念，特令琴童奉书驰报④，庶几⑤免虑。小生身虽遥而心常迩⑥矣，恨不得鹣鹣⑦比翼，邛邛⑧并驱。重功名而薄恩爱者，诚有浅见贪饕⑨之罪。他日面会，自当请谢⑩不备⑪。后成一绝，以奉清照⑫：玉京仙府探花郎⑬，寄语蒲东窈窕娘⑭。指日拜恩衣昼锦⑮，定须休作倚门妆⑯。"

---

① 芳卿可人妆次：芳卿、可人、妆次，均为古时男子对心爱女子的昵称，多用于写信时的称呼。
② 甲第：科举考试考中第一甲的名次，指张生考试得了头名状元。
③ 寄迹：寄托自己的足迹，意为暂时栖身。
④ 驰报：疾速相告。
⑤ 庶几：才能，以便。
⑥ 迩（ěr）：近。
⑦ 鹣鹣（jiān jiān）：鸟名，又称比翼鸟，古代传说中的一种神鸟，这种鸟只有一只眼睛一只翅膀，必须雌雄鸟一起并翼才能飞翔。
⑧ 邛邛（qióng qióng）：古代传说中的一种神兽，形似马而色为青。
⑨ 贪饕（tāo）：贪得无厌。
⑩ 请谢：赔罪，请罪。
⑪ 不备：不尽。
⑫ "后成"二句：文章的最后我写了一首绝句诗，表示我的心意。清照，清澈明亮，指品格高尚，此处代指莺莺。
⑬ 探花郎：代指张生。
⑭ 窈窕娘：代指莺莺。窈窕娘，美丽的女子。窈窕：文静而美好。
⑮ 衣昼锦：衣锦还乡，古时考中进士做官以后，穿了锦绣的衣服，回到故乡向亲友夸耀。
⑯ 倚门妆：靠在门口等待爱人归来的样子。张生在信中告知莺莺自己的近况和对莺莺的记挂关心，同时也安慰莺莺不要过于思念自己。

【幺篇】当日向西厢月底潜①,今日向琼林宴②上打挢③。谁承望跳东墙脚步儿占了鳌头④?怎想道惜花心养成折桂⑤手?脂粉丛里包藏著锦绣?从今后晚妆楼改做了至公楼⑥。

（旦云）你吃饭不曾?（仆云）上告夫人知道:早晨至今,空立厅前,那有饭吃?（旦云）红娘,你快取饭与他吃。（仆云）感蒙赏赐,我每就此吃饭。夫人写书,哥哥著小人索了夫人回书,至紧,至紧。（旦云）红娘,将笔砚来。（红将来科）（旦云）书却写了,无可表意。只有汗衫一领,裹肚⑦一条,袜儿一双,瑶琴一张,玉簪一枚,斑管⑧一枝。琴童,你收拾得好者。红娘,取银十两来,就与他盘缠。（红娘云）姐夫得了官,岂无这几件东西,寄与他有甚缘故?（旦云）你不知道,这汗衫儿呵……

【梧叶儿】他若是和衣卧,便是和我一处宿;但粘著他皮肉,不信不想我温柔。

（红云）这裹肚要怎么?（旦唱）

---

① "当日"句:此句为莺莺回想当初和张生在普救寺西厢院下月夜偷偷幽会的场景。
② 琼林宴:皇家为科举考试及第进士举办的宴会。
③ 挢(chōu):从下面向上用力扶起(人)或掀起(重物),与"潜"相对。
④ "谁承望"句:张生曾为了与莺莺约会深夜跳墙进入西厢院,莺莺在此打趣张生为"跳东墙脚步儿"。占了鳌头:指古代科举考试中考取第一名,现在泛指占了首位。
⑤ 折桂:古代时表示科举考试高中状元。
⑥ 至公楼:科举时代主考官观看诸生考试的地方。
⑦ 裹肚:古代衣服的一种,男子用的裹肚多为长衣外包裹腰肚的绣袍肚;女子用裹肚多为肚兜。
⑧ 斑管:毛笔,古时毛笔杆多为斑竹所做,所以称毛笔为斑管。

常则不要离了前后，守著他左右，紧紧的系在心头。

（红云）这袜儿如何？（旦唱）

拘管他胡行乱走。

（红云）这琴他那里自有，又将去怎么？（旦唱）

【后庭花】当日五言诗紧趁逐①，后来因七弦琴成配偶②。他怎肯冷落了诗中意，我则怕生疏了弦上手。

（红云）玉簪呵，有甚主意？（旦唱）

我须有个缘由，他如今功名成就，则怕他撇人在脑背后。

（红云）斑管，要怎的？（旦唱）

湘江两岸秋，当日娥皇③因虞舜④愁，今日莺莺为君瑞忧。这九嶷山⑤下竹，共香罗衫袖口——

【青哥儿】都一般啼痕浥透。似这等泪斑宛然依旧，万古情缘一样愁。涕泪交流，怨慕⑥难收。对学士叮咛说缘由，是必休忘旧。

（旦云）琴童，这东西收拾好者。（仆云）理会得。（旦唱）

【醋葫芦】你逐宵野店上宿⑦，休将包袱做枕头，怕油脂腻展

---

① "当日"句：当日因为一首五言诗而相互倾慕。
② "后来"句：后来因七弦琴私订终身，配为夫妻。
③ 娥皇：上古人物，相传娥皇为尧的长女，舜的妻子。
④ 虞舜：上古五帝之一，姓姚，名重华，因其先国于虞，史称"虞舜"。为古代传说中的圣君。
⑤ 九嶷（yí）山：又名苍梧山，在今天湖南省宁远县南，相传舜葬于此地。
⑥ 怨慕：既有怨恨又有思慕，多指不得相见而产生的思慕。
⑦ 逐宵野店上宿：赶到天晚在乡村夜店住宿。

污了恐难酬①。倘或水侵雨湿休便扭②，我则怕干时节熨不开褶皱。一桩桩一件件细收留。

【金菊花】书封雁足此时修③，情系人心早晚休④？长安望来天际头，倚遍西楼，人不见，水空流。

（仆云）小人拜辞，即便去也。（旦云）琴童，你见官人对他说。（仆云）说什么？（旦唱）

【浪里来煞】他那里为我愁，我这里因他瘦。临行时啜赚⑤人的巧舌头，指归期约定九月九，不觉的过了小春⑥时候；到如今悔教夫婿觅封侯。

（仆云）得了回书，星夜回俺哥哥话去。（并下）

精彩解说

莺莺在张生进京赶考后因为思念张生而神思抑郁，身体消瘦。红娘为了哄莺莺高兴，便劝带莺莺散心。可是莺莺即便上了妆楼，远望风景，也只看到断山明水、苍烟迷树、衰草连天、野渡横舟。恰在此时，琴童捎回了张生的信。莺莺得知张生高中后，先是高兴和骄傲，可片刻思虑之后，才刚去了旧愁，又添上新忧：莺莺高兴之后，必然开始担心张生是否因高中状元而忘记与自己的海誓山盟。给张生回信后，莺莺还特地让琴童捎去汗衫、裹肚、袜儿、瑶琴、玉簪、斑

---

① "怕油脂"句：害怕头油、脂腻把这些信物玷污了，从而不能表达谆谆嘱咐和心思牵挂。展污，沾污，弄脏。酬，达到（愿望），实现（目的）。
② 休便扭：不要随便拧干。
③ "书封"句：这个时候把写好的信件封订好，交给琴童。雁足，代指书信。
④ "情系"句：思念和牵挂什么时候才能停止呢？
⑤ 啜（chuò）赚：撮弄；哄骗。
⑥ 小春：阴历十月左右，因天气温暖如春而得名。

管等信物，并对信物一一解释："汗衫粘着皮肉，让他记得我的温柔；裹肚包围前后，让他把我紧紧放在心头；袜儿拘管张生莫要乱行走，到烟花地寻花问柳；七弦琴是他和我结成佳偶的信物；玉簪插在头上，提醒他别把我忘在脑后；斑管意味专情，让他时刻记着海誓山盟。"在琴童离开之前，莺莺嘱托："千万要保存好给张生的一件件信物。"书信写好了，交给琴童带给张生，只是莺莺的思念何时能停止？

智慧解析

本折共有【集贤宾】【逍遥乐】【挂金索】【金菊花】【醋葫芦】【幺篇】【梧叶儿】【后庭花】【青哥儿】【醋葫芦】【金菊花】【浪里来煞】12个词牌曲调，期间穿插了红娘和琴童的对话。开篇【集贤宾】写离愁：从离了眼前到却上心头，从离了心上又到眉头，最后新愁接着旧愁，连绵不断，既似太行山隐隐，又像天堑水悠悠。这些唱词将莺莺对张生的思念描绘得栩栩如生又淋漓尽致，让我们看得见，摸得着。听莺莺唱，我们就是莺莺，我们就是如此想着张生，这就是意境。从古至今，因爱情产生的相思最难消解：从先秦《诗经·关雎》中的"求之不得，寤寐思服，悠哉悠哉，辗转反侧"，到唐代白居易《汴水流》的"思悠悠，恨悠悠，恨到归时方始休。月明人倚楼"；从北宋晏殊《春恨》的"天涯地角有穷时，只有相思无尽处"，到南宋李清照《一剪梅》的"花自飘零水自流。一种相思，两处闲愁。此情无计可消除，才下眉头，却上心头"；从元代徐再思《蟾宫曲·春情》的"平生不会相思，才会相思，便害相思。身似浮云，心如飞絮，气若游丝"，到清代纳兰性德《长相思·山一程》的"山一程，水一程，身向榆关那畔行，夜深千帐灯"。我们读过、听过、见过太多相思的故事，相思何时消，唯海枯石烂时。女子的相思相比男子的又有不同，女子更为感性，也更为专情，相思起来也更甚，尤其对莺莺来说，相思既起，便无休时。

【逍遥乐】和【挂金索】两段相连，先说相思情，后说因相思而消瘦的症候。通过红娘的话语侧面描述出张生对莺莺的影响极大，莺莺纵然以前也因其他事情而清瘦，但每遍犹闲，将息即可，此次最陡，以至于清瘦到"腰细不胜衣"。莺莺因相思茶饭不香，日渐消瘦，红娘作为莺莺的贴心体己人，把莺莺的清减看在眼里，急在心中。为宽慰莺莺，红娘哄着莺莺出门散心；莺莺纵然身登妆楼，哪有心思赏花看景？放眼望去，满是愁苦凄凉景。晏殊的《蝶恋花》："昨夜西风凋碧树，独上高楼，望尽天涯路。欲寄彩笺兼尺素，山长水阔知何处？"所描述的心境恐怕与莺莺并无二致。莺莺的怨慕在"断山明水秀，苍烟迷树，衰草连天，野渡横舟"中表现得酣畅淋漓。词曲最后一句"杨柳眉颦，人比黄花瘦"描绘出莺莺以泪洗面、为君消瘦的情景。【挂金索】之后，是一段短暂的温馨舒畅的情节，琴童带回张生的书信，莺莺满心欢喜，骄傲地跟琴童解释"夸官"。然而对于莺莺来说，快乐是短暂的。【金菊花】便是莺莺小心翼翼接信时的心理状态的描述。当张生高中的消息带来的喜悦慢慢褪去后，莺莺便开始了新的冷静思考：张生是否会因为飞黄腾达而始乱终弃？莺莺委身于张生已有违母命，一旦被张生抛弃，那么莺莺将一无所有。这也为此本第三折中莺莺和张生之间的误会埋下了伏笔。"早是我只因他去减了风流，不争你寄得书来又与我添些儿症候"，描绘的就是这种担忧。在莺莺打开书信前，未先言语，便已热泪盈眶。"书在手，泪凝眸"将莺莺对张生的幽怨描写得恰到好处，犹如苏轼《江城子》试想着再见亡妻时："相顾无言，惟有泪千行。"【醋葫芦】

是莺莺读信时的情景描写:"我这里开时和泪开,他那里修时和泪修""我将这新痕把旧痕溾透,正是一重愁翻做两重愁。"边读信,边流泪,这样的情感,又有几人能体会?【金菊花】【醋葫芦】两段环环相扣,将莺莺对张生的爱意和感情全方位呈现出来,只有情到深处,才能体会那种千头万绪不能理、万语千言无从说的心情。张生的信先报平安,后言思念,再做宽慰,所谓心有灵犀便是如此。【幺篇】则是描写莺莺读完信后的心理状况。从张生的信中知得张生仍对自己倾心,莺莺悬在半空的心终于缓缓落地,有些调皮又有些骄傲地想到,谁曾想到那个为了和自己幽会半夜偷偷翻跳墙头的张生能高中状元,成为琼林宴上宾。【梧叶儿】【后庭花】【青哥儿】这三首曲子省略了莺莺写信的过程,重点将莺莺寄给张生的信物一一介绍,详写其意。每一件信物都是在提醒张生要时时刻刻管住自己放荡的心,莫让京都繁花迷了眼,忘记西厢院内崔莺莺。介绍这些信物也为后来郑恒挑拨张、崔二人的关系做了铺垫。之后的【醋葫芦】又是谆谆叮嘱:"你逐宵野店上宿,休将包袱做枕头,怕油脂腻展污了恐难酬。倘或水侵雨湿休便扭,我则怕干时节熨不开褶皱。一桩桩一件件细收留。"每一言、每一字都是对张生的牵挂。莺莺怕琴童把给张生的信物弄脏了,因为她非常在乎和重视张生的感情。【金菊花】再次点明莺莺以书信传情,强调莺莺时时刻刻心念张生。"人不见,水空流"这句,让观众打开遐想空间,莺莺的思念和愁苦更加形象和立体,未得张生回信前,思念止不住,琴童带走给张生的回信后,期盼不能停。【浪里来煞】以"他那里为我愁,我这里因他瘦"为开头,以"到如今悔教夫婿觅封侯"为结尾,更是将莺莺的幽怨展现得淋漓尽致,传达爱情至上的理念。

　　作者以"捷报"作为贯穿本折的线索,依次描述莺莺未知张生消息之前、得知张生高中之时、自己给张生回信时的情景，一言一语，一行一止，一点一滴，尽显莺莺对张生的思念和深情，只是相隔万里，莺莺之情，郎能知否？

第二折

原文

（末上云）画虎未成君莫笑，安排牙爪始惊人。①本是举过便除②，奉圣旨，著翰林院编修国史。他每哪知我的心，甚么文章做得成！使琴童递佳音，不见回来。这几日睡卧不宁，饮食少进，给假③在驿亭中将息。早间太医院著人来看视，下药去了。我这病，卢扁④也医不得。自离了小姐，无一日心闲也呵！

【中吕】【粉蝶儿】从到京师，思量心旦夕如是，向心头横躺著俺那莺儿。请医师，看诊罢，一星星说是⑤。本意待推辞，则被他察虚实不须看视⑥。

---

①"画虎"句：谚语，意思是某些事情正在进行中，虽然尚未成功，但是请看客不要嘲笑，待到事情成功之时，必会惊艳众人。
②除：古代指任命官职。
③给假：（皇帝）准予（我）休假。
④卢扁：古代名医扁鹊，因其生于卢国，后人称之为"卢扁"。
⑤"一星星"句：一桩桩（症状、病情）说的都对。一星星，一桩桩、一件件。
⑥察虚实不须看视：观察到（张生）病症的虚实，乃是因相思而成的虚病，不需要使用实际的药物进行治疗。

【醉春风】他道是医杂证有方术①,治相思无药饵。莺莺,你若是知我害相思,我甘心儿死、死。四海无家,一身客寄,半年将至。

（仆上云）我则道哥哥除了,元来在驿亭中抱病。须索回书去咱。

（见了科）（末云）你回来了也。

【迎仙客】疑怪这噪花枝灵鹊儿②,垂帘幕喜蛛儿③,正应着短檠④上夜来灯爆时。若不是**断肠词**,决定是**断肠诗**。

（仆云）小夫人有书至此。（末接科）

写时管情⑤**泪如丝**。既不呵,怎生**泪点儿封皮上渍**?

（末读书科）"薄命妾崔氏拜覆⑥,敬奉才郎君瑞文几:自音容去后,不觉许时,仰敬之心,未尝少怠⑦。纵云日近长安远,何故鳞鸿之杳⑧矣?莫因花柳之心⑨,弃妾恩情之意。正念间,琴童至,得见翰墨,始知中科,使妾喜之如狂。郎之才望,亦不辱相国之家谱也。今因琴童回,无以奉贡⑩,聊有瑶琴一张,玉簪一枚,斑

---

① 方术：泛指医学、占卜、星象的方法和技术。
② 噪花枝灵鹊儿：喜鹊在花枝上喳喳聒噪。古人以听到"喜鹊叫"为吉兆。
③ 喜蛛儿：蜘蛛的一种,古人以喜蛛儿结网为吉兆。
④ 短檠（qíng）：矮油灯架,檠,古人点油灯时用的灯架。
⑤ 管情：大概,多半,应该是。
⑥ 覆：同"复"。
⑦ 未尝少怠（dài）：从来没有一丝丝减少和懈怠。怠,松懈,懒散。
⑧ 鳞鸿之杳（yǎo）：接不到（你的）书信和消息。鳞鸿,鱼雁的统称,古人多以鱼雁来指代书信。杳,幽暗、深远,无影无踪。
⑨ 花柳之心：贪慕美色之心。
⑩ 奉贡：贡献给（你）,纳贡。

管一枝，裹肚一条，汗衫一领，袜儿一双，权表妾之真诚。匆匆草字欠恭，伏乞情恕不备①。谨依来韵，遂继一绝云：阑干倚遍盼才郎，莫恋宸京黄四娘②。病里得书知中甲，窗前览镜试新妆。"

那风风流流的姐姐！似这等女子，张珙死也死得著了。

【上小楼】这的堪为字史③，当为款识④，有柳骨颜筋⑤，张旭张芝⑥，羲之献之⑦。此一时，彼一时，佳人才思，俺莺莺世间无二。

【幺篇】俺做经咒般持⑧，符箓般使⑨。高似金章⑩，重似金

---

① "伏乞"句：请原谅我的思虑和给（你）准备的东西不周全。情恕，请原谅（我）。不备，不周全。
② 宸（chén）京黄四娘：京都里其他美艳的女子。宸京，京都，京城。黄四娘，是杜甫诗《江畔独步寻花》中的美艳女子。莺莺用"黄四娘"代指京都其他美艳女性。
③ 堪为字史：莺莺的字写得很好，可以做书法的典范。
④ 款识（zhì）：在书画上的题名。
⑤ 柳骨颜筋：柳是唐代书法家柳公权，颜是唐代书法家颜真卿。意思是莺莺的字写得好，有柳公权和颜真卿的风范。
⑥ 张旭张芝：张芝，东汉书法家，被后人尊称为"草圣"；张旭，唐代书法家，擅长草书，其草书为唐文宗诏定"三绝"之一。
⑦ 羲之献之：羲之，王羲之，东晋书法家，被称为"书圣"，代表作是《兰亭集序》。献之，王献之，王羲之第七子，东晋书法家，在书法史上与王羲之并称"二王"，有"小圣"之称。
⑧ 做经咒般持：拿着莺莺的回信就好像僧众秉持经文、咒语一样。
⑨ 符箓般使：读莺莺的回信像道士使用符箓一般虔诚。
⑩ 金章：古代官员使用的金印。

帛，贵似金赍。这上面若金^①个押字，使个令史^②，差个勾使^③，则是一张忙不及印赴期的咨示^④。

（末拿汗衫儿科）休说文章，则看他这针黹^⑤，人间少有。

【满庭芳】怎不教张生爱尔，堪针工出色，女教为师^⑥。几千般用意针针是，可索寻思^⑦。长共短又没个样子，窄和宽想象著腰肢，好共歹无人试。想当初做时，用煞那小心儿。

小姐寄来这几件东西，都有缘故，一件件我都猜著。

【白鹤子】这琴，他教我闭门学禁指^⑧，留意谱声诗^⑨；调养圣贤心，洗荡巢由^⑩耳。

【二】这玉簪，纤长如竹笋，细白似葱枝；温润有清香，莹洁无瑕玼。

【三】这斑管，霜枝曾栖凤凰，泪点渍^⑪胭脂；当时舜帝恸娥

---

① 金（qiān）：同"签"。
② 令史：官职，汉朝初设置的官职，为县令级别。唐朝时，令史一般为低级官员。
③ 勾使：差役，古时衙门里当差的人，类似于现在的公安干警。
④ 咨示：古代官方出的公告，告示。
⑤ 针黹（zhǐ）：针线活。古代社会女红是女子的必备技能，尤其是优秀的女子，对其女红要求更高。
⑥ "女教"句：做女子针织活计的老师。
⑦ "可索"句：必须值得我好好思考下（莺莺的心思）。
⑧ 闭门学禁指：关上门练习琴技，通过学琴克制淫邪思想，端正自己的思想。多以"禁指"指代琴禁淫邪的意思。
⑨ "留意"句：多多留意编写思想纯正、教人向善的乐歌。
⑩ 巢由：巢父和许由，两人都是尧帝时的隐士，相传尧曾想把王位传给两人，两人都不接受，许由还特地到颖水边掬水洗耳。后人多以"许由巢父"代指清高的品格。
⑪ 渍（zì）：沾染。

皇①，今日淑女思君子。

【四】这裹肚，手中一叶绵，灯下几回丝②；表出腹中愁，果称心间事③。

【五】这鞋袜儿，针脚儿细似虮子④，绢帛儿腻似鹅脂⑤；既知礼不胡行⑥，愿足下当如此。

琴童，你临行，小夫人对你说甚么？

（仆云）著哥哥休别继良姻⑦。

（末云）小姐，你尚然不知我的心哩！

【快活三】冷清清客店儿，风淅淅雨丝丝。雨儿零风儿细梦回时⑧，多少伤心事！

【朝天子】四肢不能动止，急切里盼不到蒲东寺。小夫人须是你见时，别有甚闲传示？我是个浪子官人，风流学士，怎肯带残花折旧枝⑨？自从到此，甚的是闲街市⑩。

---

① 舜帝恸娥皇：舜帝巡视南方，逝于苍梧山，其妻子娥皇、女英在君山泣血而死，君山的青竹浸染了斑斑血泪，变成了湘妃竹。
② "灯下"句：双关语，一是表示莺莺在烛灯下一针一线绣成裹肚，二是丝与思谐音，表示莺莺对张生无数的思念。
③ "果称"句：裹在身上便能够时刻体会到莺莺的爱慕。果通裹。
④ 虮子：虱子的卵，白色，大小约为芝麻的三分之，常用虮子比喻微细的事物。
⑤ 鹅脂：白鹅体内的油脂，因其白而油滑，人们常用鹅脂指代肌肤白润。
⑥ "既知"句：既然明白了这些道理，就不会去胡乱行事，拈花惹草了。
⑦ "著哥哥"句：叮嘱哥哥你别再订续别的姻缘。
⑧ 梦回时：从睡梦中醒来时。
⑨ "怎肯"句：怎么会到青楼妓馆寻花问柳。残花、旧枝，都是代指歌舞妓女。
⑩ "甚的是"句：不知道什么是闲街夜市风流场所。甚的是，不知道什么是。

【贺圣朝】少甚宰相人家，招婿的娇姿①？其间或有个人儿似尔，那里取那温柔，这般才思？想莺莺意儿，怎不教人梦想眠思。

琴童来，将这衣裳东西收拾好者。

【耍孩儿】则在书房中倾倒个藤箱子②，向箱子里面铺几张纸。放时节须索用心思，休教藤刺儿抓住绵丝。高抬在衣架上怕吹了颜色，乱穰③在包袱中恐剉④了褶儿。当如此，切须爱护，勿得因而⑤。

【二煞】恰新婚才燕尔，为功名来到此。长安忆念蒲东寺。昨宵爱春风桃李花开夜，今日愁秋雨梧桐叶落时。愁如是，身遥心迩，坐想行思。

【三煞】这天高地厚情，直到海枯石烂时。此时作念何时止⑥，直到烛灰眼下才无泪⑦，蚕老心中罢却丝⑧。我不比游荡轻薄子，轻夫妇的琴瑟⑨，拆鸾凤⑩的雄雌。

---

① 娇姿：美丽的姿容，代指女子。
② 藤箱子：藤条制成的箱子。
③ 乱穰（ráng）：像瓜瓤一样随便糟乱。穰，同"瓤"。
④ 剉（cuò）：同"挫"，揉搓的意思。
⑤ 勿得因而：不能轻视。
⑥ "此时"句：这时有了这种想法，什么时候才能休止呢？
⑦ "直到"句：像蜡烛一样直到燃尽后才会滴干蜡油（蜡烛的泪）。
⑧ "蚕老"句：像春蚕一样直到老死才不会再吐丝。此句和上句取自李商隐的《无题》："春蚕到死丝方尽，蜡炬成灰泪始干。"张生用这两句来表达自己对莺莺的爱意会维持一辈子，只有死亡才能终止自己对莺莺的爱。
⑨ 琴瑟：琴和瑟是两种乐器，合奏时声音和谐优雅，常常用来比喻夫妻感情融洽，生活幸福。
⑩ 鸾凤：鸾鸟和凤凰，古代传说中的神鸟，常常代指夫妻。

【四煞】不闻黄犬音①，难传红叶诗②，驿长不遇梅花使③。孤身去国三千里，一日归心十二时④。凭⑤栏视，听江声浩荡，看山色参差⑥。

【尾】忧则忧我在病中，喜则喜你来到此。投至得引人魂卓氏音书⑦至，险将这害鬼病的相如⑧盼望死。（下）

精彩解说

　　张生虽高中状元，但因思念莺莺成疾，告假在驿馆休息。太医诊断张生的病是相思心病，无药可治。这时，琴童带来了莺莺的回信。张生收信后十分高兴，在读完回信后，张生对莺莺更加爱慕。他认为莺莺不仅长得美丽，更是才华横溢，无论是针织绣品，还是写字作文，都堪称当世典范。张生看着莺莺给的信物一一解读："琴是让我静心而禁淫邪；玉簪是警示我保持清洁的品格；斑管是告诫我牢记与莺莺的感情；裹肚是时时提醒莺莺对我的记挂；鞋袜是提示我时刻约束自己的行为。"读完莺莺的回信，张生知晓了莺莺的心意，嘱托琴

---

① 黄犬音：代指家书。南朝梁陆机借爱犬黄耳代传家信。
② 红叶诗：取自红叶题诗的典故。指男女间传情之诗或情书。
③ "驿长"句：没有遇到能够替自己传递消息的人。有成语"驿使传梅"，表示对亲友的问候及思念。
④ "一日"句：一天十二个时辰都在盼望着回到莺莺的身边。十二时，代指一天，古人将一天划分为十二个时辰，分别是子、丑、寅、卯、辰、巳、午、未、申、酉、戌、亥，每个时辰相当于现在的两个小时。
⑤ 凭：依靠，靠在……上。
⑥ 山色参差：山脉远近高低不齐的样子。
⑦ 卓氏音书：莺莺的书信。张生以卓文君比莺莺。
⑧ 害鬼病的相如：取自司马相如和卓文君的爱情典故，张生自比司马相如，《史记·司马相如列传》："相如口吃而善书，常有消渴疾。"消渴疾，指糖尿病。

童将莺莺捎过来的信物小心收好。张生回想自己与莺莺的感情历程，感慨万分：好像昨夜还在和莺莺恩恩爱爱，如桃李花开；今朝就与莺莺别离，愁似秋雨吹梧桐。张生再次唱出不会背弃莺莺的感情，时时刻刻想要回到莺莺的身边。倚靠着小楼的栏杆，听到江水的声音浩浩荡荡，看到远山参差错落。忧愁是因为在病中，高兴是因为收到莺莺的回信。要是没有及时收到莺莺的回信，张生这时候恐怕就因相思而逝了。

智慧解析

本折又称"尺素缄愁"，由张生主唱，先是唱出在京城等待莺莺回信时的煎熬心境，再描绘出收到莺莺回信后的兴奋与幸福感触。一字一句地品味莺莺信中之意，一桩一件地解读莺莺给张生带来的信物，品咂着莺莺的款款深情，与莺莺隔空遥相思，与上一折"泥金报捷"正相呼应。那边是妾有情，这边是郎有意，一个想的是非君不嫁，另一个念的是非卿不娶。第一折、第二折为观众全方位地阐述和展示莺莺和张生的真挚爱情。张生努力考取功名就是为了配得上莺莺，考取功名后，即使面对荣华富贵、权势名利，张生心心念念的还是只有莺莺，第二折是对第一折爱情至上这一主题的再强化和再升华。

因为第一折和第二折基本上是男女主角的独唱戏，所以历史上一些文学家和戏曲家认为这两折乃是鸡肋，可有可无。比如清代文学批评家金圣叹曾评第一折和第二折："细思无此二回，亦有何害？一通报书去，一通答书来，干讨琴童气嘘嘘地，而于彼张、崔两人乃更不曾增得一毫颜色。世间做笔墨匠做成笔墨，却只与人如此用，真老大冤苦也！"然而，这两折尤为重要，正因为莺莺和张生隔空遥诉思念之情，才愈能体现二人重情。相较于当时社会重礼教、轻人性的儒家价值观，这是一种反抗和冲击。这两折也为后面剧情的发展做了铺垫，无论是张生给莺莺写信前，还是莺莺给张生回信后，莺莺都在担心张生移情别恋。这固然与莺莺的性格、心思和无奈有关，但更重要的是当时的社会环境如此，女凭夫贵，女子在很大程度上是男子的附属品。男子一旦飞黄腾达，抛弃结发妻子另寻新欢成了一种常态。在这个背景下，张生高中状元后依然能够珍视与莺莺的情感，期盼执莺莺之手，与莺莺偕老，弥足珍贵。从作者对第五本的整体安排上，第一折和第二折属于铺垫性的章节，就好像我们用弓箭射击目标之前，只有把弓弦往后拉得越满，箭射出去后才会飞得越远。作者用整整两折来描写莺莺和张生对彼此的思念之情，把两人互相思念的痛苦、无奈、凄凉、无助、难过、悲惨全部展现出来，才能使后面"有情人终成眷属"的剧情给观众带来更大的冲击和感动，正所谓只有历经艰辛的过程，才韵味十足，值得回味。

本折共有【蝶粉儿】【醉春风】【迎仙客】【上小楼】【幺篇】【满庭芳】【白鹤子】【快活三】【朝天子】【贺圣朝】【耍孩儿】【尾】12个曲调词牌。这12个曲调词牌又可以分成四个部分。第一部分为【蝶粉儿】【醉春风】以及之前的张生独白。这部分主要描写的是张生虽然高中状元，但因为见不到莺莺，思念成疾，即使皇帝已然授予了翰林院编修国史的职位，张生仍无心工作。这一点强调的是张生重视爱情、轻视名利，没有爱情、张生便如没有灵魂一般。这是对当时社会价值观的一种挑战。正因为全书中有诸多类似这样的针对当时社会制度的挑战的隐喻，才导致《西厢记》在成书后很长一段时间内被当作禁书。第二部分包括【迎仙客】【上小楼】【幺篇】【满庭芳】四个曲调词牌，主要写的是张生收到莺莺的回信马上大病痊愈，容光焕发。张生先是再三提及莺莺给张生回信的吉兆，先是灵鹊叫，再是喜蛛儿，还有灯花爆。古人认为，吉兆越多福气越多，张生此语一是强化表达自己内心的欢愉，二是表达了张生对莺莺的爱慕之深。然而接到回信最先看到的"泪点儿封皮上渍"，张生马上想到莺莺"写时管情泪如丝"，这与第一折中莺莺接张生的信时想到"修时和泪修"遥相呼应，这种不谋而合更显示出两人心有灵犀。在第一折中莺莺将张生的回信读给观众听，在第二折张生同样将莺莺的回信读给观众，这种直白的阐述，更近乎人情。莺莺的回信引用了"日近长安远""鳞鸿之杳""黄四娘""试新妆"等典故，寥寥数言却道出莺莺的深情厚谊。莺莺的回信朴实又精彩，触动到人心最敏感的地方，所以张生才又恢复了为爱痴狂风流才子的模样："那风风流流的姐姐！似这等女子，张珙死也死得著了。"并再次感慨："佳人才思，俺莺莺世间无二。"张生甚至要把莺莺的回信"做经咒般持，符箓般使"。怎样的人才能成为张生的挚爱，世间除莺莺无二。再说美丽大方、才华横溢、温婉善良的莺莺，怎么能让张生不爱？从【白鹤子】到【耍孩儿】是第三部分，这部分写的是张生对莺莺寄来的信物一一解读：琴以养性，簪以洁身，斑管以寄思，裹肚以贴心，鞋袜以克行。这种默契，既展现莺莺的才气，又点明了张生的才情，正所谓将遇良才好用功，才子佳人并蒂荣华。对莺莺的回信解读后，张生问琴童："你临行，小夫人对你说了什么？"得知莺莺的嘱托为"著哥哥休别继良姻"。对张生来说，莫说没有什么别家小姐要招其为婿，她们谁能够比莺莺更温柔、更有才思呢？莺莺捎给张生的一件件信物，张生都小心收藏，切须爱护。这样的心思，这样的举动，才是身虽遐，心实迩！从【二煞】开始到本折的结尾是第四部分，是张生内心想法的一种自述，张生回顾离开莺莺后的心思、经历和生活。功名利禄和前途未来都比不上他对莺莺天高地厚般的感情，万事万物都有一个生命周期，唯独张生对莺莺的爱直到海枯石烂才会停止。"不闻黄犬音，难传红叶诗"，虽然高中状元，但张生想的是恨不得胁下生双翅，飞回蒲东寺，与莺莺耳鬓厮磨，共度欢好青春。【四煞】的结尾是"凭栏视，听江声浩荡，看山色参差"，多少心思说不尽，因知莺莺心，才能让张生有心思听这浩浩荡荡的江音，看那层峦叠翠的山色。张生恨不得随江水奔流而去，恨不能将这阻隔相见的巍巍山脉看穿，张生与莺莺情之深，江山为其动容。【四煞】中最后一句，江声浩荡，也预示了下一折中莺莺与张生的误会，正所谓好事多磨，张生和莺莺的感情能经受得住郑恒的挑唆吗？他们能够有情人终成眷属吗？【尾】"忧则忧我在病中，喜则喜你来到此"，已给出暗示，只不知诸君可能领会？

第三折

原文

（净扮郑恒上开云）自家姓郑，名恒，字伯常。先人拜礼部尚书，不幸早丧。后数年①，又丧母。先人在时，曾定下俺姑娘②的女孩儿莺莺为妻，不想姑夫亡化③，莺莺孝服未满，不曾成亲。俺姑娘将著这灵榇，引著莺莺，回博陵下葬。为因路阻，不能得去。数月前写书来，唤我同扶柩去。因家中无人，来得迟了。我离京师，来到河中府，打听得孙飞虎欲掳莺莺为妻，得一个张君瑞退了贼兵，俺姑娘许了他。我如今到这里，没这个消息便好去见他；既有这个消息，我便撞将去④呵，没意思。这一件事，都在红娘身上。我著人去唤她，则说："哥哥从京师来，不敢来见姑娘，著红娘来下处⑤来，有话去对姑娘行说⑥去。"去的人好一会儿了，不见来。见姑娘和他有话说。

① 后数年：（父亲去世）几年后。数，虚词，几的意思。
② 姑娘：姑母。古人称呼长辈女性时，多以娘字为尊称，以用来表示亲近，比如称呼婶婶为婶娘，称呼姑母为姑娘。
③ 亡化：死亡。
④ 撞将去：贸然前去，大胆过去。
⑤ 下处：旅客停歇的场所，旅店。
⑥ 行说：游说。这里的意思是郑恒有要紧的话要告诉姑母（崔夫人）。

（红上云）郑恒哥哥在下处，不来见夫人，却唤我说话。夫人著我来，看他说什么。

（见净科）哥哥万福。夫人道："哥哥来到呵，怎么不来家里来？"

（净云）我有甚颜色①见姑娘？我唤你来的缘故是怎生②？当日姑夫在时，曾许下这门亲事。我今番到这里，姑夫孝已满了，特地央及你去夫人行说知，拣一个吉日，了这件事，好和小姐一答里下葬去③。不争不成合④，一答里路上难厮见⑤。若说得肯呵，我重重的相谢你。

（红云）这一节话再也休题。莺莺已与了别人了也。

（净云）道不得"一马不跨双鞍⑥"！可怎生父在时曾许了我，父丧之后母到悔亲？这个道理那里有！

（红云）却非如此说⑦。当日孙飞虎将半万贼兵来时，哥哥你在那里？若不是那生呵，那里得俺一家儿来？今日太平无事，却来争亲；倘被贼人掳去呵，哥哥如何去争？

（净云）与了一个富家，也不枉了，却与了这个穷酸饿醋。偏我

---

① 颜色：脸面。
② 怎生：什么。
③ "一答里"句：一起去安葬姑父（崔相国）。一答里，一起去，一块儿去。
④ "不争"句：只因为还没有和莺莺正式结为夫妻。不争，正因为。成合，成亲。
⑤ "一答里"句：一路上难得相见。古人按照儒家"守礼"，要求男女双方结婚之前不能见面，尤其是大家闺秀，更不能随便与外界男子相见。
⑥ 一马不跨双鞍：古代谚语，也做"一马不被双鞍"，是说一匹马不能佩戴两套马鞍，一般用以比喻忠臣不事二君或贞洁女子不许两个男子。
⑦ "却非"句：话可不是这样说的。

不如他？我仁者能仁、身里出身的根脚①，又是亲上做亲②，况兼他父命。

（红云）他到不如你？喏声！

【越调】【斗鹌鹑】卖弄你仁者能仁，倚仗你身里出身；至如你官上加官③，也不合亲上做亲。又不曾执羔雁邀媒④，献币帛问肯⑤。恰洗了尘⑥，便待要过门；枉腌了他金屋银屏⑦，枉污了他锦衾绣裀⑧。

【紫花儿序】枉蠢了他梳云掠月⑨，枉羞了他惜玉怜香⑩，枉衬

---

① 身里出身的根脚：我的根底和出身都是书香门第、官宦人家。第一个身，指的是郑恒的身家为官宦人家，第二个出身，是本意，即出身于。根脚：底细，根底。

② 亲上做亲：指的是郑恒和莺莺本来就是姑舅表亲。古人认为亲上结亲能够更加促进两家的关系。

③ "至如"句：就算你能够在父亲做官的基础上再做一个更大的官。至如，就算，即使。

④ 执羔雁邀媒：拿着小羊和雁邀请媒人（说和定亲）。羔雁：古代用作征召、婚聘、晋谒的礼物。

⑤ 献币帛问肯：缴纳彩礼求亲。献，贡献，献给。币帛，金钱和布匹，多指用于祭祀、进贡、馈赠的彩礼。问肯，求亲，古人结婚前的一种礼节。

⑥ "恰洗"句：刚刚下马来到这里。恰，刚刚。洗尘，常常和接风连用，指设宴欢迎远道来的客人，是接待亲友的一种礼仪。这里的意思是郑恒刚刚到河中府，什么事情都还未做呢。

⑦ "枉腌（ā）"句：（郑恒你说的这些话）简直就是白白玷污了这华丽的房间和银制的屏风。枉，徒然，白白地。腌，弄脏，使肮脏。金屋，出自汉武帝刘彻和馆陶公主的女儿陈阿娇的典故。银屏，银制的屏风。

⑧ 锦衾（qīn）绣裀（yīn）：锦缎被子，刺绣的褥子。衾，被子。裀，褥子。

⑨ 梳云掠月：妇女梳妆。"云"指发髻之形，"月"喻妇女容貌。

⑩ 惜玉怜香：男子对女子怜惜爱护。玉、香都是代指女子。

了他䛲雨尤云。当日三才始判①，两仪初分②；乾坤，清者为乾，浊者为坤，人在中间相混。君瑞是君子清贤，郑恒是小人浊民。

（净云）贼来，怎地他一个人退得？都是胡说！

（红云）我对你说。

【天净沙】把河桥飞虎将军，叛③蒲东掳掠人民，半万贼屯合寺门④，手横著霜刃⑤，高叫道要莺莺做压寨夫人。

（净云）半万贼，他一个人济甚么事？

（红云）贼围之甚迫⑥，夫人慌了，和长老商议，拍手高叫："两廊不问僧俗，如退得贼兵的，便将莺莺与他为妻。"忽有游客张生，应声而前曰："我有退兵之策，何不问我？"夫人大喜，就问其计何在。张生云："我有一故人白马将军，见统十万之众，镇守蒲关。我修书一封，著人寄去，必来救我。"不想书至兵来，其困即解。

【小桃红】洛阳才子善属文⑦，火急修书信。白马将军到时分，灭了烟尘⑧。夫人小姐都心顺，则为他威而不猛⑨，言而有

---

① 三才始判：宇宙刚刚形成，天地人三才刚刚分开。
② 两仪初分：天地才分开。两仪，指天地。
③ 叛：祸乱。
④ "半万"句：五千贼众在普救寺前驻扎围困。屯，聚集，驻扎。
⑤ 霜刃：像冰霜一样寒冷锋利的兵刃。
⑥ 甚迫：特别紧迫。
⑦ "洛阳"句：善于做文章的张生。洛阳才子，原指汉朝才子贾谊，贾谊是洛阳人，这里用洛阳才子代指张生。
⑧ 灭了烟尘：指打败贼寇。烟尘，烽烟尘土，代指战争。
⑨ 威而不猛：有威仪但不凶猛。

信,因此上不敢慢于人①。

(净云)我自来未尝闻其名,知他会也不会!你这个小妮子,卖弄他偌多②!

(红云)便又骂我!

【金蕉叶】他凭著讲性理《齐论》《鲁论》③,作词赋韩文柳文④,他识道理为人敬人,俺家里有信行知恩报恩。

【调笑令】你值一分,他值百十分,萤火焉能比月轮?高低远近都休论,我拆白道字⑤辩与你个清浑。

(净云)这小妮子省得甚么拆白道字,你拆与我听。

(红唱)君瑞是个"肖"字这壁著个"立人"⑥,你是个"木寸""马户""尸巾"⑦。

(净云)木寸、马户、尸巾,你道我是个"村驴屌"?我祖代是相国之门,倒不如你个白衣饿夫穷士?做官的则是做官!(红唱)

---

① "因此"句:因此都不敢轻慢张生。
② "卖弄"句:这般多地夸耀他。卖弄,夸耀,炫耀。偌,那么,这样。
③《齐论》《鲁论》:《论语》的不同版本。现在通行的《论语》是以《鲁论》的篇目为基础,将齐鲁二论融合而成。
④ 韩文柳文:韩,韩愈;柳,柳宗元。韩愈和柳宗元都是唐朝文学大家,是"唐宋八大家"中的两个。红娘在此用韩、柳的文章与张生的文章相比,意为张生文采斐然。
⑤ 拆白道字:一种文字游戏,把一个字拆开,用一句话描述出来。
⑥ "肖"字这壁著个"立人":此句拆的字为俏,意为张生俊俏,潇洒,风流,有才华。
⑦ "木寸""马户""尸巾":村、驴、屌。骂人的脏话。

【秃厮儿】他凭师友君子务本①，你倚父兄仗势欺人。齑盐日月不嫌贫②，治百姓新民、传闻③。

【圣药王】这厮乔议论④，有向顺⑤。你道是官人则合做官人，信口喷，不本分。你道穷民到老是穷民，却不道"将相出寒门"⑥！

（净云）这桩事，都是那长老秃驴弟子孩儿，我明日慢慢的和他说话。（红唱）

【麻郎儿】他出家儿慈悲为本⑦，方便为门⑧。横死眼不识好人，招祸口不知分寸。

（净云）这是姑夫的遗留⑨，我拣日，牵羊担酒，上门去，看姑娘怎么发落我！（红唱）

【幺篇】讪筋⑩，发村⑪，使狠，甚的是软款温存⑫。硬打捱强

---

① 君子务本：君子专心致志于根本的事务。出自《论语》："君子务本，本立而道生"。务，从事，致力于。
② "齑（jī）盐"句：（张生）不嫌弃自己长期的贫困，发奋读书。红娘此语是说张生品格高尚。齑：咸菜。日月，长年累月。
③ "治百姓"句：（张生科举高中，担任官职之后）管理百姓有政绩，被百姓赞扬传颂。
④ "这厮"句：（郑恒你）这小东西胡乱污蔑和评论（张生）。
⑤ 有向顺：有偏见。
⑥ 将相出寒门：武将和宰相常有出身于寒门之人。
⑦ 出家儿慈悲为本：出家人（佛门弟子）以做慈悲的善事为根本。
⑧ 方便为门：把方便普通民众作为得道成佛的门户。
⑨ 遗留：遗嘱，遗愿。指将莺莺许配给郑恒是崔相国生前确定的事情。
⑩ 讪筋：恼羞成怒而使得青筋暴起。
⑪ 发村：撒野，发脾气。
⑫ "甚的"句：（你都忘记）什么是温柔体贴了。甚的是，什么是。软款，温柔，柔软。温存，温柔体贴。

为眷姻①，不睹事强谐秦晋②。

（净云）姑娘若不肯，著二三十个伴俏③，抬上轿子，到下处脱了衣裳，赶将来，还你一个婆娘！（红唱）

【络丝娘】你须是郑相国嫡亲的舍人④，须不是孙飞虎家生的莽军⑤。乔嘴脸、腌躯老、死身分⑥，少不得有家难奔。

（净云）兀的那小妮子，眼见得受了招安⑦了也。我也不对你说，明日我要娶，我要娶！（红云）不嫁你，不嫁你！

【收尾】佳人有意郎君俊，我待不喝采其实怎忍⑧。

（净云）你喝一声我听。

（红笑云）你这般颓嘴脸，

则好偷韩寿下风头香⑨，傅何郎左壁厢粉。（下）

（净脱衣科云）这妮子拟定都和那酸丁演撒！我明日自上门去见俺姑娘，则做不知。我则道："张生赘⑩在卫尚书家，做了女

---

① "硬打"句：强行胁迫结成亲眷。
② "不睹事"句：不明事理地强行结成姻缘。不睹事，稀里糊涂，不明事理。
③ 伴俏：仆役。古人称跟随主人出门的仆役为伴俏。
④ 舍人：宋、元时对显贵子弟的称呼。
⑤ 莽军：强盗、贼寇。
⑥ "乔嘴脸"句：丑恶的嘴脸，肮脏的身躯，找死的样子。
⑦ 招安：本意为古代朝廷招降反贼，贼寇归顺朝廷，这里的意思是红娘受张生蛊惑站在张生一边了。
⑧ "我待"句：我怎么能忍心不为他们的感情喝采，促成他们（莺莺和张生）的姻缘呢？
⑨ "则好偷"二句：分别出自典故"韩寿偷香""傅粉何郎"，红娘以韩寿、何郎比张生，讥讽郑恒不及张生。
⑩ 赘：入赘。

婿。"俺姑娘最听是非①,她自小又爱我,必有话说。休说别个,则这一套衣服也冲动他②。自小京师同住,惯会寻章摘句③。姑夫许我成亲,谁敢将言相拒?我若放起刁来,且看莺莺那去!且将压善欺良意,权作尤云殢雨心。(下)

(夫人上云)夜来郑恒至,不来见我,唤红娘去问亲事。据我的心,则是与孩儿是④;况兼相国在时已许下了。我便是违了先夫的言语。只因这厮每做下来了,不是呵,拟定则与郑恒。今他有言语,怪他不得也。料持下酒者⑤,今日他敢来见我也。

(净上云)来到也,不索报覆⑥,自入去见夫人。(拜夫人哭科)

(夫人云)孩儿,既来到这里,怎么不来见我?

(净云)小孩儿有甚嘴脸来见姑娘!

(夫人云)莺莺为孙飞虎一节,等你不来,无可解危,许张生也。

(净云)那个张生?敢便是状元?我在京师看榜来,年纪有二十四五岁,洛阳张珙,夸官游街三日。第二日,头答⑦正来到卫尚书家门首⑧,尚书的小姐十八岁也,结著彩楼,在那御街上,则

---

① 最听是非:最喜欢听信这种是非流言,小道消息。
② 冲动他:诱惑,挑动。
③ 寻章摘句:原意指读书时摘记词句。这里指抓住崔相国说的话语不放。
④ "则是"句:则应该把莺莺许配给郑恒才对。
⑤ "料持"句:(给郑恒)料理安排一些下酒的菜。
⑥ 不索报覆:不需要禀报。不索,不需要,不用。报覆,禀报;报知。
⑦ 头答:也作"头搭"。古代官员出行时,走在前面的仪仗。
⑧ 门首:门口。

一球正打著他①。我也骑著马看，险些打著我。他家粗使梅香十余人，把那张生横拖倒拽入去。他口叫道："我自有妻，我是崔相国家女婿！"那尚书有权势气象，那里听？则管②拖将入去了。这个秀才，便是他本出于无奈。尚书说道："我女奉圣旨，结彩楼，你著崔小姐做次妻③。他是先奸后娶的，不应娶他。"闹动京师，因此认得他。

（夫人怒云）我道这秀才不中抬举④，今日果然负了俺家。俺相国之家，世无与人做次妻之理。既然张生奉圣旨娶了妻，孩儿，你拣个吉日良辰，依著姑夫的言语，依旧入来做女婿者。

（净云）倘或张生有言语，怎生？

（夫人云）放著我哩。明日拣个吉日良辰，你便过门来。（下）

（净云）中了我的计策了。准备筵席茶礼花红，克日过门者。（下）

（洁上云）老僧昨日买登科记⑤看来，张生头名状元，授著河中府尹⑥。谁想夫人没主张，又许了郑恒亲事。老夫人不肯去接，我将著肴馔⑦，直至十里长亭，接官走一遭。（下）

（杜将军上云）奉圣旨，著小官主兵蒲关，提调⑧河中府事，上马管军，下马管民。谁想君瑞兄弟一举及第，正授河中府尹，不曾

---

① "一球"句：古代富贵官宦人家女子择婿的一种方式，女家搭建彩楼，女子手持绣球，抛向人群，接到绣球者既为女子夫婿。

② 则管：副词，只管。

③ 次妻：妾。

④ 不中抬举：不知好歹。

⑤ 登科记：科举时代及第士人的名录，称为登科记。

⑥ 府尹：官职名，掌地方行政。

⑦ 肴（yáo）馔（zhuàn）：丰盛的饭菜。

⑧ 提调：管理，调度。

接得。眼见得在老夫人宅里下,拟定乘此机会成亲。小官牵羊担酒,直至老夫人宅上,一来庆贺状元,二来做主亲①,与兄弟成此大事。左右②那里?将马来,到河中府走一遭。(下)

精彩解说

大反派郑恒上场,先是自报家门,直述父亲在时,曾为郑恒和莺莺定下了亲事,虽然崔相国魂归九天,郑恒还想着尽快和莺莺成亲。在来河中府的途中,郑恒听说了孙飞虎要掳掠莺莺做压寨夫人被张君瑞解救的事情,也知道崔老夫人将莺莺许配给了张生。按说君子有成人之美的品德,但郑恒此时的心思却是如何破坏张生和莺莺的姻缘。为了得到莺莺,郑恒先是喊来了红娘打探情况,并且利诱红娘,然而红娘软硬不吃。郑恒坦言如果莺莺嫁给一个富贵人家,也无所谓,只是嫁给一个穷酸饿醋的读书人,郑恒心中不平。红娘针对郑恒的观点一一反驳,将郑恒贬得一文不值。郑恒再三思量后,决定出一招挑拨离间的计谋来诓娶莺莺,编出张生在京城入赘卫尚书家的谎话,造谣张生要让莺莺做妾。这对于看重门楣德望的崔老夫人来说,是不可以接受的。在郑恒的挑拨下,崔老夫人再次改变主意,将莺莺许配给郑恒,还让郑恒尽快挑选良辰吉日迎娶莺莺过门。在郑恒庆幸自己阴谋得逞之时,另一边张生已任河中府尹,正赶往河中府。普救寺方丈也准备到十里长亭为张生接风,张生的结拜弟兄杜确将军也在安排到河中府给张生和莺莺做主婚人的事宜。究竟是谁更快一步?读者翘首以待。

---

① 主亲:主持婚事的人。
② 左右:身边的随从。

智慧解析

本折又名"郑恒求配",以郑恒的说白和红娘的独唱为主,辅以郑恒和崔老夫人的对白。《西厢记》作者写莺莺和张生的爱情之路,共设计了三次坎坷阻碍:其一是孙飞虎抢亲;其二是崔老夫人赖婚;其三便是郑恒求配。此折是莺莺和张生爱情路上最后一个难关,在笔者看来这也是最大的一个难关,因为孙飞虎抢亲和崔老夫人赖婚,都是外部因素,而此次郑恒为求配莺莺,编造张生入赘卫尚书家的谎言,导致莺莺和张生出现信任危机。这种伎俩之所以能够成功,有两点原因:一是崔老夫人对张生存有偏见,认为张生"不中抬举";二是当时的社会上,许多人飞黄腾达后再娶美娇妻的现象很普遍。崔、张二人是否能够经受住这样的考验,是"大团圆"结局的关键。

郑恒登场后,首先介绍了自己的身世经历,其身世其实与张生相差无几,但是优势在于:一是郑家和崔家原有婚约;二是两家本系姻亲,如果莺莺嫁给郑恒,则是亲上加亲。郑恒明确表示他知晓孙飞虎围寺、抢亲,张生用计谋退兵,崔老夫人将莺莺许配给张生等事情,按照当时尊崇的儒家思想,君子当成人之美,然而郑恒想的却是如何拆散张生和莺莺。为实现这个目的,郑恒首先想到的是打通红娘这一个节点。这反映出郑恒并不是草包一个,他在看事情时能够比较准确地看到要害,并且能够针对问题制定并实施对策。郑恒这一人物在全书开篇就被崔母提到,虽未出场,但是在前四本中都有提到,是贯穿全书的一条暗线,郑恒似远实近,每次都能在关键时候被崔老夫人用作阻碍莺莺和张生结合的挡箭牌。张生和郑恒的身世、门楣相差无几,现在张生不仅俘获美人心,而且高中状元,这对于郑恒来说是一种刺激。郑恒争婚,是全书最后一个矛盾,也为最后一折的阻碍除、大团圆预做了铺展。郑恒见到红娘时,没有先说明已经知道崔老夫人将莺莺许配给张生的事,而是直接请红娘帮忙促成先人既定的婚约,以便帮助莺莺共同将崔相国下葬。郑恒其实在这里是要了个小聪明,先将自己放在一个道德的制高点上,解释说之所以要尽快跟莺莺成亲,是因为要名正言顺地"和小姐一答里下葬去",并且对红娘诱之以利:"若说得肯呵,我重重的相谢你。"怎奈红娘心思灵巧、缜密,一口拒绝:"这一节话再也休题。莺莺已与了别人了也。"郑恒见红娘不上当,马上改变策略,开始对红娘动之以情:"我仁者能仁、身里出身的根脚,又是亲上做亲,况兼他父命。"可是红娘又巧妙地对郑恒的借口有力反驳。郑恒利诱不成、情骗不行,便试图威胁:"姑娘若不肯,著二三十个伴偕,抬上轿子,到下处脱了衣裳,赶将来,还你一个婆娘!"其实这种胁迫不足惧怕,红娘断定郑恒不敢为了迎娶莺莺而行有辱门风之事。红娘步步为营,一步一步诱导郑恒间接承认了莺莺与张生结合的合法性和合理性,两人之间的对话犹如高手过招,郑恒是高手,怎奈红娘更是技高一筹,最后逼得郑恒节节败退,丢盔弃甲。郑恒明白红娘路线走不通后,便开始谋划新的阴谋,编造了张生入赘卫尚书家的谎言,在崔老夫人面前搬弄是非:"俺姑娘最听是非,他自小又爱我,必有话说。休说别个,则这一套衣服也冲动他。自小京师同住,惯会寻章摘句。姑夫许我成亲,谁敢将言相拒?"在之后郑恒与崔老夫人的会面中,崔老夫人明显不如红娘心思缜密,很快被郑恒哄骗入套:"我道这秀才不中抬举,今日果然负了俺家。俺相国之家,世无与人做次妻之理。既然张生奉圣旨娶了妻,孩儿,你拣个吉日良辰,依著姑夫的言语,依旧入来做女婿者。"然后郑恒进一步刺激崔夫人:"倘或张生有言语,怎生?"崔老夫人:"放著我哩。明日拣个吉日良辰,你便过门来。"在郑恒暗自庆幸自己的阴谋得逞之时,张生被授任河中府尹,正在往河中府上任的路上;张生的结拜兄弟杜确,也升任河中府事,计划到河中府为张生和莺莺主持婚事。普救寺方丈因劝解崔老夫人不成，无奈只好自己准备菜肴到十里长亭为张生接官。本折的最后给观众留下一个悬念：有情人是否真能终成眷属？本折通过郑恒与红娘的对话，郑恒与崔老夫人的对话，将郑恒无德、善妒、龌龊、诡黠等缺点全面揭露，从而将莺莺与张生才子佳人的结合推向了道德高地，使得观众更为莺莺和张生的结合而喝彩。在场面上，本折主要表现为科诨戏谑，一改前两折的相思苦楚气氛。这一折中红娘怼郑恒的对话大快人心、酣畅淋漓。老夫人已然做主将莺莺重新许配给郑恒，张生将归，杜确助阵，方丈已出迎至十里长亭，美艳善良又才思敏捷的女主角莺莺，能否顺利得嫁状元公？

第四折

原文

（夫人上云）谁想张生负了俺家,去卫尚书家做女婿去。今日不负老相公遗言,还招郑恒为婿。今日好个日子,过门者。准备下筵席,郑恒敢待来也。

（末上云）小官奉圣旨,正授河中府尹。今日衣锦还乡,小姐的金冠霞帔都将著①,若见呵,双手索送②过去。谁想有今日也呵!文章旧冠乾坤内③,姓字新闻日月边④。

【双调】【新水令】玉鞭骄马出皇都,畅风流玉堂人物。今朝三品职,昨日一寒儒。御笔亲除,将名姓翰林注⑤。

【驻马听】张珙如愚⑥,酬志了三尺龙泉万卷书⑦;莺莺有福,

---

① 将著：拿着，带着。

② 索送：呈送。

③ "文章"句：指科举考试时候写的文章最好,考取第一。

④ "姓字"句：皇帝和皇后都听说了（张生的）名字。日月,代指皇帝和皇后。

⑤ "将名姓"句：把姓名登记在翰林院的名册上。注,登记。

⑥ 张珙如愚：张生表面上像个愚钝之人,实际上是有大智慧的人。

⑦ "酬志"句：通过习文练武,科举中榜实现了报效朝廷、造福百姓的志向。酬,实现。志,志向,理想。龙泉,宝剑的名称。

稳请了五花官诰七香车①。身荣难忘借僧居，愁来犹记题诗处。从应举，梦魂儿不离了蒲东路。

（末云）接了马者。

（见夫人科）新状元河中府尹婿张珙参见。

（夫人云）休拜，休拜！你是奉圣旨的女婿，我怎消受得你拜！

（末唱）

【乔牌儿】我谨躬身问起居②，夫人这慈色为谁怒？我则见丫鬟使数都厮觑③，莫不我身边有甚事故？

（末云）小生去时，夫人亲自饯行，喜不自胜。今日中选得官，夫人反行不悦，何也？

（夫人云）你如今那里想著俺家？道不得个"靡不有初，鲜克有终"。我一个女孩儿，虽然妆残貌陋，他父为前朝相国，若非贼来，足下甚气力到得俺家？今日一旦④置之度外，却于卫尚书家作婿，岂有是理！

（末云）夫人听谁说？若有此事，天不盖，地不载，害老大小疔疮⑤！

---

①"稳请"句：稳稳得到皇帝亲封的诰命身份，坐定了七香车。请，得到。五花官诰，皇帝册封大臣夫人的文书，因其是用五色金花绫纸制成，故称为"五花官诰"，古代皇帝会对朝廷大臣的妻子册封诰命身份，以示皇恩。七香车，用多种香料涂饰，或各种香木制成的豪华车子。

②谨躬身问起居：小心地弯下身子行鞠躬礼并问候崔老夫人的起居健康。谨，小心，谨慎。躬身，弯下身子。鞠躬，表示张生对崔老夫人的恭敬。

③厮（sī）觑（qù）：相看，观望。

④一旦：副词，表示突然的意思。

⑤"害老大小"句：让（张生我）患上极大的疔疮病症。害，患病，使患病。老大小，偏义复词，犹很大。疔疮，疾病名，恶疮，重则可致命。

【雁儿落】若说著丝鞭①士女图，端的是塞满章台路②。小生呵此间怀旧恩③，怎肯别处寻亲去。

【得胜令】岂不闻"君子断其初"④，我怎肯忘得有恩处？那一个贼畜生行⑤嫉妒，走将来老夫人行厮间阻⑥？不能勾娇姝⑦，早共晚施心数⑧；说来的无徒⑨，迟和疾上木驴⑩。

（夫人云）是郑恒说来，绣球儿打著马了，做女婿也。你不信呵，唤红娘来问。

（红上云）我巴不得见他。元来得官回来，惭愧，这是非对著也。

（末背问云）红娘，小姐好么？

（红云）为你别做了女婿，俺小姐依旧嫁了郑恒也。

（末云）有这般跷蹊的事！

【庆东原】那里有粪堆上长出连枝树，淤泥中生出比目鱼？不明

---

① 丝鞭：古时用作缔结婚姻的信物。递接丝鞭是古代彩楼招亲的一个程序。女方抛出的绣球打中男方后，会向男方递送丝鞭。男方如接受，则意味着同意婚约。
② 章台路：汉朝长安的一条街道，因位置在秦国时所修的章台宫内的章台之下，故名。后用来代指风流之地、繁华游乐之处。
③ 此间怀旧恩：此时还记着和莺莺昔日的恩情。
④ 君子断其初：谚语，对于君子而言，事情一旦开始就不会反悔，比喻做事坚定。
⑤ 行：言，说。
⑥ 间阻：从中作梗。
⑦ "不能勾"句：不能获取莺莺的芳心。勾，获取，得到。娇姝，美人的意思，代指莺莺。
⑧ "早共晚"句：从早到晚用心计（破坏张生和莺莺的感情）。心数，心计。
⑨ "说来的"句：说起这个无耻之徒。无徒，无赖，无耻之人。
⑩ "迟和疾"句：早晚要遭受上木驴的刑罚处罚。上木驴，古代刑罚，极刑。木驴是将犯人凌迟处死的一种刑具。

白展污了姻缘簿①？莺莺呵，你嫁个油炸猢狲②的丈夫；红娘呵，你伏侍个烟熏猫儿③的姐夫；张生呵，你撞著个水浸老鼠④的姨夫⑤。这厮坏了风俗，伤了时务⑥。（红唱）

【乔木查】妾前来拜覆，省可里⑦心头怒！间别来⑧安乐否？你那新夫人何处居？比俺姐姐是何如？

（末云）和你也葫芦题⑨了也。小生为小姐受过的苦，诸人不知，瞒不得你。不甫能⑩成亲，焉有是理？

【搅筝琶】小生若求了媳妇，则目下便身殂。怎肯忘得待月回廊⑪，难撇下吹箫伴侣⑫。受了些活地狱，下了些死功夫。不甫能得做妻夫，见将著夫人诰敕⑬，县君⑭名称，怎生待欢天喜地，两只手儿分付与⑮，你划地⑯到把人赃诬。

---

① "不明白"句：不明不白地玷污了姻缘簿。姻缘簿，上天确定男女婚姻的名册。古时认为男女姻缘乃上天注定的，具体名册由掌管姻缘的神仙月老管理。
② 油炸猢狲：骂人的话，比喻轻薄放荡。
③ 烟熏猫儿：骂人的话，比喻面貌污秽。
④ 水浸老鼠：骂人的话，比喻卑鄙猥琐。
⑤ 姨夫：戏曲中将共恋一女的两个男子戏称为姨夫。
⑥ 伤了时务：破坏了当下的风俗礼仪。时务，本指重大世事，此指当下的风俗。
⑦ 省可里：休要，免得。可里，语气助词，无实义。
⑧ 间别来：自从分别以来。
⑨ 葫芦题：也作葫芦提，太糊涂了。葫芦，同糊涂。
⑩ 不甫能：好不容易。不，助词，无义。
⑪ "怎肯"句：怎么能够忘记莺莺在月夜里西厢下等待我的感情呢。
⑫ "难撇下"句：难以抛弃和我一起吹过箫曲的伴侣。吹箫伴侣，代指莺莺。
⑬ 诰敕（chì）：皇帝册封诰命夫人的诏书。
⑭ 县君：古代宗女、命妇的封号。
⑮ "两只"句：两只手捧着要递给（莺莺）。分付，交给。
⑯ 划（chǎn）地：平白无故。

（红对夫人云）我道张生不是这般人，则唤小姐出来自问他。

（叫旦科）姐姐，快来问张生。我不信他直恁般薄情。我见他呵，怒气冲天，实有缘故。

（旦见末科）

（末云）小姐间别无恙？

（旦云）先生万福。

（红云）姐姐有的言语，和他说破。

（旦长吁云）待说甚么的是！

【沈醉东风】不见时准备著千言万语，得相逢都变做短叹长吁。他急攘攘①却才来，我羞答答怎生觑。将腹中愁恰待伸诉，及至相逢一句也无。则道个"先生万福"。

（旦云）张生，俺家何负足下？足下见弃妾身，去卫尚书家为婿，此理安在？

（末云）谁说来？

（旦云）郑恒在夫人行说来。

（末云）小姐如何听这厮？张珙之心，惟天可表！

【落梅风】从离了蒲东路，来到京兆府，见个佳人世不曾②回顾。硬揣个卫尚书家女孩儿为了眷属③，曾见他影儿的也教灭门绝户！

（末云）这一桩事都在红娘身上，我则将言语傍著④他，看他说什

---

① 急攘攘（rǎng）：着急忙慌的样子。
② 世不曾：从来没有。
③ "硬揣"句：把卫尚书家女儿强加做了（张生的）妻子。
④ 傍著：质问的意思。

么。红娘，我问人来，说道^①你与小姐将简帖儿去唤郑恒来。

（红云）痴人！我不合与你作成^②，你便看得我一般^③了。

【甜水令】君瑞先生，不索踌躇，何须忧虑。那厮本意糊突^④；俺家世清白，祖宗贤良，相国名誉。我怎肯他根前^⑤寄简传书？

【折桂令】那吃敲才^⑥怕不口里嚼蛆，那厮待数黑论黄^⑦，恶紫夺朱^⑧。俺姐姐更做道软弱囊揣^⑨，怎嫁那不值钱人样豭驹^⑩。你个东君^⑪索与莺莺做主，怎肯将嫩枝柯折与樵夫^⑫。那厮本意嚣虚^⑬，将足下亏图^⑭，有口难言，气夯破胸脯。

（红云）张生，你若端的不曾做女婿呵，我去夫人根前一力保

---

① 说道：听说。
② 不合与你作成：不应该帮你（张生）传递情书，促成你（张生）和莺莺的姻缘。
③ 一般：普通，平庸，低贱。
④ 糊突：同"糊涂"。
⑤ 根前：身边，附近。根，同"跟"。
⑥ 吃敲才：骂人的话，该死的东西。敲，短杖式的刑具。敲刑，古代刑罚的一种，用短棍子将人打死。
⑦ 数黑论黄：说长道短，挑拨是非。
⑧ 恶(è)紫夺朱：令人憎恨的紫色夺取了红色的光彩，比喻以邪压正的意思。
⑨ 囊揣：懦弱，软弱。
⑩ 人样豭(jiā)驹(jū)：骂人的话，像公猪笨驴一样的人。豭，公猪；驹，小马，小驴。
⑪ 东君：太阳，太阳神。这是红娘对张生的敬称。
⑫ 樵夫：古代砍柴卖柴为生的人。古代认为樵夫、渔夫等都属于下九流的职业。这里是红娘对郑恒的蔑称。
⑬ 嚣虚：嚣张，虚假。
⑭ 亏图：污蔑，谋害。

你。等那厮来,你和他两个对证①。

(红见夫人云)张生并不曾人家做女婿,都是郑恒谎,等他两个对证。

(夫人云)既然他不曾呵,等郑恒那厮来对证了呵,再做说话②。

(洁上云)谁想张生一举成名,得了河中府尹。老僧一径到夫人那里庆贺。这门亲事,几时成就?当初也有老僧来,老夫人没主张,便待要与郑恒。若与了他,今日张生来,却怎生?

(洁见末叙寒温科)(对夫人云)夫人今日却知老僧说的是,张生决不是那一等没行止③的秀才。他如何敢忘了夫人?况兼杜将军是证见,如何悔得他这亲事?

(旦云)张生此一事,必得杜将军来方可。

【雁儿落】他曾笑孙庞真下愚,若是论贾马非英物④,正授著征西元帅府,兼领著陕右河中路。

【得胜令】是咱前者护身符,今日有权术⑤。来时节定把先生助,决将贼子诛。他不识亲疏,啜赚良人妇。你不辨这个贤愚,无毒不丈夫⑥。

(夫人云)著小姐去卧房里去者。

(旦、红下)(杜将军上云)下官离了蒲关,到普救寺,第一来

---

① 对证:对质。
② 再做说话:再说道理。说话,说理的意思。
③ 没行止:行为举止不正派,不端正。
④ "他曾笑"二句:他(指杜将军)曾嘲笑孙膑、庞涓真是下等愚钝之人;论及贾谊、司马迁,也认为他们不是英雄。这两句意为夸赞杜将军能文能武,赛过孙、庞及贾、马等人。
⑤ 有权术:有权力,有办法。
⑥ 无毒不丈夫:谚语,意思是要成就大事业必须手段毒辣,技高一筹。

庆贺兄弟咱；第二来就与兄弟成就了这亲事。

（末对将军云）小弟托兄长虎威，得中一举。今者回来，本待做亲。有夫人的侄儿郑恒，来夫人行说道，你兄弟在卫尚书家作赘了。夫人怒欲悔亲，依旧要将莺莺与郑恒，焉有此理？道不得个"烈女不更二夫①"。

（将军云）此事夫人差矣。君瑞也是礼部尚书之子，况兼又得一举。夫人世不招白衣秀士②，今日反欲罢亲，莫非理上不顺？

（夫人云）当初夫主在时，曾许下这厮，不想遇此一难，亏张生请将军来，杀退贼众。老身不负前言，欲招他为婿。不想郑恒说道，他在卫尚书家做了女婿也，因此上我怒他，依旧许了郑恒。

（将军云）他是贼心，可知道诽谤他。老夫人如何便信得他？

（净上云）打扮得整整齐齐的，则等③做女婿。今日好日头，牵羊担酒，过门走一遭。

（末云）郑恒，你来怎么？

（净云）苦也！闻知状元回，特来贺喜。

（将军云）你这厮，怎么要诳骗良人的妻子，行不仁之事，我根前有甚么话说？我闻奏朝廷，诛此贼子。（末唱）

【落梅风】你硬撞入桃源路④，不言个谁是主⑤，被东君把你个蜜蜂儿拦住⑥。不信呵去那绿杨影里听杜宇⑦，一声声道"不如归

---

① 烈女不更二夫：贞洁女子不能嫁第二个丈夫。
② 白衣秀士：没有考取功名的秀才。白衣，白丁，平民。
③ 则等：只等着。
④ 桃源路：通往美人住处的道路。
⑤ "不言"句：不管（莺莺）是否已经名花有主。
⑥ "被东君"句：被主管春天的神仙把你这只意欲采花的蜜蜂给阻拦住。蜜蜂以采食花蜜为生，此指郑恒是个采花的浪荡小人。
⑦ 杜宇：杜鹃鸟。

去①"。

（将军云）那厮若不去呵，祗候②拿下。

（净云）不必拿，小人自退亲事与张生罢。

（夫人云）相公息怒，赶出去便罢。

（净云）罢，罢！要这性命怎么，不如触树身死③。妻子空争不到头，风流自古恋风流。三寸气在千般用，一日无常④万事休。

（净倒科）（夫人云）俺不曾逼死他，我是他亲姑娘，他又无父母，我做主葬了者。著唤莺莺出来，今日做个庆喜的茶饭，著他两口儿成合⑤者。（旦、红上，末、旦拜科）（末唱）

【沽美酒】门迎著驷马车⑥，户列著八椒图⑦，四德三从⑧宰相女，平生愿足，托赖著众亲故。

【太平令】若不是大恩人拔刀相助，怎能勾好夫妻似水如鱼。

---

① 不如归去：杜鹃鸟的叫声听起来像"不如归去"。
② 祗（zhī）候：衙门的小吏或官宦人家的仆役。这里指的是杜确将军的随从。
③ "不如"句：还不如撞到树上死了呢。古人认为人生四大恨事分别为亡国之恨、灭门之恨、夺妻之恨以及杀父之仇，所以郑恒撞树而死是符合封建礼教的价值观念的。以现在的观点看，郑恒虽有错，但罪不至死。
④ 无常：指人死去。
⑤ 成合：成亲。
⑥ 驷马车：也做驷马高车，古代官宦或富贵人家乘坐的由四匹马拉着的豪华马车。
⑦ 八椒图：官署和显贵府第大门上的螺形装饰物。
⑧ 四德三从：也做三从四德，封建社会对女子的要求，认为女子做到三从四德才能称为好女子。三从指在家从父、出嫁从夫、夫死从子，四德指妇德、妇言、妇容、妇功。

得意也当时题柱①，正酬②了今生夫妇。自古、相女、配夫③，新状元花生满路。（使臣上科）（末唱）

【锦上花】四海无虞，皆称臣庶；诸国来朝，万岁山呼④；行迈羲轩⑤，德过舜禹；圣策神机，仁文义武⑥。

【幺篇】朝中宰相贤，天下庶民富；万里河清⑦，五谷成熟；户户安居，处处乐土；凤凰来仪⑧，麒麟屡出⑨。

【清江引】谢当今盛明唐圣主，敕赐为夫妇。永老无别离，万古常完聚，愿普天下有情的都成了眷属。

【随尾】则因月底联诗句，成就了怨女旷夫。显得有志的状元能，无情的郑恒苦。（下）

---

① "得意"句：当时得到皇帝的赏识感觉很得意。题柱，得到皇帝的赏识。相传汉灵帝时，田凤为尚书郎，仪貌端正。入奏事出，灵帝目送之，因题殿柱曰："堂堂乎张，京兆田郎。"后遂以"题柱"为得到皇帝赏识之典。

② 酬：实现。

③ "自古"句：自古以来，都是根据女子的容貌和德行来为她匹配夫婿，有讲究门当户对之意。

④ 万岁山呼：古时臣民对皇帝的祝颂仪式，叩头高呼"万岁"三次。此处指太平盛世，万民归心，所有臣民都感激皇恩浩荡。

⑤ 行迈羲（xī）轩：德行超过了伏羲和轩辕（黄帝）。迈，超过，比……高明。羲，伏羲氏，华夏民族人文先始，三皇之一。轩，轩辕氏（黄帝），中国远古时代华夏民族的共主，五帝之首，击败蚩尤，统一了华夏部落。

⑥ 仁文义武：文治武功都符合儒家仁义的标准。

⑦ 万里河清：万里黄河的水都清了，形容国内安定，天下太平。黄河水浊，少有清时，古人以"河清"为升平祥瑞的象征。

⑧ 凤凰来仪：凤凰都飞来并且有容仪，古人以此为祥瑞的预兆，称赞皇帝的德行。

⑨ 麒麟屡出：各地屡屡能够看到代表祥瑞的麒麟神兽。麒麟，是指中国传统瑞兽，古人认为，麒麟出没处，必有祥瑞。

题目　小琴童传捷报　崔莺莺寄汗衫

正名　郑伯常干舍命　张君瑞庆团圆

总目

张君瑞要做东床婿

法本师住持南赡地

老夫人开宴北堂春

崔莺莺待月西厢记

西厢记五剧第五本终

精彩解说

崔老夫人开场便说张生辜负了崔家和莺莺的情谊，入赘到卫尚书家。崔老夫人按照崔相国生前的约定，将莺莺许配给郑恒，挑好了良辰吉日，便要过门。在这关键时刻，张生终于赶到了河中府，准备着凤冠霞帔前往普救寺崔家寄宿处求亲。然而张生刚刚下马见到崔老夫人，便被浇了一盆冷水，崔老夫人质问张生为什么入赘卫尚书家。张生一头雾水，对崔老夫人解释是有人中伤诬陷自己，自己心里只有莺莺，怎么会别处娶妻，甚至诅咒中伤自己的人不得好死。崔老夫人又叫出红娘与张生对质，张生无奈对红娘第二遍解释。之后张生又第三次向莺莺解释，并且发下毒誓。最后张生和郑恒对质。郑恒理亏，马上认怂，承认了挑拨离间的阴谋。并在张生和杜确的威慑下，自惭形秽以至于不能苟活，选择撞树而亡，以死谢罪。在本书最后的大反派郑恒死后，张生和莺莺终于渡过所有难关，在崔老夫人和杜确将军的主持下终于结成了夫妻，成就了圆满大结局的《西厢记》。

智慧解析

本折又名"衣锦还乡",描写整部《西厢记》的圆满结局。与本书前三折中的悲情、凄凉和令人心悬的剧情设计相比,本折剧情主旋律轻快简洁,戏剧场面整体上轻松愉快。也正是因为前三折将观众情绪铺垫得丰满饱和,才会在结局之时给观众更大的冲击。王实甫先生之所以这样设计本折剧情:一是为了强化表达张生对莺莺的感情;二是通过设置跌宕起伏的剧情进一步抓住观众的猎奇心理。在郑恒与张生对质之后,郑恒马上心虚认输并自惭形秽至撞树而亡的剧情设计略显突兀,容易令现在的观众感到迷惑。但是于当时社会价值观而言,郑恒夺人之妻,乃是十恶不赦之罪,张生必然与其不共戴天,所以于当时的观众而言,郑恒的死是必然的。郑恒的自尽身亡,一方面展示出恶有恶报的价值导向,另一方面又展示出张生宽宏大量的品格,让张生的主角光环更加鲜亮,张生的形象更加伟岸,也让才子佳人的剧情设计更加合理。在最后一折中,张生和莺莺的光辉形象再次被放大。相对于第三折中红娘怼郑恒的机巧敏捷,这一折中红娘的言行设计得较为缓慢笨拙,红娘先是不分青红皂白质问张生为何抛弃莺莺,听到张生解释后马上又跟崔老夫人说:"我道张生不是这般人。"而相对于红娘的大大咧咧和咋咋呼呼,莺莺的表现则更显冷静温婉,莺莺见张生先是道一声"先生万福",而后才将从郑恒处听说张生另娶他人的事情对张生娓娓道来。作者对剧情的种种安排最主要的目的还是为了突出张生与莺莺的结合是男才女貌、一双两好。自古以来中国戏曲的大团圆结局均是令观者识其有心如此与恕其无可奈何者。从戏剧架构上讲,构成"大团圆"结局的必要条件有两个:第一,全剧中的重要人物均须在最后一折(出)中登场;第二,故事的结局应当团圆、欢乐。但究竟如何运作,不同作者会采取不同的处理方式。就本剧而言,最后的这一折仍然一波三折,先是张生再三解释,到方丈作保,再到杜确出场,直到郑恒诡计败露自尽身亡,张生与莺莺才佳偶天成。惊、怒、忧、思、恐、悲、喜,七情俱矣,才是"到底不懈之笔,愈远愈大之才"也。

本折共有21支词牌曲调,是第五本中篇幅最大的一折。这21支词牌曲调要划分为四个部分来解读。第一部分是开篇到【驻马听】,这个部分算一个引子,引出张生和莺莺修成正果前的最后一难。崔老夫人登场直接把张生定性为忘恩负义、重利轻义之人,并将莺莺重新许配给侄儿郑恒。而此时正在赶往河中府的张生还对此一无所知,张生还在憧憬着将凤冠霞帔交由莺莺时的画面:"张珙如愚,酬志了三尺龙泉万卷书;莺莺有福,稳请了五花官诰七香车。"对于观众而言,究竟是张生先赶回莺莺身边还是郑恒快人一步,悬念待解。

第二部分从【乔牌儿】到第二支【得胜令】,这部分是张生主唱,期间穿插了崔老夫人、红娘、莺莺、普救寺方丈、杜确等一应人物,通过各位人物对张生的问询或说白及张生的回答,再次反映出张生对莺莺的痴情。期间张生多次赌誓,如"若有此事,天不盖,地不载,害老大小疗疮","那一个贼畜生行嫉妒,走将来老夫人行厮间阻?不能勾娇姝,早共晚施心数;说来的无徒,迟和疾上木驴","莺莺呵,你嫁个油炸猢狲的丈夫;红娘呵,你伏侍个烟薰猫儿的姐夫","小生若求了媳妇,则目下便身殂","张珙之心,惟天可表!"。张生不厌其烦一遍又一遍地跟诸人解释辩冤,其根本原因还是对莺莺的情深意切。

从第二支【得胜令】之后到【沽美酒】之前,是第三部分,这个部分描述的是白马将军出场、张生与郑恒对质的场景,张生据理而言辞犀利,杜确在旁助威镇场,郑恒理亏词穷,节节败退。杜将军言辞激烈地要将郑恒拿下问罪,郑恒羞愧难当,又畏罪无法,只得撞树身亡。

【沽美酒】至全剧结尾,是第四部分,也是本书的一个高潮,尤其是赐婚使臣的到来，将全场的欢庆气氛推向了顶峰。在一片颂圣声中，作者暗示出自己对男女爱情的期盼："永老无别离，万古常完聚，愿普天下有情的都成了眷属。"在作者心中，不仅张生和崔莺莺应结为夫妇，还希望普天下的有情人，不管他们是否是"才子佳人"，都理所当然地成为眷属，白头偕老。这直接冲击了封建社会男尊女卑、多妻制的婚姻制度，在当时的社会背景下，是一种超前的呐喊，惊醒了广大青年男女，宣扬了爱情至上、人性至上的理念，正因如此，《西厢记》才具有如此恒久的魅力。

女主角崔莺莺，在唐代元稹的《莺莺传》中是被抛弃的悲情女子，在董解元的《西厢记》中变成了与情人私奔的反封建礼教的勇士，在王实甫的《西厢记》中是大胆追求爱情的小姐。崔莺莺经过几次蜕变，人物形象逐渐丰满，并最终定型为"体现了人性的张扬和升华，追求自身解放和人性复苏的轨迹"的象征符号。王实甫对《西厢记》里崔莺莺的塑造，隐含着许多丰富的内涵，并获得了巨大成功。崔莺莺形象的每次变化，都折射出社会价值观的变化。在王实甫的《西厢记》中最突出的变化是从根本上改变了唐代元稹《莺莺传》的悲剧结局，使人物形象的反封建礼教倾向更加鲜明。王实甫的《西厢记》描写出大团圆的结局，张生高中状元，莺莺和张生有情人成了眷属，反面人物得到了应有的下场。此可贵之处，在于王实甫冲破封建的传统爱情观念，大胆地赞美了男女自愿结合的爱情，挑战了封建传统思想，表达了对爱情的美好愿望及对封建礼教的斗争，从社会角度来看，王实甫笔下崔莺莺的变化，不仅仅可以看出是一种社会、时代的必然，更能体现出王实甫的巨大成就。那就是遵循社会发展的潮流，以发展的眼光进行创作，其笔下的《西厢记》具有强烈的时代感，带有历史进步性，忠于历史社会现实，通过文学的创作反映了一个时代的历史面貌，并揭示了社会进步的方向。

中华传统文化国粹经典文库书目

第一辑			
序号	书名	作者 / 编者	导读者
1	三国演义	［明］罗贯中 / 著	郑铁生
2	水浒传	［明］施耐庵 / 著	宁稼雨 石 麟
3	西游记	［明］吴承恩 / 著	孟昭连
4	红楼梦	［清］曹雪芹 高鹗 / 著	郑铁生
5	镜花缘	［清］李汝珍 / 著	欧阳健
6	白话聊斋	［清］蒲松龄 / 著	王晓华
7	阅微草堂笔记	［清］纪昀 / 著	吴 波
8	西厢记	［元］王实甫 / 著	周传家
9	世说新语	［南朝宋］刘义庆 / 著	侯忠义
10	山海经	［汉］刘歆 / 编	马文大
11	道德经	［春秋］老子 / 著	王 蒙
12	四库全书	［清］纪昀等 / 编	林 骅
13	唐诗三百首	立 人 / 编	徐 刚
14	元曲三百首	立 人 / 编	查洪德
15	宋词三百首	立 人 / 编	韩小蕙
16	中华成语典故	立 人 / 编	陈世旭
17	中华寓言故事	立 人 / 编	陈世旭
18	颜氏家训	［南北朝］颜之推 / 著	孙钦善
19	治家格言	［清］朱伯庐 / 著	李硕儒
20	了凡四训	［明］袁了凡 / 著	俞 前
21	增广贤文	立 人 / 编	孙立仁
22	牡丹亭	［明］汤显祖 / 著	周传家
23	随园诗话	［清］袁枚 / 著	潘务正
24	人间词话	王国维 / 著	陈世旭
25	楚 辞	［战国］屈原等 / 著	石 厉
26	吴越春秋	［东汉］赵晔 / 著	田秉锷
27	菜根谭	［明］洪应明 / 著	俞 前
28	小窗幽记	［明］陈继儒等 / 著	陈喜儒
29	围炉夜话	［清］王永彬 / 著	陈喜儒
30	浮生六记	［清］沈复 / 著	王晓华
31	传习录	［明］王阳明 / 著	王建新
32	说文解字	［东汉］许慎 / 著	冯 蒸
第二辑			
序号	书名	作者 / 编者	导读者
1	史 记	［西汉］司马迁 / 著	关四平
2	资治通鉴	［北宋］司马光 / 编	张秋升
3	春秋左传	［春秋］左丘明 / 著	石定果
4	战国策	［西汉］刘向 / 编	李瑞兰
5	汉 书	［东汉］班固 / 著	关四平
6	三国志	［晋］陈寿 / 著	郑铁生
7	古文观止	［清］吴楚材 吴调侯 / 编	牛 倩
8	论 语	［春秋］孔子等 / 著	石 厉
9	孟 子	［战国］孟子 / 著	邵永海

中华传统文化国粹经典文库书目

序号	书名	作者/编者	导读者
10	庄子	[战国]庄子/著	尚学峰
11	荀子	[战国]荀子/著	尚学峰
12	管子	[春秋]管子等/著	官锋
13	墨子	[战国]墨子等/著	陈鹏程
14	韩非子	[战国]韩非/著	邵永海
15	列子	[战国]列子/著	陈鹏程
16	鬼谷子	[战国]鬼谷子/著	张世林
17	淮南子	[西汉]刘安等/著	张秋升
18	诸子百家	立人/编	张弦生
19	孔子家语	孔子门人/编	薄克礼
20	吕氏春秋	[战国]吕不韦等/编	田秉锷
21	礼记·尚书	[西汉]戴圣/著	冯蒸
22	三言二拍	[明]冯梦龙 凌濛初/著	宁宗一
23	隋唐演义	[清]褚人获/著	欧阳健
24	聊斋志异	[清]蒲松龄/著	林骅
25	儒林外史	[清]吴敬梓/著	吴波
26	东周列国志	[明]冯梦龙/著	侯忠义
27	弟子规·千家诗	[清]李毓秀/著 [南宋]谢枋得 王相/编	郑铁生
28	孙子兵法·三十六计	[春秋]孙武/著	李海涛
29	容斋随笔	[南宋]洪迈/著	李硕儒
30	纳兰词	[清]纳兰性德/著	李硕儒
31	豪放词·婉约词	立人/编	韩小蕙
32	唐宋散文八大家	立人/编	卓然

第三辑

序号	书名	作者/编者	导读者
1	中华上下五千年	立人/编	林海清
2	二十五史	立人/编	林海清
3	四书五经	立人/编	张弦生
4	智囊全集	[明]冯梦龙/编	周传家
5	贞观政要	[唐]吴兢/著	张弦生
6	诗经	[春秋]孔子/编	石厉
7	孝经	[春秋]孔子/著	田秉锷
8	挺经	[清]曾国藩/著	王建新
9	易经	立人/编	李树果
10	冰鉴	[清]曾国藩/著	陈喜儒
11	糊涂经	立人/编	周传家
12	周易全书	立人/编	郑铁生
13	黄帝内经	立人/编	廉玉麟
14	本草纲目	[明]李时珍/著	廉玉麟
15	三字经·百家姓·千字文	[南宋]王应麟 [南北朝]周兴嗣/著	乔卉林
16	大学·中庸	[春秋]曾子 [战国]子思/著	牛倩
17	曾国藩家书	[清]曾国藩/著	武道房
18	唐诗·宋词·元曲	立人/编	卓然
	未完待续……		

书香大雅